BAILAR
PARA LAS
SOMBRAS

BAILAR
PARA LAS
SOMBRAS

Claudia Soto

HUARGO
EDITORIAL

Bailar para las sombras

ISBN: 9798280373525

© 2025, Claudia Soto

© 2025, Huargo Editorial

Edición: Jorge López Landó

Diseño y maquetación: Óscar Armando Rascón

Lago Tangañica 5391

Los Lagos, 32360.

Ciudad Juárez, Chihuahua.

www.huargoeditorial.com

Para Damián, por alimentar los sueños y las palabras

Voces

Cuando las palabras se van, comienza la música.
—Heinrich Heine

Durante años, Héctor me despertaba para bailar.

Solía llamarme en voz baja para tomar un baño antes de practicar las rutinas.

—Estéfani... —Me sacudía por el hombro y yo apretaba más las sábanas sobre mi cabeza—. Estéfani... güera, ya es hora...

Odiaba la sed que me provocaba el bajón de los estimulantes. Abría los ojos y la resaca me mantenía contra la almohada varios minutos hasta que él me tomaba de la mano y me dirigía hacia la tina. Sentada en la orilla, esperaba el agua caliente.

—Date prisa. —Me apuraba, y a veces me quitaba la ropa.

Desde que compartía la habitación con tres chicas, se quedaba a tallarme la espalda. Se paraba en la entrada con la puerta abierta y observaba a las otras sobre sus camas. A mí me daba igual que me vieran, no tenía nada que esconder, pues la desnudez formaba una rutina en el negocio.

Al borde de la tina de cerámica, la cortina ondulaba. Y a veces, mientras el vapor llenaba el baño, contemplaba con curiosidad las cuerdas y las cadenas que amarraban los tobillos de las muchachas recién llegadas. A mí nunca me las pusieron, porque en cuanto me ofrecieron una cama y probé el primer plato de comida caliente, quise quedarme. Aprendí el oficio y supe que el camino más fácil sería decir que sí a lo que viniera.

3

En aquella época, se me revolvía el estómago por los celos. Las chicas, menores que yo, lloraban por cualquier cosa. Me molestaba compartir la habitación porque hacían mucho ruido; sobre todo las primeras semanas, cuando no sabían cómo bailar, calentar la cama o complacer clientes, servir bebidas o portarse amables con Jonny y con Héctor.

—Hoy viene alguien especial. Es posible que te elija para un privado luego del espectáculo. Le gustan las cosas bonitas, y tú..., güerita, tú tienes lo que busca —dijo Héctor al tiempo que me tomaba del brazo para entrar al agua—. Si está caliente, le abres a la fría.

—No... así está bien —le contesté.

Muchas veces, el agua estaba ardiendo, lo sabía por el vapor. Mi piel se enrojecía, pero solo era capaz de percibir una tibieza reconfortante al sumergirme por completo. Héctor se iba del cuarto. Ya no esperaba a que me pusiera el champú como cuando recién llegué. Poco a poco, abrazaba la independencia, porque su atención estaba en las nuevas. El aire acondicionado me enfriaba los hombros. La llave no cerraba del todo y las ondas, producidas por el constante golpeteo de las gotas, se estrellaban en mis rodillas, como las olas del mar contra la costa, una costa pálida por mis años en el sótano.

Era extraño pensar en la playa, porque nunca había estado en ella, pero la imagen del mar, de la espuma blanca sobre la arena y el atardecer, eran una memoria constante, como una película que iba y venía a ratos. De alguna forma, sabía que yo no era la protagonista de aquel recuerdo. Aun así, me abrazaba las piernas y deseaba con todas mis fuerzas que me hubiera ocurrido a mí, que fuera yo quien vivió la experiencia del calor de la arena entre los dedos y las olas saladas.

Los sollozos sobre las camas me estremecían. «¿Por qué demonios lloras?», quería preguntar, pero mi voz estaba enjaulada en algún lugar de mi mente. En esa prisión, entablaba una larguísima conversación con la extraña presencia que me habitaba. La voz solía murmurar, cantar y hasta reproducir melodías en piano para arrullarme. A veces se lo contaba a Héctor cuando me invitaba a quedarme en su habitación. Decía que estaba loca y yo me enojaba, así que con el tiempo dejé de mencionárselo, luego ya no dormía con él. Al descubrirme discutiendo sola frente al espejo, torcía los labios en una mueca de burla. Sin embargo, estaba convencida de que aquel ser, que vislumbraba entre sueños, era real, sin importar que nadie más pudiera verlo o escucharlo.

Los fines de semana eran agotadores. Si las niñas nuevas atendían privados, los llantos se prolongaban por horas. Hasta ese día, mis berrinches y lágrimas fueron siempre una mala imitación para llamar la atención, solo eso.

Salí del agua, usé la toalla para secarme. El aire helado de la ventilación me erizó la piel. Héctor volvió con un cambio de ropa para cada bailarina. Eran las prendas recicladas que usé cuando llegué al club, para ellas; y yo utilizaba los atuendos de quienes ya no trabajaban ahí. La niña que sollozaba se calló al instante cuando Héctor se lo ordenó, pero su respiración agitada resonaba pesada; reconocí su esfuerzo por fingir que continuaba dormida.

Me vestí despacio mientras Héctor me observaba desde el tocador. La chispa de deseo le iluminaba la mirada; fingía ver el teléfono, pero levantaba los ojos hacia mi entrepierna todavía desnuda. Le di la espalda, porque quería molestarlo, que me pidiera enseñarle mi cuerpo como lo hacían los clientes, pero él ya estaba acostumbrado a mis jugueteos. Así que siguió en lo suyo. Se acercó a la otra cama para levantar a la siguiente niña y meterla al baño.

Luego se acercó para acariciarme la espalda mientras cepillaba el cabello todavía empapado.

—Ven, vamos a la oficina. Jonny quiere hablar contigo.

Dejé el cepillo encima del tocador. Deseé que, al volver, alguna de las bailarinas lo estuviera usando; así tendría un pretexto para irme a los golpes y purgar el enfado que me provocaba lo molestas que eran.

Jonny era un hombre de casi sesenta años con el cuerpo embarnecido por la buena vida, de panza abultada por la cerveza. Tenía más pelo en los brazos que en la coronilla. Siempre me reía de lo mucho que le brillaba la calva al sudar; claro, siempre que no me viera. Al entrar, él estaba al otro lado del escritorio. Se levantó para abrazarme.

—Ven aquí, güerita. Recibiremos a un cliente especial. Alguien como Bruno, ¿lo recuerdas? —La sola mención del hombre me estremeció. Claro que lo recordaba. Aquel servicio fue el primero en el que me dieron la droga, luego la seguí consumiendo porque me mantenía despierta y con energía—. ¿Crees estar lista para otro como él?

—Bien —le contesté. Luego lo seguí hasta su silla y me senté en sus piernas.

Pide la pastilla, me dijo la voz.

«Sí».

—Da-me pas-ti-lla —murmuré mientras hacía un puchero.

—No sabemos si le gusten las drogas a este cliente. Y necesito que estés lo más lúcida posible porque es su primera vez aquí. Es una persona que... Bueno, casi una persona.

Me besó la barbilla.

—Pas-ti-llas —supliqué en pausas.

—No puedo. Tienes que estar atenta a todo lo que hace. Héctor estará en el pasillo. Si tienes miedo, solo gritas. No puede lastimarte.

—No.

«Nunca tengo miedo —pensé. Estaba enojada—. Qué fácil es para ti decirlo. No eres tú quien tiene que acostarse con ellos para que te muerdan. Es muy fácil, ¿verdad? Deberías intentarlo».

Así son estos imbéciles. Pero eso ya lo sabes. Escuché dentro de mi cabeza.

«No me gustan las personas con colmillos».

A mí tampoco. Por eso necesitas la droga.

—¿Entiendes lo que te digo, güera? —preguntó Jonny.

—Sí —contesté, aunque en realidad estaba ocupada con la otra conversación y había dejado de escucharlo.

—Bueno, ve a practicar. Y enséñale a las nuevas algunos pasos. Ayer Lucy se quedó como tabla en medio de la pista, eso nos hace perder clientes. —Jonny me empujó para que me bajara de sus piernas.

«No quiero enseñarles».

Pues no lo hagas y se desharán de ti más rápido...

«Mejor cállate».

Las drogas...

—Drogas... —insistí.

—Ya dije que no.

«¿Por qué?»

Porque así ocultamos el sabor de nuestra sangre. Confesó la voz, pero yo no entendí a qué se refería, para mí toda la sangre era igual: roja, salada. *No se los digas. Podemos conseguirla por nuestra cuenta. Se las darán a las otras niñas.*

—Necesito... —dije en un último intento por conseguir lo que quería. Me sujeté la cabeza y me moví con torpeza para indicar que estaba mareada.

Jonny me miró con un gesto que le arrugó toda la cara. Luego soltó una carcajada.

—Hoy no, güerita. Vete a bailar. Yo sé que la cabeza no puede dolerte. Juega a la enferma en otro lado.

«Te odio...», pensé para que el otro me escuchara mientras avanzaba hacia la entrada. «También a ti te odio», miré a Héctor con los labios apretados.

No intentaste lo suficiente. No puedes odiar a todo el mundo...

«Sí puedo. ¿Vas a molestarme toda la noche?»

Podría ser.

Recorrí el pasillo hasta el sótano donde recibiríamos a los clientes después de las ocho, cuando ya no hubiera sol en las calles. Una luz amarillenta iluminaba el centro del escenario donde un tubo subía hasta el techo.

«¿Quieres bailar?»

Sí. Sabes que sí...

Héctor se asomaba desde la cabina de controles. Hizo una seña para indicar que me subiera a la tarima, y otra cuando estaba a punto de encender la música. Yo debía estar lista tras la cortina y entrar en el primer cambio de reflectores.

A partir de ese momento, la música sonaría en los altavoces, en mi mente y en mis venas. La adrenalina me inundó y se mantuvo ahí mientras las horas transcurrían y el encuentro con el cliente se acercaba. Estaba lista para cuando me llamaran a la tarima, con el disfraz de niña y la piel perfumada. Debía demostrar mi habilidad en el baile, que era la parte fácil, y ser la mejor en ocultar mi secreto.

Aunque todavía faltaba mucho para que supiera la verdad sobre quién soy, de dónde vengo y el ser que me habita, sabía que lo más importante era sobrevivir a esas criaturas de colmillos largos.

QUE ESTÉFANI OLVIDARA SU pasado, facilitaba su atención en el presente. Borrar a sus padres fue lo mejor. Ella solo quería bailar, y yo necesitaba de eso: de su energía y su pasión, de su amor por el movimiento y la música.

No éramos tan distintos. A ambos nos gustaba el arte y que todos nos miraran. Y aunque ella todavía era una niña en muchos aspectos, yo sabía que pronto tendría que dejar El Sótano. Esperaba que se diera cuenta de que afuera había un mundo que aguardaba por nosotros. Un sitio en la luz, fuera de las sombras que las criaturas nocturnas extendían sobre nosotros, ahí, en el club. Escondidos debajo de ellos.

Día de lluvia

la *La lluvia empezó de nuevo. Caía pesadamente, fácilmente, sin ningún significado o intención, sino el cumplimiento de su propia naturaleza, que era caer y caer.*
—Helen Garner

DAVID EXTENDIÓ LA MANO para limpiar el parabrisas dentro de la camioneta. El cielo goteaba con pereza. Sería un otoño helado. El vidrio volvió a empañarse. Intentó ver los vehículos que avanzaban sobre la carretera con la esperanza de que el auto, que debía aparecer, no lo hiciera.

«Jodida noche», pensó al notar la escarcha sobre el cofre. Gruñó al ajustarse los guantes y se recargó contra el asiento. Revisó el teléfono. De todas maneras, no necesitaba sus ojos para saber cuándo sería el momento preciso de intervenir; podía detectar el aroma de Donatelo mucho antes de verlo. Lo conocía tan bien que le resultaba increíble estar ahí, justo esa noche, para cazarlo. Encendió la radio mientras aguardaba. No reconoció la canción.

Sus compañeros y colegas perseguían al traidor por las angostas calles de los suburbios. Estaban cada vez más cerca de los campos y el despoblado.

«Adam tuvo razón en pedirme que me adelantara. ¿Sabe la verdad?»

El estómago se le contrajo. Sacó un cigarrillo y lo encendió con las manos temblorosas. Primero recibió el mensaje de confirmación: Tomó la Federal 32. Atento. Supo en ese momento que a él le tocaría eliminarlo.

Arrancó el motor, pero mantuvo las luces apagadas. De madrugada, había poco tráfico, pero nunca faltaba el entrometido que pudiera denunciar actividad inusual a la orilla de la carretera. Le había pasado antes, temer el amanecer atrapado en los separos mientras las horas transcurrían. David pulsó el botón de la calefacción y en unos segundos tuvo visibilidad. Un camión de carga, un vehículo familiar, un autobús de turismo, una camioneta con caja abierta, otro automóvil.

No lo veo, envió un mensaje con la esperanza de que alguien contestara que Donatelo había cambiado de ruta y alguien más se encargaría de él. «¿Y si me adelanto a la siguiente ciudad? Podría esperarlo y escaparíamos juntos. —Fue una idea fugaz—. No seas idiota, también irían tras de ti», se recriminó.

Pasamos la gasolinera, cruzamos el letrero. Sigue delante de nosotros. Leyó y la angustia creció en su pecho. «Tendrás que hacerlo», se aseguró.

El estuche del arma pesaba más de lo habitual. Creyó que nunca la usaría contra un aliado, pero ahí estaba: una noche de octubre a las afueras de la ciudad, entre los matorrales junto al camino, a punto de dispararle a Donatelo con las municiones que Adam había conseguido para los enemigos en común.

«Si le disparas, serás un traidor; si no lo haces, también. Traicionar está en nuestra naturaleza», pensó.

Abrió la caja y sujetó la pistola. Sacó el cargador. La mayoría de las municiones eran balas ordinarias: proyectil cobrizo, casquillo amarillo. David se apresuró a vaciarlo y agregar algunas balas especiales que emitían un fulgor índigo. Las intercaló entre las normales.

«Cuatro balas para matarlo. —Pensó en la encomienda de Adam Bridge, con su porte noble y la mano extendida para entregarle las municiones—. Dijo que las necesitaría... Estoy seguro de que sabía lo nuestro».

A lo lejos, las llantas de varios autos rechinaron sobre el asfalto mojado. Aceleraban. Esa era la señal. Tres vehículos se aproximaban. Las luces zigzaguearon a toda velocidad brincando entre carriles. Uno era el de Donatelo; y los otros, debían ser los persecutores. Reconoció los rines cromados del carro de Adriel y supo que ya era tarde para irse o evitar su deber.

«Maldición. —Tocó la bocina y subió al camino, pero un *Spirit* 97 no se detuvo, lo esquivó apenas. Contó dos cabezas dentro—. Al diablo».

Ocupó ambos carriles para bloquear el paso, encendió las luces y bajó del vehículo.

Donatelo debió ver la camioneta atravesada al frente porque golpeó la bocina tres veces antes de bajar la velocidad. El sonido estridente emergió de los frenos mojados. Las ventanillas de las camionetas descendieron y las puntas de varias armas largas se asomaron hacia adelante.

«Idiotas, ¿de verdad van a tirar hacia acá?»

David levantó el arma y apuntó. Previó que le asestarían varios disparos a él antes que a Donatelo. Eso pasaba con las ráfagas. Dirigió el cañón hacia el parabrisas sin intención de acertar al conductor. Los pasajeros de las camionetas también accionaron. Las armas automáticas escupieron una lluvia de acero contra el auto de Donatelo. Una maniobra evasiva lo llevó a perder el control. Donatelo impactó contra el *Spirit* y a David se le encogió el estómago.

«Imbécil, debiste bajar del camino».

El crujir de la carrocería de ambos vehículos al comprimirse lo sobresaltó. Activaron las luces altas, las camionetas que lo seguían disminuyeron la velocidad. Otra ráfaga de detonaciones impactó contra la carrocería. Vidrios y pedazos de metal saltaron en todas direcciones.

«¿Dónde está?»

El *Spirit* humeaba con las llantas hacia arriba sobre los matorrales.

«¿Dónde estás, Donatelo? Todavía puedes escapar».

David intentó ver a través del humo espeso a la orilla de la carretera.

«Todavía puedo salvarte. ¿Dónde estás?»

David saboreó el regusto dulzón de la sangre de Donatelo en el aire.

«Ahí».

Aún con el humo del caucho quemado, la tierra mojada, la gasolina que escurría y el aceite a punto de arder, logró reconocerlo.

«Delicioso sabor de la culpa...»

El lodo cubrió sus botas negras cuando atravesó el arroyo. La cerca blanca de madera había caído. La puerta del deportivo rechinó al abrirse.

—Se acabó, Donatelo. —David se acercó con cautela.

«No te resistas, si ellos no miran, fingiré que estás muerto y podré llevarte lejos».

—No, por favor. —La voz de Donatelo se apagaba—. Ella va a...

David se acercó con pasos largos mientras el traidor se arrastraba para alejarse.

«Detente, por favor, no me lo hagas más difícil. Un tiro en la cabeza y todo terminará, deja de moverte», apuntó. Un trueno retumbó en su pecho.

—¿Por qué traicionaste a Adam?

«¿Por qué nos traicionaste?»

El saco gris de Donatelo mostraba varios círculos rojizos; las balas normales lo afectaban porque estaba débil, pero no eran letales en ese punto.

«Es suficiente».

—¡Detente, Donatelo!

11

Le tembló la mano. Alzó la vista un instante para buscar a Adriel entre sus colegas que descendían de las camionetas con las armas apuntando hacia ellos, pero no la vio bajar. Tampoco vislumbró su silueta delgada en el asiento trasero del BMW.

«Todavía podemos salir de aquí juntos. Adriel no está con ellos. Por favor, Donatelo. ¡Mírame, maldito!»

—Deja de moverte... —atenuó su voz como si quisiera acariciarlo con las palabras.

El movimiento entre la ropa de Donatelo lo obligó a regresar la vista al suelo. Un relámpago iluminó la noche por varios segundos y David distinguió las enormes alas traslúcidas sobre su espalda. Sus colegas también las notaban. Ya era tarde para escapar. La criatura estaba dispuesta a pelear por su vida. Si David le permitía defenderse, varios de sus hombres terminarían muertos, quizá él también.

—¡Detente! —David le apuntó a la cabeza.

Dos canicas negras sustituyeron los ojos color violeta de Donatelo, quien sacudía las alas para levantarse. El agua salpicó en todas direcciones y obligaron a David a girar el rostro.

Apretó el gatillo. Hierro fundido teñido de azul. Disparó con la mandíbula tiesa. «Lo siento mucho, de verdad...»

—Lo siento.

La voz de la criatura alada se convirtió en un lamento que a David le oprimió el pecho. El dolor resultaba insoportable. Se llevó una mano a la cabeza y retrocedió dos pasos.

La piel de Donatelo se oscureció. Diez terribles garras con forma de estiletes sustituyeron sus uñas. Las alas lo elevaron del suelo.

«¿Quieres matarme? Malagradecido», pensó David y el instinto depredador despertó. Expuso sus colmillos y amenazó con un gruñido.

Los hombres detrás de él dispararon varias ráfagas sobre la criatura que buscaba un espacio para huir al vuelo.

—¿Qué haces? ¡No lo dejes escapar, David! —gritó alguien.

—Toma esto, David. —Uno de los tiradores se quitó un amuleto del cuello y permitió que el emblema de un nudo celta colgara entre sus dedos—. Con esto puedes...

—No te acerques, Héctor —advirtió David—. Yo me encargo.

No sabía quién gritaba, pero tenía que detenerlo de alguna manera y no verse como un traidor también. El agua se mezcló con la sangre de Donatelo.

«Lo siento mucho, de verdad».

David accionó el gatillo cuando su objetivo le dio la espalda y se le desquebrajaron los recuerdos. Lo vio desplomarse.

Un trueno, un relámpago, un disparo, el silencio de sus compañeros.

El cielo era testigo del doble crimen: mataría a un ser mágico y a un amigo. David levantó la mano para que sus hombres se detuvieran cuando oyó la orden para recargar las armas. Sujetó la pistola con ambas manos.

«Uno, dos, tres tiros más. ¡Te odio!», gruñó furioso.

La sangre de Donatelo brotó acompañada de un líquido luminiscente. Veneno para las criaturas sobrenaturales. Las alas se le arrugaron y se disolvieron al instante. La esclerótica negra recuperó su color blancuzco y el iris claro de Donatelo se opacó hasta tornarse violeta de nuevo.

«Está muerto...»

David deseaba que no, pero Donatelo permaneció quieto. El dolor se le atoró en la garganta.

—A partir de aquí yo me encargo. Despejen el camino, muchachos. Váyanse ya. —David puso el seguro a la pistola y recargó la rodilla sobre el charco viscoso junto a Donatelo.

—¿Traerás el cuerpo? —preguntó el hombre del collar con el amuleto apretado en su puño, temeroso de que la criatura se levantara de nuevo—. Mi abuela decía que a esas criaturas había que atarlas con magia, yo creo que puedo...

—No. Tiene que parecer un ajuste de cuentas. ¿Ves? —David señaló la carretera y los autos que se alejaban—. Hicimos mucho ruido. No podremos ocultarlo esta vez. Dejaré el cadáver aquí, pero debo limpiar nuestro rastro.

—Avisaré que cumplimos, señor. —Era la voz de alguien que conocía, pero bajo el pasamontañas, todos eran el mismo: un enviado de Adam para que cumpliera con su deber.

—Váyanse.

Esperó a que se alejaran antes de acercar su mejilla a la nariz de Donatelo y comprobar que no respiraba. El cabello ondulado, la piel clara, la barbilla afilada. Una obra de arte hecha carne que había sido suya por tres décadas. David no soportó la tentación y le acarició la espalda, pocas veces lo había visto en su forma de nacimiento. Las alas arrugadas se deshicieron en polvo al tacto. Se fundió con la tierra y el agua. Suspiró. La ropa rasgada mostraba dos canales rectos, nadie podría imaginarse lo que eran en realidad. Le apartó el cabello de la frente.

«Lo jodiste todo... ¿Por qué? ¿Por qué hoy? Adam estaba de nuestro lado».

David colocó sus labios sobre la herida del cuello, la sangre todavía fluía tibia y espesa.

«Es una lástima, ¿no lo crees? Ojalá hubieras aguantado unos días más. Maldito idiota en el que te convertiste de pronto... Si me hubieras pedido ayuda, te habría aconsejado que era mala idea. Si me hubieras suplicado, te habría ayudado a matarlo».

Succionó. Pero a diferencia de todas las veces anteriores donde un solo trago hacía brillar el mundo, la sangre de Donatelo ahora se percibía diluida con la muerte, tan desabrida que David estuvo a punto de escupir. A pesar del regusto amargo, dio un sorbo grande y se obligó a tragar.

«Es la última vez que disfrutaré tu sabor. ¿Ya estarás contento?»

David deslizó su boca hasta los labios del cadáver y lo besó con suavidad. Por primera vez, Donatelo estaba más frío que él.

«Una verdadera lástima, Doni. ¿No es así?»

Se limpió la sangre coagulada de la boca con el guante. Las luces de varios autos iluminaron el camino. La Policía no tardaría en llegar. Colocó el arma dentro de su chamarra y se apresuró. Recargó todo su peso en la puerta de la camioneta y las lágrimas rojizas se le acumularon en los ojos. Contempló el paisaje: un retrato de la tragedia que perduraría para la eternidad en su memoria.

De pronto, distinguió que un vapor emanaba de la piel de Donatelo.

«Pero qué diablos...»

Pasó su antebrazo por las mejillas y embarró la sangre hasta la oreja. El vapor se convirtió en una densa niebla que avanzó hacia la carretera. La bruma ingresó dentro del *Spirit* volcado y luego se disolvió. David hizo un esfuerzo por aguzar la vista a pesar de la lluvia y las sombras.

«Mierda... ¿Qué diablos...?»

El olor a sangre humana le ofuscó los sentidos. Uno, dos, tres cadáveres... Olía a muerte en todas direcciones. Contó de nuevo.

«Uno, dos, tres humanos muertos; daño colateral... y Donatelo. Si no los veo, no me afectará. Como dice Adam: no son tu problema. Tú no los pusiste aquí», aseguró como un pretexto, como una justificación al asesinato.

Un gemido lo invitó a apurar el paso.

«¿Un cadáver que se queja? No es nuevo, pero aquí yo soy el único muerto viviente». Sonrió con amargura.

En el asiento trasero del *Spirit,* una niña colgaba sujeta por el cinturón de seguridad.

«Siete... Diez... No, quizás ocho años. ¡Ay, no...! ¡Pero qué mierda hicimos! Está respirando».

David botó el broche del cinturón. La sangre que asomaba entre el cabello rubio de la pequeña adquirió un aroma penetrante y acaramelado. Dulce, ajeno a la mortalidad. Tan familiar.

—Increíble... —murmuró. Luego apretó los puños y miró a ambos lados de la carretera.

«Son más raros de lo que imaginé».

El cuerpo de la niña recobró el color y parpadeó. Sus ojos eran como ver el atardecer a través de la miel: luminosos. David la arrastró sobre los fragmentos de vidrio. El vestido rosa era un desastre, pero las balerinas se mantenían intactas, con el satín brillante; demasiado grandes para ella. Dejó que la lluvia la empapara. Revisó los asientos delanteros. Un hombre de esmoquin y una mujer con vestido largo de noche permanecían quietos.

«Venían de una fiesta, ¿eh? Debiste detenerte cuando viste que atravesé la camioneta, imbécil...». Chasqueó la lengua mientras revisaba los bolsillos del padre. Encontró la cartera y se la guardó en la chamarra de cuero.

—Oye, ¿me escuchas? —Levantó a la niña en brazos, pero no reaccionaba.

La pequeña parpadeó una vez más y sus ojos miel resplandecieron. Un fulgor violáceo se apoderó en su mirada.

«Soy un jodido suertudo. Y quizá tú también».

David comprobó el pulso en el delgado cuello de la pequeña una vez más. Su corazón perdía fuerza. Enterró su nariz en el cabello enredado de la niña y buscó con desesperación el aroma de Donatelo. El aire se había viciado con la sangre de los muertos y ella desprendía un penetrante hedor a orín.

—No te vayas a morir. Aguanta, encontraremos un hospital.

Una oda al inframundo atravesaba la noche: los truenos, el rumor del agua contra el pavimento, las patrullas, la ambulancia que viajaba a toda prisa, y el llanto discreto de David al volante en forma de lágrimas escarlata como una despedida para Donatelo.

Las leyendas decían que cuando un ser del ensueño se enfrentaba a la muerte, su alma vagaba por la tierra hasta encontrar un cuerpo compatible con su pasado. Solo regresaba para habitar la tierra. Decían que nos volvíamos inmortales a nuestra manera.

AQUELLA NOCHE, CUANDO VI la camioneta de David atravesada en el camino, supe que había llegado mi momento para migrar a otra carne. Quise irme antes que él porque no soportaba la idea de verlo convertido en ceniza. A mí me late el corazón en cada nueva vida, pero a él, en su condición de muerto viviente, siempre le costó decir lo que sentía. Supe que quería acabar conmigo cuando percibí el hierro fundido en las balas de su arma. Supe que lo nuestro terminaba ahí, en la orilla de la carretera federal en cuanto apuntó hacia mi cabeza. El dolor de saber dónde estaba su lealtad, me destrozó. Odié a Adam todavía más.

De alguna forma, agradecí que fuera él y no cualquier otra criatura quien me quitara la vida. Si despertaba en otro tiempo, en otro cuerpo, en otro lugar; rogaba por olvidar a David. Rogaba por no tener la tentación de retornar y buscarlo.

En esta vida, donde me llamaron Donatelo, David fue una luz negra que me alejó de la soledad. Descubrió mi naturaleza mágica mucho antes que yo. Me pregunté muchas veces qué me gustaba de él, si su esencia de muerte lo acompañaba todo el tiempo y se impregnaba en mí.

Debí huir lejos, pero una parte de mí nunca quiso dejarlo. ¿Por eso estoy aquí? Mi inconsciente hizo lo que mi corazón quería y la mente negaba.

Blanco

La música es una explosión del alma.
—Frederick Delius.

APARECIÓ COMO UN LATIDO en su corazón muerto. Apenas abrir los ojos, su intuición le dijo que debía ir al hospital. Todavía faltaban tres días para que terminara el mes, pero estaba inquieto. Cuando atravesó las puertas principales, la blancura lo cegó por unos segundos y el olor a cloro impregnó su ropa.

David cruzó los corredores de los diferentes departamentos hasta llegar al área privada. La enfermera que pasó delante de él, ni siquiera lo notó. El vampiro tenía práctica en engañar a los humanos, levantar las sombras para que lo ignoraran. Requería concentración, pero para alguien con su experiencia, resultaba sencillo. Así fue como llegó hasta la habitación. Desde los pies de la cama contempló a la pequeña rubia con el tubo metido en la tráquea. Le acarició un pie. La niña había adelgazado tanto que era casi pura piel sobre los huesos.

—Hola, tú —murmuró David—. Sé que puedes escucharme. Todos dicen que puedes escucharme. Siento mucho que las cosas terminaran así. —Cerró sus párpados y prestó atención a los débiles latidos en su pecho—. ¿Sabes, pequeña? A Donatelo le gustaba mucho una canción, es de principios de los noventa. La ponía todo el tiempo. —David sonrió y se aclaró la garganta. Se inclinó hacia el pie que sostenía y recargó sus codos en la orilla de la cama—. No te burles. Nunca se me dio esto de cantar, pero aquí voy... —Había estado muchas veces delante de ella y era la primera vez que se atrevía a hablarle—. No creo que te importe que suene

19

desafinado. —Le besó los dedos del pie, tan helados como sus labios. Retrocedió y enderezó su espalda, inhaló para llenar sus pulmones tiesos con el aire impregnado de químicos—. La cantaban unos tipos que se hacían llamar Extreme. Ja. ¿Los has escuchado? Aquí voy. *Saying 'I love you' / is not the words that I want to hear from you / is not that I want you not to say / but if you only knew...*

David hizo una pausa cuando la nostalgia se apoderó de él y las palabras temblaron en su garganta. Su voz se quebró y no pudo continuar. Soltó la extremidad de la niña y se agarró del barandal plástico de la cama.

Estaba por retirarse cuando los brillantes ojos miel de la pequeña se abrieron y se mantuvieron fijos en el techo blanco de la habitación. Ella bajó la cabeza y trató de enfocarlo con una serie de parpadeos rápidos. David la vio llevarse las manos a la boca. El catéter del brazo se salió y el aroma acaramelado de su sangre regó las sábanas. Un regusto dulzón se esparció de prisa en el aire. En cuanto los monitores pitaron, entró la enfermera. Intentó tranquilizar a la paciente, pero la niña trataba de sacar la manguera que le impedía cerrar la mandíbula. La mujer tomó una jeringa del cajón junto a la cama y le aplicó un tranquilizante. La sujetó con todas sus fuerzas sin entender por qué la sustancia no surtía efecto. Maldijo y se subió un poco sobre la cama para sujetarla mejor. Cuando no sintió más resistencia, la enfermera presionó el botón de alarma para llamar al médico de guardia.

David notó el destello violeta que desvanecía la miel en los ojos de la pequeña y revelaban la verdad sobre la criatura que era. Apretó los puños y se acercó, listo para romperle el cuello a la mujer en cuanto notara la mirada mágica inundada de lágrimas. Para su suerte, el resplandor duró un instante y después el brillo desapareció.

«¿Donatelo...?»

A David le cosquilleó el pecho y le picaba la garganta. No podía quedarse, si perdía la concentración, el personal se daría cuenta de su presencia. Salió de prisa y se detuvo en el pasillo. Su mente era un mar de espuma sobre el que se desdibujaba el rostro de Donatelo. Los recuerdos de la noche lluviosa y el remordimiento se apoderaron de él.

—¡Está en paro! —gritaba a una mujer.

Alguien pedía el carro de reanimación desde el pasillo. David abandonó el edificio. Se detuvo en el estacionamiento.

Más vale que vengas ya. Ocurrió algo con la paciente que trajiste. Leyó David cinco minutos después. Será difícil mantenerla aquí si está despierta. Necesitaremos dinero para silenciar a un residente.

Avísame si muere, escribió David antes de marcharse, convencido de que no estaba listo para enfrentar las consecuencias de sus actos.

Envió los pagos siguientes con un empleado, como hacía con frecuencia. Mientras no recibiera la noticia del fallecimiento de la niña, podía continuar con sus asuntos.

Daño neurológico. Mutismo. Atrofia muscular. Amnesia. Requiere un pediatra con especialidad en...

Cada mensaje estaba acompañado de un padecimiento distinto que justificaba las facturas por un sinnúmero de estudios y pruebas médicas. David contestaba la petición de presentarse en la oficina del director con un cheque o fajos de dinero en efectivo que cubrían los cobros y un bono adicional para que lo dejaran en paz. Así el hospital mantenía la existencia de la paciente en secreto.

El auto, la lluvia, la música, la luz del tablero, la intermitencia del parabrisas empañado, los mensajes que anunciaban la ruta que tomaba Donatelo... Las pesadillas regresaban con más nitidez conforme las semanas transcurrían. El último viernes de ese mes de julio, decidió acudir al llamado del doctor con la esperanza de que eso aliviara la culpa.

Puntual, como le gustaba ser, llegó al edificio a las nueve de la noche. Esta vez, se detuvo frente a la recepción y esperó a que la chica con uniforme blanco levantara la vista y lo notara.

Se bajó la capucha de la sudadera gris, su favorita. Buscó la mirada parda de la joven y lanzó un pensamiento hacia ella.

—«Avísale que estoy aquí» —informó sin mover los labios.

La recepcionista se levantó y lo anunció con discreción:

—Su amigo llegó, doctor.

David utilizaba esa noche la misma ropa que los días en que se encontraba en el motel con Donatelo, por si acaso era él quien lo miraba a través de los ojos de la niña. Todavía no estaba seguro, pero era una posibilidad a la que se aferraba.

Jeans desgastados, playera negra bajo la sudadera y botas con remaches; lo habitual.

Cuando entró a la oficina, el doctor se levantó de inmediato y le extendió la mano para saludarlo. David colocó el efectivo sobre el escritorio y luego se sentó.

—¿Cómo está? —David formó una línea con los labios resecos. El azul en sus ojos mostraba un atisbo de vida que su piel ceniza negaba.

—Despertó. Y está consciente. Tiene algunos meses que... —el doctor se detuvo, seguro de que había explicado la situación a detalle en los mensajes—. ¿Qué quieres hacer?

El corazón inerte de David dio un vuelco. Apretó los descansabrazos de la silla y se inclinó hacia adelante.

—¿Preguntó por mí? —quiso saber ansioso.

«Si es Donatelo, querrá verme... ¿Querrá?»

—No. Ella no recuerda nada —dijo el médico mientras se quitaba los anteojos para limpiarlos con un pañuelo—. Ni a ti, ni a nadie. Lo siento.

—¿Recordará en algún momento?

El médico se encogió de hombros. Luego se puso los lentes.

—Ya es hora —miró el reloj en la pared—. Puedes pasar a verla. Acabó el cambio de guardia. Es probable que la encuentres despierta, a esta hora ve la televisión. A veces, cuando ven a la gente que fue importante para ellos, los pacientes recuerdan fragmentos de su vida. Ella no ha recibido ninguna visita en todo este tiempo. Es solitaria. Su salud mejora, pero se le nota triste...

Las piernas de David se convirtieron en piedra. Incluso olvidó que tenía que fingir la respiración.

—Hoy no. —Se puso de pie y notó el temblor en todo su cuerpo—. Nos veremos pronto.

«¿Qué le vas a decir si es él, idiota? "Hola, tuve que matarte, pero ya estás bien, ¿no?" —pensó con tono de reproche. Se pasó las manos por el cabello. Recordó a Donatelo desangrándose sobre el lodo—. No estoy listo».

—Entonces, ¿qué quieres hacer? ¿Qué quieres que hagamos? —El doctor caminaba de un lado al otro por la oficina con los dedos entrelazados—. Podemos darle el alta así. Que se quede más tiempo es un problema para todos. Te la llevas si...

—No —lo interrumpió David—. Necesito buscar dónde la hospeden. Quiero que se quede aquí hasta que se recupere por completo.

—Eso podría ser... podría no pasar nunca. Y es peligroso, alguien puede...

—¿Quieres más dinero?, ¿será suficiente para que dejes de joderme? —David sacó efectivo de su cartera—. Ten. Atiéndela bien. Buscaré quién pueda cuidarla fuera del hospital. Espero buenas noticias la siguiente vez que nos veamos.

—Claro, entiendo... Yo no quería molestarte.

David atravesó la sala de espera entre los enfermos y se alejó con el corazón comprimido por la ansiedad.

«Cobarde —se reprochó—. No podrás evitarlo para siempre».

Abordó la camioneta, la misma que conducía aquel día, la que compraron juntos. Bajo el asiento, llevaba la misma pistola con la que lo mató. Buscó el estuche del arma y sus dedos encontraron la piel empolvada de una cartera negra. La levantó y miró con detenimiento las tarjetas y la identificación.

Adam había evitado que el incidente apareciera en los periódicos, pero en las redes sociales, se hablaba de la pareja asesinada y la hija desaparecida. Aunque ahora era noticia vieja, la foto de la niña circulaba anónima, con otro nombre y otros datos diferentes al que los familiares compartieron las primeras semanas.

David golpeó el volante con fuerza y la estructura del tablero crujió.

Revisó el contenido de la cartera que había recogido el día del accidente. En el primer compartimento, estaba el dinero. Contó los billetes; se lo daría en cuanto la sacara de ahí, aunque no fuera mucho, le pertenecía. En el segundo espacio, había un papel doblado. Lo abrió y volvió a leer las palabras en él. Era el pase de entrada a una presentación de *ballet* infantil, desgastado por todas las veces que lo había abierto para recordarse que la víctima había sido una niña.

«Si es Donatelo, no puedes devolvérsela a su familia... o a lo que quede de ella».

—Si no es Donatelo tampoco... —maldijo en voz alta, más como un gruñido que palabras.

Apretó los dientes, pero no pudo evitar que sus colmillos emergieran. Guardó el papel, el dinero y la identificación en el bolsillo interior de su chaqueta. Encendió el motor y salió del estacionamiento. En un semáforo, bajó la ventanilla.

—Sea o no Donatelo, no la puedes regresar —murmuró—. La sangre de los suyos es demasiado valiosa. —Lanzó a la calle la cartera y cerró el vidrio.

«Eso te quitará la tentación de ir a buscarlos», se mintió. Sabía de memoria el nombre completo del padre, la dirección postal, el día de nacimiento y hasta la fecha de expedición.

Una sensación de angustia invadió su pecho.

«Sangre», pensó.

Quiso creer que un trago caliente le devolvería la tranquilidad a su noche.

LAS VIDAS PASADAS SE pierden ahí donde la verdad no me alcanza. El origen de mi sangre y mi gente se destiñe conforme los días transcurren. Paso las horas sumergido en un flujo de oscuridad y calidez, como si hubiera regresado al vientre materno. Descanso.

Quise dormir para siempre. Habitar los breves recuerdos de Estéfani: los días con sus padres, las tardes de entrenamiento en el salón de espejos grandes con las piernas metidas en medias y zapatillas de punta plana; las noches de piano en la sala con su madre. Quería olvidarme de todo y no pensar en David. Me aferré a una felicidad ajena en la que el sueño nos protegía de la realidad.

Aquella noche, la voz de David nos atravesó como cae un rayo sobre un tronco seco. Ardí. Todo fue fuego que me envolvía. Él abrió una grieta en el ensueño y lo vi frente a la cama. El plástico duro en la laringe me impidió gritarle que se marchara. Creí que estaba ahí para terminar conmigo, pero me miraba con el mismo miedo que yo intentaba contener. Cuando los humanos entraron, contuve las ganas de transformar violentamente el cuerpo de la niña y atacarlos.

Desapareció como mis fuerzas para luchar contra la mente de Estéfani. Estaba unido a ella, dentro de una jaula síquica en la que tendría que aprender a vivir. Apagué su memoria para retenerla. Ella se apropió de mi poder. Ninguno de los dos tendría lo que quería, ni en ese momento, ni después.

Sombras de noche

La danza es el lenguaje oculto del alma.
—Martha Graham.

ADAM BRIDGE ESPERABA EN la sala, listo para dar la orden, como si los otros existieran para obedecerlo. Hacía tiempo que los miraba hacia abajo, seguro de que su título lo convertía en un ser superior a sus congéneres. A veces olvidaba gracias a quién ocupaba su cargo. "Señor de la noche", "Guía de la oscuridad", "Príncipe oscuro"; ahora utilizaba los motes de los que alguna vez se burló cuando era un recién llegado al mundo de los muertos.

Su gesto cambió en el instante en que David atravesó la entrada y la luz de la lámpara iluminó sus rostros pálidos.

—¿Qué quieres? —David se acomodó el cabello en un gesto de fastidio. Desde el ataque a Donatelo, había una brecha que se agrandaba entre ellos.

Adam se mantuvo en silencio y levantó las cejas en señal de desaprobación. David se obligó a replantear el saludo porque había tradiciones que estaba forzado a mantener.

—¿Qué puedo hacer por usted, Señor? —bajó la mirada con una sonrisa burlona y esperó por cortesía, no porque quisiera oírlo.

Adam abandonó el sillón y alzó el pecho para imponer autoridad. Hizo una señal con la mano, y la sirvienta se alejó. David cruzó los brazos y soltó el aire añejo de sus pulmones, mientras Adam le exponía los hechos que él ya conocía. El discurso iba acompañado de una orden que emitió en la última línea.

—Hazte cargo. Solo tú puedes. —Le tocó el hombro a David—. Es importante mantener el asunto entre nosotros para que el resto no esparza rumores o exagere la situación.

—Hubo un ataque en el centro de la ciudad. ¿De verdad esperas que nadie diga nada? ¿Crees que a estas alturas hay alguien que no lo sepa ya? —David rechazó el contacto físico y buscó sus ojos en señal de confianza, pero también como un desafío a su posición.

—Encárgate con la mayor discreción posible. No son más que sombras de noche que apenas sobreviven a la edad media. Su culto está casi extinto. Cada vez menos gente cree en ellos. Su grupo se debilita, pierde adeptos y se mueve en equipos más pequeños. En un par de décadas, solo serán un recuerdo en los libros de historia.

—Nosotros somos las sombras, Adam. ¿No lo ves? Ocultos en una sociedad que tiene ojos en cada puerta, en cada esquina, pero temerosos de que nos descubran. Poseemos un poder a medias por culpa de las leyes que nos impiden mostrarnos al mundo —dijo David mientras apretaba los puños—. Todos los vecinos de mi colonia tienen cámaras de seguridad en sus techos, en sus puertas. Muy pronto no habrá un solo rincón en el que podamos comer a gusto en las calles sin que esos idiotas aparezcan para emboscarnos. No hay privacidad en ninguna parte.

—Es nuestra manera de sobrevivir. Ha funcionado por milenios. Encontraremos que hacer con la vigilancia vecinal —se burló.

—Si tú lo dices —David se tronó los dedos para liberar la tensión—. ¿Cuántos son?

—Las cámaras muestran a dos individuos. Parecen aficionados. Llevan ropa negra y pasamontañas. Uno de ellos atacó con una red electrificada. Luego apareció el otro con un palo de escoba afilado. Al principio pensé que era un ajuste de cuentas. No asestaron en el corazón. Lo dejaron tendido a media calle, como si hubieran terminado el trabajo. El vampiro dijo que no les vio la cara. Aun así, no te confíes. Sabían dónde atacar y exactamente lo que buscaban. Encontraron un punto ciego entre dos calles, ninguna cámara apuntaba hacia ahí. —Adam se alejó y volvió al asiento principal.

—Yo me encargo del maldito. Será fácil dar con alguien así. El sujeto al que atacaron debió defenderse, levantarse y pelear. Somos inmortales, carajo. Es una vergüenza que se comporten como niños asustados. ¿Por qué no lo detuvo? —David no esperó respuesta y siguió hablando—. Seguro es un cobarde, como la mitad de tus "súbditos". Escuché que vieron a alguien con capa blanca en el centro, vestido como en los viejos tiempos. No creo que se trate de la misma persona.

—¿Y venía a caballo? Por favor, enfócate. Ni siquiera nosotros nos aferramos por tanto tiempo a las prácticas antiguas. Debemos renovarnos. ¿Cuándo irás por ellos? Porque me han dicho que has estado muy ocupado y desapareces continuamente... —Cruzó la pierna y descansó la espalda en el sillón.

—Nada de eso... —David se puso nervioso—. Es que no había mucho que hacer y decidí iniciar un... un proyecto personal. Iré a buscarlos ahora mismo, Señor de las tinieblas. —Se inclinó en una caravana exagerada para denotar la burla y restarle importancia al asunto.

Cuando se enderezó, una sonrisa estiraba las mejillas del gobernante de los muertos.

—Lárgate ya. —La risa pesada de Adam invadió la estancia y contempló la espalda de David perderse tras la puerta.

En la calle soplaba una brisa cálida. El verano estaba en su apogeo, pero para la piel muerta de los suyos resultaba casi imperceptible. Se ajustó la chaqueta de cuero y metió sus manos a los bolsillos, helado, con la muerte pegada a su ser. Distinguió a Adam en la ventana con el porte altivo y soberbio que practicaba todas las noches ante el espejo para intimidar a sus detractores. David podía reconocer la voz de su amigo en aquellas frases formales cargadas de imperiosidad.

Por semanas, recorrió las calles en busca del objetivo. El asunto tomaba más tiempo de lo que había previsto; cuantas más pistas tenía y más cerca creía estar, más lejos se sentía de encontrar al culpable de los ataques, cada vez más frecuentes. Dejó el equipo de búsqueda y decidió registrar la ciudad solo. Pensó que llamaría menos la atención y actuaría con más libertad si nadie entorpecía su investigación. Todos habían visto al atacante, pero nadie podía señalar un lugar en dónde encontrarlo. Parecía estar en todas partes y en ningún lado.

Al fin, en un área a la orilla del centro, consiguió información sobre dónde los habían visto por última vez. Le dijeron lo que necesitaba escuchar. Se dirigió a una callejuela estrecha. El pasillo esperaba sumido en la oscuridad. En cuanto entró distinguió un rosario que colgaba de un alambre en la barda frente a él.

«¡Es una trampa!», pensó al llegar a mitad del callejón. Tomó el rosario y lo arrancó para tirarlo al suelo. Las cuentas brillantes saltaron en todas direcciones. Cuando levantó la vista, dos siluetas apuntaban hacia abajo con las ballestas tradicionales de los cazadores de la edad media: saetas largas y gruesas para perforar el corazón. Portaban el estilo de una facción integrada a la antigua inquisición. Sus cuerpos estaban cubiertos por capas blancas ondulantes.

David apretó los dientes y buscó cubrirse bajo el toldo de un negocio de comida china, las luces apagadas eran mala señal. En la pared, la cámara de seguridad se balanceaba, rota.

«Una trampa bien trabajada. ¿Cuánto tiempo me esperaron?»

Maldijo al vagabundo que le indicó dónde buscar. David se sujetó del tubo que sostenía la sombra y expuso sus colmillos en una amenaza. Arrancó el cilindro de metal de un tirón y la mitad de la lona cayó. Se preparó para lanzarlo hacia la azotea.

«Son dos».

Una capa de sudor rojizo le mojó la piel.

«Si atino a uno, el otro no me detendrá», planeó una ruta de escape.

El crujido de una bolsa de plástico en el suelo llamó su atención, se le atoró la bota. Entre las sombras, tras las rejas de madera apiladas al fondo del callejón, un hombre de ropas negras, pasamontañas y ballesta de acero, apuntaba hacia él.

Buscó de prisa la pistola oculta bajo la chamarra y se apresuró a quitar el seguro. «Malditos cazadores de mierda —gruñó mientras la primera saeta le atravesaba el hombro y le partía la clavícula. El dolor le recorrió el brazo y la pistola cayó al suelo—. Váyanse a la mierda». Se vio reflejado en el charco bajo el aparato de aire lavado que todavía goteaba y distinguió el presagio de su fin en su reflejo. Su espalda hizo sonar la cortina de acero del negocio cuando retrocedió para tomar impulso. Había sal esparcida por todo el suelo, una señal de que no eran profesionales religiosos, pero estaban entrenados para disparar.

«Sus cruces no me lastiman, pero espero que hayan dejado el agua bendita en casa».

David sujetó el tubo de metal con fuerza y apuntó con el extremo cortado en diagonal como si fuera una lanza. Se impulsó hacia el frente mientras la aventaba. La punta rebotó en el abdomen del hombre que, paso a paso, se acercaba.

«Lleva chaleco... maldición.»

Con la ropa rota, el hombre continuó sin emitir quejido alguno.

—Aléjense de mí —gritó antes de emprender la carrera hacia la salida—. No tengo nada para ustedes, malditos aficionados de mierda.

Si David alcanzaba un punto transitado o un lugar con cámaras, los cazadores desistirían porque todos buscaban lo mismo: que la gente común no supiera de su existencia. O eso creyó. A dos metros de la entrada, en el callejón, una segunda estaca se le clavó en una pierna. El calambre que bajó hasta su pie lo detuvo.

«No será tan fácil. No se los pondré fácil».

Cerró los ojos y le pidió a su sangre muerta convertirse en unas garras afiladas que acabaran con sus enemigos. Rodó tras la basura que se amontonaba sobre un tambo oxidado y esperó a que sus dedos se transformaran en cuchillas; un truco que Adam le había enseñado durante sus primeros años juntos. El calor se instaló en sus manos antes de que el cosquilleo apareciera, cuando un ligero ardor le punzaba en las yemas, supo que las garras estaban ahí sin tener que mirarlas.

Se lanzó al ataque contra el hombre cuya sombra asomaba cerca de él. El cazador ya estaba listo para disparar. David vio las canas que le desteñían el espeso cabello oscuro al hombre de casi cincuenta años, antes de que la tercera saeta de madera le perforara el corazón. Un pasamontañas colgaba del cinturón de su atacante.

«No, no, no. No puedo terminar así», intentó gritar, pero tanto su voz como su cuerpo, se habían paralizado por completo.

Las botas de los tres individuos lo rodearon.

—Es un vampiro —dijo un joven de coleta mientras enrollaba la ballesta en la capa blanca. Debajo llevaba ropa negra—. Uno menos en las calles...

—Ya vi que es un vampiro. No es el que buscamos, pero tuvimos suerte. Entre menos monstruos haya aquí afuera, mejor para todos. ¿Qué hacemos con él? —la voz de la mujer era espesa como el alquitrán.

—Sí, no es el que queremos. Es una lástima que tengamos que esperar a que alguien más muera para dar con el que buscamos. Sin embargo, podemos hacer algo con nuestro tiempo mientras aparece nuestro demonio. —El hombre de las canas se inclinó hasta que su rostro y el de David se encontraron—. Sí, no es lo que buscamos, pero estoy seguro de que, si lo mantenemos con vida, otros como él vendrán. Estas cucarachas se cuidan entre ellas, pero son malos para trabajar en grupo.

El hombre se levantó cuando la mujer y el joven exigieron la muerte del vampiro. David descifró la conversación entre los sonidos distorsionados de las voces. La descripción de quien buscaban, fue el retrato hablado de Adam. No decidían si dejarlo al sol y que se convirtiera en polvo, o drenarlo y esparcir su sangre por las calles para atraer a otros como él.

David maldijo una y otra vez el momento en que se confió cuando el vagabundo le dijo que el hombre con capa avanzaba solo por la avenida, con un saco en el cinturón del que arrojaba sal sobre las banquetas. Estaba seguro de que tendría el asunto resuelto antes del último viernes del mes y podría visitar el hospital. Por como pintaban las cosas, ya no lo haría. Su primer error fue separarse del equipo de guardias que Adam le asignó; el segundo, no contarle a nadie sobre Estéfani.

Apagar su teléfono para cazar en tranquilidad era lo habitual, pero debió dejarlo encendido esa noche.

Lo último que vio, fue el cierre de una bolsa para cadáveres al subir sobre su cara.

No QUISE ADMITIRLO EN aquel momento, pero cada vez que las enfermeras nos despertaban, deseé que fuera de noche y David estuviera delante de la cama, cantando para mí.

Las semanas transcurrían y la única certeza era que me convertía en una criatura cada vez más débil. Mis cuadros, mis pinturas, la música que alguna vez compuse, habían quedado enterradas como mi cuerpo. Lo sabía, porque sin la admiración de otros, era solo un triste ser sin ninguna posibilidad de existir.

No ocurrió. David no volvió a aparecer en el hospital. Con mis últimas fuerzas, sellé la voz de Estéfani para así guardar nuestro secreto. Si la mantenía callada el tiempo suficiente, olvidaría su origen y hasta su propia voluntad. Sería mía por completo.

Destellos del otro

La música es una explosión del alma.
—Frederick Delius

EL VACÍO EN SU pecho se difuminó la mañana que dejó el hospital. Las paredes blancas cambiaron por unas grises repletas de rayones, grafitis y mensajes obscenos. Como antes, supo que existiría entre la gente que iba y venía sin reparar en ella. La voz, que en algún momento pareció un lejano sueño, se volvió más nítida en cuanto le asignaron una cama. Pasó la mañana y la tarde detrás de Rebeca, una de las administradoras del orfanato.

La mujer de nariz aguileña le mostró hasta el último rincón del edificio, se quedó con ella el mayor tiempo posible para asegurarle que no estaría sola, aunque sus ocupaciones la devolvieran a la oficina. Después de la cena, la dejó en la recámara que compartiría con al menos nueve niños más. En la oscuridad absoluta, Estéfani tuvo problemas para conciliar el sueño. Su mente tembló al constatar que las rutinas médicas se habían terminado: no más agujas, no más terapias de rehabilitación; sin enfermeras, sin las visitas de la doctora Sáenz.

Ignoraba la hora, pero sabía que ya era tarde por la bruma en su mente. Los constantes ruidos la mantenían alerta: dientes rechinantes, sorbidos de mocos, resortes quejumbrosos bajo el peso inquieto de los niños, sollozos lejanos. Sus ojos abiertos acompañaban la tensión de sus músculos mientras la puerta del baño se abría y cerraba con un bramido agudo por la fuerza del aire acondicionado. Cada sonido le resultaba nuevo. También los olores: orines y moho que sustituían los

33

del cloro sobre la cama, una colchoneta doble y sábanas raídas. La almohada aún conservaba cabellos de la niña que ocupó la cama días antes.

¡Qué asco!, sus pensamientos fueron un eco mientras se apartaba el cabello de los labios. De inmediato supo que no era su voz. En los últimos meses, el murmullo se había convertido en conversaciones que solo ella podía escuchar. Estéfani se distrajo con el llanto de dos bebés en otra habitación. Había algo entre el quejido y los chillidos que le provocaba escalofríos. Resultaba aterrador que después de muchos intentos por calmar a los pequeños, la encargada gritara con una rabia palpable.

Es inútil, no vamos a poder dormir.

Dobló sus piernas en posición de mariposa. Estéfani tanteó bajo la almohada. «¿Dónde está? —Rebuscó—. Aquí». La bolsa de tela contenía las pocas pertenencias que le entregaron en el estacionamiento frente a la puerta de urgencias. Tocarla le entibió el pecho. Alguien entró al baño y Estéfani aprovechó la tenue luz que se filtraba por debajo de la puerta para revisar el contenido de la bolsa.

Acomodó la ropa que le regaló su pediatra, la doctora Sáenz, y observó el color de las etiquetas: «es nueva, porque solo tenía batas en el hospital», pensó en sus palabras cuando le entregó la bolsa. Luego, extrajo un pequeño oso de peluche, un detalle de la enfermera Maggy: «para hacerme compañía en las noches»; una cadena dorada con el nombre "Estéfani" en letra cursiva, «así me llamo»; un par de balerinas rosas, «que tenía puestas cuando me encontraron»; la tarjeta con el número de teléfono de la doctora, «por si me rompo un hueso o me pasa un accidente»; artículos de higiene con el logotipo del hospital, «para estar limpia».

Se puso el collar. El peso del metal disparó una breve instantánea de ella frente a una mesa con flores, pero no logró distinguir nada más que la cajita roja abierta con la palabra: "Estéfani". Sacudió la cabeza. Desanudó las balerinas; le quedaban un poco grandes. El color de los listones delataba un uso constante, pero la tela brillaba como si fueran nuevas ahí donde no tenían lodo. «¿Se me encogieron los pies?» La punta era plana y firme. Les dio la vuelta y acarició los cortes profundos en el cuero de la suela.

«Están rotas...» La imagen de una mujer apareció en su mente como una fotografía que se transformaba en un cortometraje: sujetaba una navaja en la mano y hacía los cortes en la suela de las balerinas frente a una ventana, aprovechaba la luz de la tarde, había motas de polvo flotando en los rayos que entraban a la habitación.

«¿Quién eres?», Estéfani trató de preguntarle. La mujer la miró con sus ojos avellana como si la hubiera escuchado y una sonrisa se le dibujó en la boca gruesa y roja. ¿Quieres intentarlo?, creyó que decía. Su corazón se aceleró al tomar la navaja. Extendió las manos y la mujer desapareció.

«No te vayas», quiso decir, pero al oír la puerta del baño se llevó las manos a los oídos y observó la negrura devorar sus recuerdos.

Contuvo un suspiro. Se dejó arrastrar por el instinto y anudó los lazos a sus piernas. La angustia le oprimió el pecho. Una melodía brotó de sus entrañas. «Ciruela de azúcar», tituló aquel sonido y sacudió el cabello al ritmo de un piano que alguien había tocado en algún lugar, alguna vez en su pasado. Estiró sus pies despacio y colocó las puntas contra el piso.

«Primero hay que calentar», se reprendió. Cada movimiento provocaba un chirrido debajo de las colchonetas y un leve crujido en sus huesos.

—Si no te quedas quieta, van a venir a castigarnos —murmuró el niño que dormía en la cama junto a la de ella—. Eres nueva, y no sabes cómo funcionan las cosas por aquí. Ya duérmete, antes de que La Búfalo haga la ronda de vigilancia y te encuentre ahí, pendejeando. ¿Quieres que te lleven al cuarto de castigo? Además, no me dejas dormir.

—Sí —contestó ella.

Un mar de siseos se alzó en la habitación, como si nadie durmiera en ese lugar, para callarla a coro. La vergüenza se apoderó de Estéfani, las mejillas le hormigueaban. Se apresuró a guardar sus pertenencias en la bolsa, pero se dejó puestas las balerinas y metió al oso bajo la sábana. Cabía en su mano; aun así, lo apretó contra el pecho. El llanto de los bebés y los sollozos de otros niños se apagaron luego de un rato. El calor la arrulló.

En la mayoría de sus sueños caía la lluvia y la deslumbraban luces de coches. El cielo estrellado se tornaba borroso y las estrellas se convertían en millares de cometas que caían y caían. Pero también había lodo, sangre y vidrios. La luz refractada y la mancha luminosa con los colores del arcoíris. Cuando el miedo le aceleraba el corazón, la sonata 'Para Elisa' se avivaba en lo más profundo de su pecho.

Aquella mañana, cuando La Búfalo encendió las lámparas del techo y gritó que todos debían estar listos para el desayuno, Estéfani quiso que las imágenes fueran reales. Quiso creer que alguna vez había caminado por las calles que vio a través de la ventanilla en su traslado al orfanato. Y es que, mientras dormía, transitaba las mismas avenidas, distinguía el reflejo de un hombre adulto en los aparadores en donde debería estar ella. Por instinto se examinó las manos y no las reconoció.

Lo que apareció ante ella fueron dos extreminades adultas cubiertas de sangre. Tembló y apretó los párpados por varios segundos. Después, al mirar otra vez, sus manos eran las de una niña de doce años.

«¿Quién eres? ¿Quién soy?», preguntó con el tono inalterable de los pensamientos.

¡Si me dejas salir te lo explico! Un grito la sacudió por dentro y le retumbó en la garganta. *¡Déjame salir! Podríamos escapar. Puedo hacerme cargo y sacarnos de aquí.* La voz del hombre se le arremolinó en el estómago, pero ella apretó los labios para que nadie la escuchara. Se llevó las manos a la cabeza y pegó el rostro a las rodillas cuando el gemido atorado entre su lengua y los dientes amenazó con abandonarla.

—No —dijo muy bajito, casi para ella misma—. No quiero.

—¿Qué? ¿Qué no quieres? —El niño de al lado se acercó—. ¿Estás bien?

Por un instante, sus miradas se encontraron. Un destello violeta encadenó la atención del chico a las pupilas de Estéfani.

—¿Qué? —Estéfani dirigió su vista hacia los ventanales que mostraban las últimas estrellas antes del amanecer.

—¡Qué ojos tan bonitos tienes! —dijo con una sonrisa, pero ella se avergonzó de inmediato—. No, nada. —También él se avergonzó—. Yo... te pregunté si estabas bien.

Estéfani se apresuró a quitarse las balerinas.

—Sí. Bien —contestó en pausas.

—Bien loca —dijo él con una breve risa antes de buscar otra vez los hipnotizantes ojos de su nueva compañera—. Y contra eso no se puede hacer nada. —Se agachó para recoger el oso que se había caído entre las dos camas. Enunció en voz alta—: Tienes dos piernas, brazos, una barbilla pequeña y orejas normales. Perfecto, eres una persona.

—¿Qué?

—Toma, guárdalo bien. Aquí los más grandes se llevan lo que les gusta. Date prisa, si no te bañas y vas directo al comedor, te toca desayuno caliente. —Se sobó la panza y se relamió los labios—. Por cierto, soy Éric.

Estéfani cerró los párpados y se talló la cara antes examinar al niño: ojos grandes de pestañas abundantes, cabello negro le colgaba tras las orejas delgadas y la piel morena mostraba grietas en el tono cenizo. Una cicatriz le atravesaba desde la mejilla hasta la oreja. Había dormido con la ropa puesta. Como muchos en la habitación, usaba pantalones desgastados, camisa arrugada y los tenis sucios. Debía tener pocos años más que ella, porque era apenas unos centímetros más alto.

—Estéfani —dijo al fin con un golpe de voz mientras sus ojos se acostumbraban a la luz blanca del techo—, soy-yo.

—Genial. Me gusta. Sí te queda. Es un buen nombre para alguien flaca y descolorida —Éric dobló sus cobijas sin dejar de verla—. Te ayudo con las sábanas. Así no se doblan. Y... no puedes dormir en calzones aquí. Hablo en serio... —vaciló mientras observaba sus piernas asomarse por debajo de la playera blanca—. Mejor no te digo por qué, pero no lo hagas.

—Sí —dijo Estéfani despacio—. Va-mos co-mida.

—Tus ojos... —Éric se sobresaltó y le agarró la cara para detenerla—. ¿Qué les pasó?

—¿Qué? —Apartó las manos que le estrujaban los cachetes.

—Eran morados... ahora son... —El muchacho dudó.

—¿Ojos?

Eso. Hazte la tonta y lo dejará pasar... La voz del hombre vibraba profunda y ronca.

—Yo... —Éric sacudió la cabeza con incredulidad—. ¿Sabes qué? Mejor olvídalo. Creo que vi mal. Vamos.

—Va-mos.

Estéfani siguió a otros niños hasta las sillas que se arrastraban frente a las largas mesas del comedor. Conforme la mañana avanzaba, los destellos del otro ser en su mente se desvanecían y supo que al fin encontraría el silencio. La voz se apagó a mitad del día, y la música de piano se volvió más nítida, como si el hombre hubiera subido el volumen a una radio interna para no escuchar lo que ocurría afuera.

Éric se quedó con ella, se convirtió en su compañero, jamás había visto a nadie que pudiera hablar tanto, por horas. Una palabra tras otra. Estéfani se forzaba por hablar en cada oportunidad, aunque el niño respondiera con un: «qué dijiste», cada vez.

«Un amigo».

Sí, necesitamos un amigo.

«¿Tú eres mi amigo?»

No, yo solo soy... Donatelo.

La certeza de que había alguien junto a ella, le brindaba tranquilidad.

Dejar el hospital no era suficiente. Había borrado tantos detalles del pasado de Estéfani, que su silencio me agobiaba. Su mente quieta era un lienzo blanco en el que yo quería pintar nuevas memorias. Su pasividad se convertía en una sentencia de muerte para mí. Quieta. Callada. Ensimismada. Me desvanecería encerrado en su consciencia si no lograba alimentar mi propia esencia.

Hacer trucos de flexibilidad junto a la cama no sería suficiente. La admiración de Éric se convertía en algo distinto, que no alimentaba mi energía. Y aunque me sentía a salvo, no podía quedarme ahí.

Un aliado no bastaba, mi poder no significaba nada si estaba atrapado y sin posibilidad de recuperarme.

Heridas

Todo el universo tiene ritmo. Todo baila.
—Maya Angelou

LOS NIÑOS MAYORES SE esforzaban por agradar a las familias que visitaban el orfanato. La directora y Rebeca, su asistente, organizaron una presentación de talentos en la que al principio Estéfani se negó a participar. Sin embargo, siguió atenta lo que todos hacían, con el resto de sus compañeros en las sillas del frente.

Esta es nuestra oportunidad, murmuró Donatelo.

«No», respondió Estéfani en un pensamiento, breve, directo y franco, como solía ser en todo lo que decidía.

Donatelo se impuso con la fuerza sobrenatural que le quedaba.

Estéfani se puso de pie en contra de su voluntad. Sujetó la manga del suéter de Rebeca y tiró de ella.

Donatelo había logrado antes controlar su cuerpo de esa manera, pero en el hospital, nunca tuvo muchas opciones.

—También quiero participar —dijo Donatelo con la boca de Estéfani y, aunque en su mente resonó con un registro adulto y masculino, Rebeca sólo pudo responder con una sonrisa gentil ante la súplica de una niña.

—Lo siento, Estéfani. —Rebeca se inclinó hasta que sus rostros quedaron frente a frente y colocó nariz contra nariz en un gesto de cariño—. Ya organicé las participaciones y tenemos un programa que seguir. Será la próxima.

La furia de Donatelo ardió como una hoguera en el estómago de Estéfani. Empuñó las manos, enrojecido de coraje.

Nadie me va a decir que no...

Donatelo aspiró profundo el perfume mezclado con sudor que lo llenaba todo. Luego se concentró en derramar algunas lágrimas que acompañaran un segundo intento.

—Por-fa-vor... —Donatelo invocó su habilidad más útil: una bruma ligera brotó de sus poros y su olor a jabón se convirtió en el de un campo de jazmines. Sus ojos miel se tiñeron de violeta e insistió—: Déjame subir. Quiero hacerlo.

Rebeca retrocedió confundida. Contuvo con sus manos la punzada que asaltó su cabeza. Los aplausos de la gente la distrajeron unos segundos. Revisó la lista. Leyó el nombre de un varón, pero sus palabras pronunciaron otro:

—A continuación, Estéfani, presentará un... un... —Rebeca se resistió a la hipnosis sin saber cómo presentarla, ni qué talento mostraría.

—¡Vamos, sube ya! —La directora tomó a Estéfani por los hombros para dirigirla a la escalera del modesto escenario que se alzaba cincuenta centímetros.

Rebeca contempló la lista entre la confusión y la sorpresa. La cubrió contra su pecho sin entender qué acababa de ocurrir. Buscó los ojos de Estéfani, pero la ventana abierta detrás de ella, la convertía en una sombra frente al teclado eléctrico que se tambaleó cuando Donatelo acercó el asiento.

«No sabemos tocar el piano», dijo Estéfani sin poder recobrar el control de su cuerpo.

No, Estéfani. Tú no sabes tocar piano o quizás sí...

Los dedos de Estéfani se estiraban mientas Donatelo observaba lo cortos y tiesos que eran. Notó la resistencia. Para él, era una habilidad refleja que había desarrollado con disciplina en otra vida.

Tú no sirves para esto, pero qué le vamos a hacer. Deja de pelear y observa lo talentosos que somos...

La tensión le acalambraba los brazos, pero Donatelo interpretó 'The Swan', de Camille Saint-Saens; 'Adelina', de Senneville y Tousent; 'River Flows In You', de Yurima, una tras otra, para que Rebeca no pudiera bajarla.

La bruma rosada que emanaba la piel de Estéfani se extendió entre los presentes que admiraban el perfil delicado de la rubia. Cada segundo, mientras Donatelo golpeaba las teclas, un cosquilleo, casi eléctrico, le entró por los pies y la llenó de energía.

—No sabía que tocara el piano —murmuró la directora.

—Yo... yo tampoco —respondió Rebeca todavía sumergida en la neblina mental que le impedía bajar a la niña del escenario.

Cuando Estéfani se levantó, el público también lo hizo para aplaudir la precisa y emotiva presentación. Bajó la escalera y caminó por el pasillo entre la pared y los adultos que murmuraban. Alcanzó el corredor principal que conducía hasta las habitaciones. Rebeca nombró al siguiente niño.

—¡Eso fue increíble! —Éric la sorprendió por la espalda. Le dio un abrazo y la levanto del suelo con alegría.

—Sí —contestó Donatelo en la voz de Estéfani—. Voy a la cama. Ya bájame.

Éric la soltó.

—Está bien, está bien. No te enojes... —Luego de darle una palmada en la espalda, Éric volvió a su lugar en la sala de presentaciones.

Donatelo se recostó. El esfuerzo por retener la consciencia de Estéfani y la carga repentina de energía lo agotaban. Se quedó dormido.

Éric la despertó con una efusividad incomprensible para Estéfani.

—¡Te quieren adoptar! ¡Te van a adoptar, Estéfani! —Saltaba sobre la cama—, despierta. Te van a... —La alegría se borró de su rostro y se quedó callado—. Te vas a ir.

—¿Qué? —Donatelo intentó espabilar mientras veía que Éric movía la boca y hablaba de prisa sin entender del todo. Todavía controlaba el cuerpo de Estéfani.

—Los oí en la oficina; estaban preguntando por ti. Dos familias diferentes. Ya eres de las populares. ¡Quieren llevarte! ¡Vas a tener papás! —Éric la agarró del rostro con lágrimas en los ojos y le comprimió las mejillas.

—No. Eso sería un error... No puede ser.

—¡De verdad! Los escuché. Rebeca venía para acá, pero me adelanté. Yo quería darte la noticia —insistió agitado.

«No quiero irme con desconocidos, me gusta estar aquí con mi amigo», pensó Estéfani.

No queremos, Donatelo meditó en silencio.

—Voy al... —Señaló el baño.

—Sí, ve, pero no te tardes, ¡Rebeca ya viene! —Éric corrió a recoger sus propias cosas por si alguien lo elegía también.

Donatelo contempló el rostro y medio cuerpo de Estéfani por varios minutos en el espejo carcomido por el óxido.

Si te adoptan personas muy observadoras, no podré hacer nada y desapareceré. No necesitamos padres, necesitamos libertad. ¿Entiendes eso? Desapareceré por completo.

Con tanta energía recorriendo su cuerpo, estaba seguro de que podría mantener el control y hacer lo que tenía pendiente, al menos mientras crecía.

—Estéfani —Rebeca interrumpió sus pensamientos—. Hay unas personas que quieren hablar contigo.

—Voy... —respondió Donatelo.

Tenemos que darnos prisa. Piensa, piensa, piensa. Si me llevan ahora podrían complicarse las cosas. ¿No crees? ¿Qué podría evitar que...?

Con la mirada violeta centellante en el reflejo, tomó una decisión. Apretó el puño y golpeó el espejo. Trozos de vidrio cayeron sobre el lavabo. Escondió un fragmento entre su ropa mientras Rebeca golpeaba la puerta cada vez más impaciente.

Donatelo eligió un trozo más grande y lo pasó por su antebrazo varias veces. La mano le cosquilleaba al tiempo que la sangre escurría pesada hacia el suelo. El filo abriendo la carne se percibía como una leve presión incómoda. Se detuvo al notar que el ardor de los cortes no aparecía.

Por muchos meses creyó que esa desconexión entre el dolor de las agujas y la piel de Estéfani, era la falta de conciencia y de cuerpo. Pero ahí, con el vidrio en la mano, cuatro cortes en el antebrazo y el charco de sangre debajo de él, Donatelo supo que se trataba de otra cosa.

Un mareo tiró de él hasta el suelo.

La puerta se abrió. Rebeca lo observaba con una mueca de horror genuino. El resto se convirtió en destellos intermitentes de un baile de voluntas entre Estéfani y él mientras lo llevaban en brazos a la enfermería.

ESTÉFANI LIDIÓ CON LARGAS *horas de silencio delante de la terapeuta, quien se conformó con breves escusas plasmadas en trazos torpes sobre hojas en blanco. La mujer que analizó los dibujos, sin paciencia para descifrar los tartamudeos, indicó que lo había hecho para llamar la atención. Así firmó el reporte. Nos permitieron volver a la cama junto a Éric. Pienso mucho en la psiquiatra y la recomendación: «mantenerla bajo vigilancia». Pudo ser peor, no siempre salen las cosas como queremos.*

Claro, me corté muchas veces más para salir a la enfermería o a urgencias en el hospital. Quería que me sacaran del edificio, observar las calles, ver los lugares donde podría esconderme, los sitios hacia dónde ir en caso de saltar el muro perimetral y conseguir la libertad. Estaba listo para vivir afuera.

Heridas constantes, cicatrices en las piernas, los brazos y la cadera. Llamadas de atención. La última vez, sentado frente a la oficina principal, oí que lo siguiente sería internarme en psiquiatría. Me había excedido y las consecuencias se precipitaban sobre nosotros.

Le sugerí a Éric que escapáramos esa noche y él aceptó sin dudarlo. Dijo que lo había pensado por mucho tiempo, pero que no quería dejar a Estéfani sola. Nos aventuramos en cuanto el silencio se apoderó de la noche. La luna, su color y su forma, delataban los primeros días de octubre.

Burlamos la seguridad y la vigilancia del jardín. Logré invocar una bruma que nos volvió invisibles. Él hacía muchas preguntas y le conté medias verdades. Cuando estuvo tranquilo, desaparecimos en el laberinto de acero y vidrio que llamamos ciudad.

Invierno

Esa fiesta del cuerpo, ante nuestras almas, ofrece luz y alegría.
—Paul Valéry

HACÍA MUCHO FRÍO. ÉRIC me apretaba contra su cuerpo tibio en el callejón. Así como tú lo haces ahora.

Ese día, fue difícil para ambos. Antes de que él regresara, solo recuerdo que un vagabundo se me acercó para invitarme al fuego que danzaba al fondo del estacionamiento. Donde dormían otros «sin hogar». Después, todo fue confuso. Éric me sacudía y me preguntaba qué había hecho. Sus ojos reflejaban miedo e incredulidad. Lloraba y me pedía que regresara a la normalidad. No habíamos comido nada en todo el día. El viento soplaba helado por las rendijas en el techo. Yo no entendía lo que quería decirme. Cuando vi mis manos y mi ropa llenas de sangre, lloré como él.

Odié su actitud, odié que me gritara y que arrastrara el cuerpo destrozado del vagabundo tras un pilar, que también se llenara de sangre y luego cubriera al hombre con bolsas negras desbordadas de cartón y latas aplastadas. No hubo testigos. No de momento, pero el olor se volvió insoportable un par de días después. Cuando la Policía bajó al refugio, fue directo al cadáver. Éric y yo salimos por un hueco en el ventilador. Las aspas nunca giraban, así que pasamos de prisa. Salimos por una calle lateral del estacionamiento y nos escondimos en el callejón más cercano.

Sin las cobijas que alguien le había regalado, Éric no podía hacer más que apretarme contra él para mantenernos calientes. Repetía que todo estaría bien. Tenía los dedos helados esa mañana. Todavía era octubre, lo sabía por los adornos de calabazas, brujas y fantasmas en las tiendas, pero hacía muchísimo frío. Tanto que despertamos con la nariz enrojecida y los mocos duros. Me costaba respirar.

Esa mañana, Éric dijo que traería comida, que me mantuviera escondida hasta que las cosas se calmaran en El Agujero; así llamábamos al refugio improvisado de los vagabundos. La voz dentro de mi cabeza se mantuvo en silencio todo el tiempo. Un extraño sopor me volvía lenta y torpe. Yo quería salir a conseguir dinero, pero también obedecer a Éric, que era mayor y era bueno para cuidarme. El segundo día supe que no iba a regresar. Cuando salí a pedir comida, entré primero a un baño para lavarme la cara y limpiarme la nariz que no dejaba de escurrirme.

Más tarde noté los moretones en mis piernas, las dos líneas en la ropa desgarrada justo en la espalda. En el torso tenía una marca, como una cortada que ya cicatrizaba. Un hombre me dio unas monedas cuando me vio sentada en la banqueta frente a la panadería, pero yo, en lugar de comprar una dona o un bolillo, usé el dinero para llamarle a la doctora Sáenz.

Hacía frío, mucho frío, como hoy. Y yo temblaba con la ropa raída manchada de sangre. Con el teléfono en la mano, escondí la tarjeta en un bolsillo del pantalón luego de marcar. Aceptó recibirme en su consultorio para revisarme, porque era buena persona.

Pero justo cuando colgué, Héctor me sujetó por la espalda, me tapó la boca y me arrastró hasta su auto. Los seguros para niños estaban puestos. Yo jalaba las palancas y golpeaba los vidrios desde el asiento de atrás. Las palabras no salían de mi boca. Vi la luz violeta del medallón que colgaba de su cuello. Su boca mostraba una sonrisa triunfal. Él me vio por el espejo retrovisor y me dijo que me llevaría a un lugar más seguro, más cálido. Le creí, por eso terminé en ese lugar. En ese sitio al que odias que vaya.

¿Y tú? ¿Cómo terminaste aquí, con esos chicos, en este edificio? ¿También me dejarás un día sin avisar? Es triste. Duermes y yo quisiera contártelo todo. Decirte quién soy, que la voz es insistente cuando pide que te deje, cuando dice que no me encariñe y disfrute el momento. Que no resultará bien.

Respiras cansado, con una sonrisa que se ha vuelto permanente sobre tus labios desde que que comenzamos a salir. No te pareces a Éric, en nada, pero igual que él, me estrechas con todas tus fuerzas como si quisieras quedarte en mí para siempre. Me das el calor que nos roba el invierno.

Usé TODA MI ENERGÍA para protegerla del hombre. En realidad, me protegía a mí mismo, y a ella de paso. Él no solo destrozaría su cuerpo, sino que la usaría hasta cansarse. Veía sus intenciones, tenía la mirada y el temblor corporal de quien busca arrancar una vida con la navaja empuñada. No necesitaba leer su mente para saber lo que deseaba. Debajo de la mugre y la sonrisa despostillada, percibí la oscuridad. Por eso lo maté. Seríamos él o yo.

Cuando Éric regresó, dejé a Estéfani en paz. Estaba tan cansado que me costaba incluso asomarme al mundo a través de ella. Seguro de que lo resolvería como lo había hecho los últimos meses, confié. No me preocupó que Éric hablara de mi forma natural, del monstruo que había visto cuando regresó. Los niños humanos son curiosos y astutos. Él era muy listo. Yo sabía que elegiría cuidarle a pesar del miedo.

Ese día, que tuve que vaciar mis fuerzas para transformar el cuerpo de Estéfani, supe que las cosas no serían tan sencillas como las imaginé. Que era necia y difícil de controlar. Recordé porque poseemos niños más pequeños, sin tanta voluntad. Por eso no luché contra el letargo y acepté nuestra alianza. Estéfani y yo éramos uno. No había vuelta atrás. Pero jamás le regresaría sus memorias, las de su familia y sus primeros años, por el bien de los dos.

Caja de madera

La música nos conmueve emocionalmente, donde las palabras por sí
solas no pueden.
—Johnny Depp

TRES HOMBRES ATRAVESARON EL recibidor y bajaron la escalera hasta el sótano. Adam contempló la caja rectangular de madera, un ataúd improvisado del que se desprendieron terrores húmedos al golpear el suelo. La alfombra era un desastre, pero había esclavos que limpiarían más tarde. Los tres hombres retiraron la cubierta de sus rostros. Debajo de la careta, el pasamontañas y el casco de motociclista, las tres bocas exhibieron los colmillos que confirmaban su naturaleza sobrenatural. Sus ropas exhibían una colección de agujeros hechos por balas.

—Uno menos, Señor. Ya solo nos faltan dos —informó el más alto al tiempo que extraía una saeta delgada de entre sus costillas con un gesto de dolor.

—¿Ya sabemos qué están buscando?

—No, Señor. Todavía no —se apresuró a decir otro—. Pero sospechamos que está relacionado con una criatura diferente a los nuestros. Había sal por todo el edificio. Le mostraré las fotografías, seguro algún conocido suyo sabrá contra qué criatura se preparaban.

—Más tarde lo reviso. Envíalas a mi teléfono. Dejen el cajón aquí. —Adam se aproximó a la caja—. Busquen a Adriel. Que les facilite los tragos. No habrá problema si dicen que van de mi parte en el club. De todas formas, le enviaré un mensaje para que les den el mejor trato. Curen esas heridas y vuelvan a las calles. Será más fácil deshacerse de los otros dos si no les damos tiempo de recuperarse o de llamar refuerzos. Ya me tienen harto esos, esos...

—Gracias, Señor —respondieron a coro.

Los tres se inclinaron antes de salir, como si fueran caballeros medievales ante un rey; pero Adam no era de la realeza, y no le preocupaba haber nacido en una comunidad rural al sur del país cuando ser granjero era la única opción. Había conseguido el poder como todos lo hacen: por la fuerza.

Era el tercer sarcófago que sus hombres localizaban en los últimos cuatro años. Cuando abrió la tapa, sus preocupaciones desaparecieron. Contempló el rostro cadavérico de su mejor amigo y se alegró de que David no estuviera convertido en cenizas, esparcido por las calles.

—Despierta ya —ordenó Adam mientras vertía su propia sangre sobre la boca momificada de David.

LA NOCHE ANTERIOR AL primer cliente, Héctor le enseñó a Estéfani lo que debía hacer, qué permitir y qué no. Yo conocía al guardia del club, de muchos años atrás, pero jamás se me había ocurrido cruzar palabras con él, porque era un esclavo y yo un invitado de los vampiros. Así que, cuando le quitó la ropa, quise defenderla, defenderme. Decir que no. Invoqué unas garras afiladas y lo amenacé.

Héctor se quitó una piedra brillante del cuello, al centro de la triqueta. Jamás vi a nadie moverse así de rápido. Usó toda su fuerza para meterme la pieza dentro de la boca. Recitaba un conjuro con palabras mezcladas entre el latín y el español. Quizás no lo recuerdo bien porque todo fue muy rápido. Lo que sé, es que esa piedra absorbió mi poder y en uno, quizás dos minutos, me obligó a dormir.

Le agradezco el gesto. Fue prudente. En lugar de informarle a Jonny que Estéfani había tratado de matarlo, esperó a que me tranquilizara. Le besó la frente sobre el revoltijo rubio de cabello y me pidió por favor que no volviera a intentarlo.

—No quiero matarte —murmuró.

Ese beso tenía impregnado el aroma de los muertos, lejanamente familiar a los besos de David. Era un humano, pero su magia tan extraña y las palabras cariñosas, me convencieron de que permanecer con él era una opción aceptable.

Días después, Adriel le dio la bienvenida a Estéfani. Fue una suerte que estuviera tan ciega, tan ocupada en sus maquinaciones, que no reconoció mi esencia.

Héctor guardó el secreto. Y yo lo vi como un aliado, al menos hasta saber qué era exactamente y lo que planeaba.

Casualidad

Durante años ella fotografiaba a la gente saltando; creía que el baile, la danza y el salto hacían que cayese la máscara y ofrecían la imagen real de las personas.
—Albert Espinosa

«No existe tal cosa como la casualidad —pensó David mientras Adam le ofrecía una tarjeta con el nombre del club nocturno: El Rayo—. ¿Cuál es el truco?»

Despertar del sueño por estaca era una experiencia difícil, todos los vampiros que habían pasado por ella lo sabían. Una recuperación lenta y dolorosa que involucraba muertes humanas, litros y litros de vida líquida. Por eso, Adam le prestó una escolta que lo acompañara a las calles y buscara personas que nadie echaría de menos si se convertían en cadáveres. Pasaron semanas antes de conseguir la sangre suficiente que lo reestableciera por completo. Aun así, retomó sus labores de inmediato para, al menos, recuperar el respeto de sus iguales, que había perdido cuando los cazadores lo encajonaron. Decidió olvidarse de Estéfani hasta que se aseguró de que los ojos de Adam, pegados a su espalda por el miedo a perderlo de nuevo, miraban a otro lado.

«¿Cuánto puede esperar?»

No lo sabía, pero necesitaba mantener el secreto tanto como fuera posible. El tiempo humano y el tiempo de los vampiros, transcurría a un ritmo diferente, mucho más lento para los muertos. Quizás era la certeza de que los mañanas serían eternos. Lo único que le quedaba era ser paciente.

«¿Por qué ahora? —se preguntó David mientras veía la silueta de una bailarina sujeta a un tubo al frente de la tarjeta—. Esto me hubiera servido más cuando desperté, y lo sabes, Adam...»

Si confiaba o no en su amigo, era el menor de los problemas. Lo escuchó en silencio. Adam estaba en el centro de la recepción frente a la sociedad nocturna, con el discurso de siempre sobre la supervivencia de los vampiros, el apoyo mutuo y la condecoración a los involucrados en la captura de los cazadores.

—Estos últimos dos años han sido... —dijo Adam con la frente alta, orgulloso de un progreso del que solo era un espectador mientras otros hacían el trabajo sucio en las calles.

A David le pareció irreal el tiempo se hubieran ido tan rápido. Adam le retiró la estaca, y luego estaba ahí, en una fiesta de cadáveres dos años después.

El baile inició justo cuando Adam terminó su discurso. Entonces, David se dejó guiar por él hasta una sala privada donde le entregaría la tarjeta. Esa que ahora tenía en las manos.

—Un bono por cumplir con tu deber.

—¿Bono?

—Un premio, si prefieres llamarlo así.

«¿Por qué ahora?»

El pedazo de papel tenía escrito a mano el número de Adriel, la dueña del club, y la siguiente en jerarquía después de David. Por eso, ella lo había reemplazado en el cargo de vigilancia y seguridad. La tarjeta, también incluía el código QR para que David bajara al Sótano.

Por años, David había intentado colarse en el sitio, acercarse a los vampiros más viejos de la ciudad. Conseguir algún favor de los mayores, pero no había tenido éxito; y, de pronto, Adam le daba la tarjeta. Así, sin más: acceso libre y contacto directo.

«¿Cuál es el maldito truco aquí?», pensó sin atreverse a encararlo.

El día que pudo visitar el hospital, David ya había perdido el aspecto cadavérico: una consecuencia de sus años metido bajo tierra. Sin la guardia de Adam detrás de él, podía moverse con libertad e ir a donde quisiera. No le sorprendió que el médico hubiera enviado a Estéfani al orfanato en cuanto dejó de recibir el pago mensual. A pesar de que quiso hacerlo, no lo mató. Mantuvo la calma. No era personal. Había dirigido su atención hacia los cazadores y ocupó su mente en recuperarse por completo. Un perfil bajo. Estaba en el mismo punto que cuando la recogió de la carretera: perdido.

El calendario consumió las semanas como si los años con la estaca atravesando su corazón hubieran sido una pausa en la inmortalidad. Su única preocupación fue, en realidad, que en el orfanato no tenían idea de dónde encontrar a Estéfani, a dónde se había ido, ni si estaba viva o muerta. Siguió su instinto e insistió en obtener respuestas.

La Policía había dejado de buscarla a las pocas semanas. Igual que cuando su familia la buscaba varios años atrás. Faltaban datos de identidad, había incongruencias en sus registros. Nadie se molestaría en reclamarla. Era una más en el sistema. La pista más fuerte fue un tal Éric Robles, un jovencito que se había fugado con Estéfani, de quién consiguió información vaga y poco útil. Éric se había convertido en un vagabundo; un criminal escurridizo buscado por la Policía. David lo encontró sumergido en las drogas y sintió que perdía el tiempo mientras lo veía vomitar a la orilla de la carretera.

El trabajo como agente de seguridad le proporcionaba dinero y mucho tiempo en las calles. Adam había ordenado capturar a los cazadores humanos, pero él alternaba sus noches entre el deber y su propia cacería: Estéfani, de quien todo lo que sabía, era que un hombre la subió a un vehículo sin placas.

David regresó a su departamento temprano después de aquella reunión con Adam. La tarjeta en la mano y la desconfianza en el pecho. Sentado en el banquillo frente a la barra de la cocina, observó el número de Adriel y el código QR por largo rato hasta que decidió atravesar la ciudad.

El Rayo era el único club con autorización para venderle tragos a los vampiros. Había otros clubes clandestinos, bodegas privadas, incluso en casas particulares, pero David los pasaba por alto. Todos necesitaban el acceso a la sangre, si tenían el dinero para pagar por ella, él no haría nada al respecto. Incluso él había recurrido al servicio en alguna emergencia. Pero el club de Adriel, no solo brindaba facilidad o una habitación privada con mujeres u hombres a demanda. No. A puerta cerrada, El Rayo garantizaba humanos saludables, sin enfermedades que se propagaran a través de los colmillos. El club ofrecía sangre condimentada, por llamarlo de alguna manera, con alcohol, drogas, tabaco o cualquier otra sustancia a elección del cliente. El negocio de Adriel era un agujero de vicio y perversión, en el que los vampiros recuperaban la libertad de ser ellos mismos: monstruos de largos colmillos, pálidos y fríos, que se entregaban al placer de la carne, como si aún estuvieran vivos.

David estacionó el auto a tres calles; luego se mimetizó con la noche para que nadie lo viera acceder por la puerta trasera. Pasó el código por el panel, la luz roja cambió a verde y entró. Cada visita sería registrada por seguridad de las bailarinas y los otros clientes. Un vampiro enfermo representaba un peligro para todos; los contagios eran rápidos y letales, en la mayoría de los casos.

Dentro: pasillos sin iluminación, escaleras y cortinas gruesas y oscuras.

Un guardia le ofreció una máscara antes de entrar. Él la rechazó. David eligió una mesa lejos del escenario. La música era una mezcla de canciones modernas con los *beats* de la onda electrónica, ritmos de antro e intermitencias para intensificar la experiencia *psicho-techno*. Los cuerpos enérgicos sobre la pista de baile se movían en automático.

Brisa, la bailarina de turno, apenas tendría quince años. David aspiró el aire saturado de tabaco y alcohol. Brisa se desnudaba al ritmo de 'Desire', con los labios engrosados por diamantina plateada y la piel reluciente por el azul frío de los reflectores. Examinó a los clientes, uno a uno, reconoció la lujuria de los demonios en cada mirada desprovista de vida; todos aguardaban la liberación ofrecida en las habitaciones privadas.

La mayoría de los rostros cubiertos por una máscara completa o un lujoso antifaz.

Hacía décadas que David evitaba la sangre inocente, al menos evitaba a los niños. Se conformaba con la cacería salvaje de cualquier individuo que encontrara en las calles: asalariados incautos, jóvenes ebrios, algún pandillero despistado. Ordenó una copa, de esas que conseguían a través del banco de sangre. ¿Cuál? Qué importaba. La sustancia empaquetada carecía de adrenalina, pero ya estaba ahí.

Había bebido la mitad del recipiente térmico cuando Adriel, en un traje negro de dos piezas, ocupó la silla frente a él.

—Es bueno verte recuperado. Gran noticia. ¿Al fin te unes a la verdadera sociedad vampírica? —Adriel intentó que la pregunta no sonara a burla, pero era natural en ella. Sus ojos se clavaron en los de él como dos carámbanos de hielo, grises y afilados.

—¿Qué quieres? —Dirigió su atención al escenario vacío.

En otra mesa, el giro de las luces reveló un rostro conocido. Ana.

—Hablar... —empezó Adriel, pero David la interrumpió.

—¿Qué hace esa bestia aquí? —Hizo un gesto con la cabeza hacia la mesa de adelante.

—Pues, pasar el rato, como tú. No la llames bestia. Merece estar aquí. Fue una gran artista, un pilar de esta ciudad en el arte. ¿Ves? Va al privado.

—Quizá lo fue. —David estiró la espalda y se tronó el cuello.

—¿Ya no?

—En el siglo pasado, cuando pintaba. ¿No? Ahora es un fantasma...

—Una aristócrata inmortal —Adriel se peinó el flequillo con los dedos.

—Una infractora de las leyes de los inmortales. —David chasqueó la lengua—. Se pasea por las galerías, escuelas de pintura y eventos públicos, en busca de sangre joven. Alimenta su sed y su nostalgia. ¿Cuántos más tienen que morir?

—Eres un amargado. Sólo añora la época en la que respiraba...

—¿Cuándo? ¿Cuando vivía a través de sus admiradores y aprendices? Fue y será una farsante. Sigue apropiándose del talento ajeno. Uno de estos días tendré que detenerla...

—No creo que se resista. —Adriel sacudió su mano en gesto de desinterés.

—Deja cadáveres en las calles. Es una asesina. Limpiamos su desastre y...

—Conoces las reglas, David, ¿verdad? Mientras no deje evidencia de que es un vampiro, puede hacer lo que quiera. Sin pistas, los humanos no tienen a ningún culpable. Y los vampiros estamos a salvo. Fin del asunto.

—Mejor dime qué quieres. —David colocó los codos en la mesa y entrelazó las manos.

Adriel sonrió con sus colmillos de vampiro extendidos.

—Pues, felicitarte... Y agradecer que me dieras la oportunidad de servir a la ciudad desapareciendo por un tiempo. —Siguió la mirada de David. Ana desaparecía tras la cortina—. Oye, ya déjala. Yo no le di el pase. Ahora es muy cercana a Adam. Desde que desapareciste pasa mucho tiempo en sus fiestas.

—¿Te dejaron a cargo de todo? —David se acomodó el cabello.

—Sí, de todo. Ahora conozco tus pequeños secretos.

—Ya veo por dónde va esto... —David hizo a un lado la costra de sangre coagulada y bebió el resto de la copa—. No voy a agradecerte por hacer tu trabajo. Si aceptaste el puesto mientras yo estaba indispuesto, pues aceptas que la gente no te agradezca, como yo. Además, mi jurisdicción siempre llegó hasta la puerta de tu club. Creo que eres de las primeras guardianas que tienen el lujo de vivir aquí dentro. ¿Eso querías escuchar? Eres una privilegiada.

—Disfruta lo que queda de la noche. —Adriel se puso de pie, satisfecha, y se alejó.

Pudo disfrutar más del espectáculo, pero David estaba atento al movimiento de los otros clientes. La siguiente hora, vio salir Ana del área privada; dirigirse a Adriel y despedirse con un beso en los labios. Ana llevaba las zapatillas en la mano para disimular la falta de equilibrio debido a las drogas. Los clientes humanos se habían marchado ya; quedaban cuatro inmortales, él incluido. No reconoció a ninguno, probablemente eran visitantes de otras ciudades o huéspedes de Adriel. Minutos más tarde, la dueña del club dijo adiós con la mano y desapareció tras una cortina.

Los altavoces anunciaron una última bailarina. David pidió un trago más y se sumergió en las imágenes de su teléfono. Volver a las redes sociales era un reto. La interfaz había cambiado y los nuevos colores saturaban la vista. 'Fear Being Unfelt' sonó como entrada. Los aplausos atrajeron su atención. Un escalofrío recorrió su espalda. La figura en la pista le resultaba familiar.

«Las casualidades no existen —se repitió—. Mierda, mierda, mierda. Adriel lo sabe. Adam lo sabe».

Bajo la luz rosa del reflector en turno, la joven rubia lanzaba el antifaz hacia el anciano en la mesa más cercana a la pista. David la observó con atención, pero el cambio de luces lo deslumbró. Cerró los párpados un instante y, cuando se acostumbró de nuevo a la iluminación, la chica atravesaba la cortina del fondo.

—Esa fue nuestra última presentación, señor —dijo la mesera mientras limpiaba la mesa.

—¿Quién era la rubia? —David le sujetó el brazo para que no se fuera.

—Señor, me está lastimando.

—¿Quién era?

—Candy Esty —La mujer apartó el brazo de un tirón.

Estaba tensa. Él también. Aferro el borde de la mesa y permaneció quieto hasta que los últimos clientes se fueron. El escenario se apagó. Las luces del techo se encendieron. David se aproximó a la tarima. Algunas empleadas trapeaban entre las mesas. Intentó oler la ropa de la bailarina sin tocarla, a esa distancia y con tantos aromas flotando a su alrededor, le fue imposible.

El club estaba saturado con el humo de cigarro, sudor, alcohol y vómito, pero entre todo eso, distinguió una fragancia exquisita. Su propio aroma a jabón y sangre. Tuvo que inclinarse sobre la tarima para percibirlo mejor: ahí estaba, el inconfundible y dulce olor de Donatelo. Ahora más sutil, una fragancia habitada por una mujer.

—¿Vas a dormir aquí? —La voz de Adriel lo sobresaltó. Estaba parada detrás de él—. Digo, porque en veinte minutos no llegas a tu casa. Aquí tenemos habitaciones.

David se aclaró la garganta. Un sudor rojizo brotó a través de sus poros. Apretó los puños para disimular el temblor y examinó el gesto burlón de Adriel. Levantaba la ceja y movía las manos frente a la cara de David para comprobar que seguía consciente.

—¿Si me escuchas?

David le apartó las manos.

—Sí, creo que debería quedarme hoy.

—Es bueno que utilices todos los servicios desde el primer día. Así verás de lo que te has perdido, es todo un lujo que aprenderás a apreciar.

—Yo... —David se apegó al silencio.

Adriel le pidió seguirla por el entramado de pasillos hasta las habitaciones.

«Lo sabe. ¿Lo sabe? Ella debe saber algo, si no, por qué es tan amable...»

—Es aquí. —Adriel abrió la primera puerta—. ¿Duermes solo?

Su sonrisa de complicidad escondía cierta malicia.

—No es buena idea que te quedes conmigo...

—Ay, no. —Adriel se cubrió la sonrisa—. ¡Qué tonto eres! Me refería a alguna de las bailarinas. Yo no estoy disponible... No para ti.

—Solo quiero dormir.

—Está bien, descansa. —Adriel le tocó el pecho antes de salir—. Te veo por la noche.

—Descansa también.

Al cerrar la puerta, David se recostó en la cama y observó los detalles de la habitación: decoración infantil en los muros, y juguetes sexuales sobre el tocador; una combinación que le resultó abominable.

«Adriel estaba relajada. Incluso bromeó. No lo sabe».

Fue una señal. ¿Lo era? Ningún intento de chantaje, cero comentarios ácidos o velados, nula insistencia en mandarle una bailarina.

«Es una estúpida. Solo tiene miedo de perder sus privilegios ahora que volví». David se recostó sobre la cama.

—Las casualidades no existen —se repitió.

«Si Adam lo sabe, esta fue su manera de anunciar mi ejecución».

ANA ERA UNA ADICTA y pasaba mucho tiempo con Estéfani. A mí me provocaba repulsión su forma de hablar. Su lenguaje vulgar y las peticiones sexuales eran lo peor. El cuerpo frío, a veces, recobraba el calor de los vivos, pero el olor a cadáver se intensificaba. Quizá podía engañar a los humanos, pero ahí, en el club, era evidente para mí. Pero no era la única. Los otros vampiros también eran desagradables.

Estéfani se resistía a mis pensamientos. Al menos a la conversación superficial y espontánea de sucesos cotidianos. Sus sentidos eran mis sentidos, sus sensaciones, las mías. Cada vez que quería comunicarme con ella, debía hacer un esfuerzo enorme para que me oyera.

Cada vez, la línea entre quién era ella y quién yo, se difuminaba.

Por eso mi silencio.

A veces, ya no distinguía dónde empezaba mi voz y dónde la de Estéfani. Cautivaba a los clientes con mis habilidades, como si fuera yo quien lo hiciera. Aprendió mi magia, ahora su magia.

Estábamos seguros entre los vampiros. A plena vista de Adriel y los otros. Pero entonces, David apareció y los miedos del pasado me invadieron.

El sótano

La música, una vez admitida en el alma, se convierte en una especie
de espíritu y nunca muere.
—Edward Bulwer-Lytton

«SIENTEN LO QUE QUIERO que sientan».

Estéfani se deja caer en el último giro. Con la piel cubierta por el sudor, la diamantina escurre hacia la madera. Sonríe agitada. Dentro de su pecho hay un torbellino de adrenalina, tristeza y nostalgia. La música se detiene y la penumbra se apodera del escenario.

«Es hora de bajar». Se lleva las manos al pecho para cubrir la desnudez. Percibe su propia esencia entre el calor de la danza y la sangre que se impulsa por sus venas.

«Me adoran». Observa el techo: las luces apagadas, los metales fríos que sostienen la estructura donde se mecen las cortinas; el lugar en el que ha pasado su infancia, al menos la que recuerda.

«Después de mi cumpleaños, no volverán a verme». Respira hondo para contener el llanto. Se sujeta el antifaz para ocultar su rostro enrojecido al levantarse.

«No llores, no llores, no llores». Los aplausos la devuelven al presente. Debe bajarse cuanto antes para que suba la siguiente bailarina. Los espectadores admiran su silueta delgada.

«Me desean». Le gusta cuando todos dirigen su vista hacia ella como si fuera un imán para la lujuria.

«¿Cuántos me pedirán pasar la noche con ellos?» Cruza los brazos para ocultar el tamaño de sus senos.

«¿Por qué la gente tiene que crecer? Si me hubiera quedado pequeña, no tendría que irme.» Las lámparas iluminan los rostros de la audiencia. Estéfani observa sobre su hombro, pero le es imposible ver los gestos tras las máscaras.

«Su admiración me pertenece». Mujeres y hombres; adultos, jóvenes y viejos: todos son demonios ocultos bajo las caretas que agregan a su atuendo antes de entrar al club.

Las actividades ilícitas están protegidas por una membresía que les da acceso a las negociaciones en las sombras. Desean a las bailarinas y reclamarlas como suyas, aunque sea por unos minutos, para ser ellos mismos: unos monstruos. Estéfani recoge la ropa de prisa.

«Rápido». Espera con fascinación a que la neblina azolácea se disuelva y regrese a su cuerpo para llenarla de energía.

«Eso es todo. Nunca falla». Para todos los demás, la bruma que emana de su piel es invisible; su truco favorito para que la elijan sobre otras.

«Lo siento, debo retirarme». Los murmullos alteran los latidos de su corazón; mencionan su nombre de bailarina, hablan de su presentación, de su cuerpo. No escucha lo que dicen. Segura de que fue un buen espectáculo, se dirige al camerino.

«Estoy agotada», asegura, pero todavía tiene otro baile pendiente. Recorre la tarima, sus pies resuenan sobre la madera con un desplante seco tras otro.

«Qué ganas de seguir bailando». La música brota de los altavoces y Estéfani marca el ritmo con un movimiento de cabeza porque no puede evitar que la melodía se apodere de ella.

El éxtasis se disipa conforme sus músculos se relajan. Contiene el aire. Se adentra en la oscuridad. El micrófono anuncia a *Sweety* Rosa.

«Perra...»

El club se sumerge en el silencio de la espera.

Del otro lado de la cortina, Estéfani se encuentra con la niña que la sustituirá cuando tenga que dejar El Sótano.

«Jamás vas a reemplazarme. No tienes lo que se necesita». Sigue en entrenamiento, pronto deberá convertirse en la mejor o desaparecer como todas las niñas que no lograron adaptarse al negocio.

«Ojalá que no te quedes y tengan que conservarme por más tiempo». A Estéfani se le endurece el gesto.

«Sí, sí, sí. Sigue intentando, nunca serás tan buena como yo». Tenerla de frente le recuerda que le quedan pocos días en el lugar. Los clientes solicitan a Estéfani cada vez menos para los encuentros uno a uno.

«Es por mis senos, son muy grandes para pasar por niña». Mira el pecho plano de *Sweety Rosa*, y aprieta los labios furiosa.

«Cuándo tenía tu edad, tampoco tenía que preocuparme porque se notaran». Muchas veces los clientes hacen comentarios sobre lo grandecita que está al tiempo que la excitación se desvanece.

«Imbéciles». En la mayoría de los casos, abandonan el privado.

«Ellos se lo pierden». En esos momentos, Estéfani desea congelarse, regresar en el tiempo y tener trece para siempre.

Y a pesar de que come menos y hace ejercicio, las caderas se siguen ensanchando y la musculatura no abandona sus piernas. Aprieta los puños y hace espacio para que la menor pase junto a ella.

«Anda, entra y haz el ridículo».

Héctor le da un empujón a la niña y mantiene una mueca burlona mientras cierra la cortina. Luego se acerca a Estéfani para colocarle una bata sobre los hombros.

«Hola, tú».

Héctor la llevó. Fue un regalo para su jefe. Por cinco años ha estado cerca de ella. Desde que lo quitaron de la puerta y lo asignaron como guardaespaldas personal, la acompaña a todas partes. Él le sonríe. Es alto, su metro ochenta y cinco de estatura, se corona con un abundante cabello castaño que le cuelga lacio tras las orejas.

«Eres guapo». Las luces parpadean a través de la tela y lo hacen parecer una criatura intermitente de carne y sombras.

—¿Y esos ojos? —Héctor hace espacio para que cruce el marco de la puerta.

—No-sé. —A Estéfani se le atoran las palabras detrás de los dientes. Parpadea y suaviza su gesto para fingir inocencia.

«Siempre se da cuenta».

—Sabes que es peligroso. Si alguien lo nota... —Héctor se para delante de ella con el pulso acelerado. Aprieta el medallón que lleva sobre su pecho desde hace más de cuarenta años y lo acerca a la frente de Estéfani.

«Odio esa porquería».

—No. —Ella le sostiene la mirada y lo taladra con esos ojos violeta y brillantes que por tanto tiempo él ha intentado ocultar.

—Bueno, ya no importa. Ya está.

Le desanuda el lazo del antifaz.

—No... no-im-por-ta —responde. Siente el hierro frío entre el cabello que le enmarca el rostro. Un escalofrío la sacude. «Por favor, ya déjame.» Cierra los ojos y sujeta el brazo de Héctor con sus dos manos—. Ya no.

«Yo puedo sola».

Se sostienen la mirada. Héctor observa cómo el iris en los ojos de Estéfani se torna avellana; solo entonces retira el emblema y permite que la cadena cuelgue bajo su playera.

—Deja de hacerlo. ¿Sí? No es necesario, ellos ya te aman sin que uses tu abracadabra.

—Sí —dice Estéfani. Luego juega con los rizos de su cabello.

«Lo que tú digas». Se muerde el labio.

Héctor voltea hacia la cortina. Ansioso por que se vaya, pero ella no se mueve.

—Te esperan en la habitación uno, *Candy* —dice Héctor al fin. Le acaricia la espalda y le besa la frente—. O *Blondy,* como quieras que te llamen. No hay límite de tiempo, pagó mucho dinero por toda la noche. Quiere que lo dejes satisfecho. Es probable que duerma aquí. Le dijeron que no estabas disponible e insistió, y bastante. ¿Entiendes? Es un cliente especial. Si tienes suerte, se irá antes de que amanezca.

«Siempre me esperan».

—¿Héc-tor? —Estéfani se empeña en continuar el juego, se acaricia el pecho.

«Pueden esperarme más, si quieres».

—Nada de Héctor, ya vete... —dice con un temblor en la voz. Siempre que uno de esos clientes especiales la contrata, existe la posibilidad de que se hayan despedido por última vez.

Estéfani asiente y avanza hasta el camerino improvisado al fondo del sótano.

«Se resiste ahora, pero no es diferente a los otros hombres. Ya caerá». Se ajusta las coletas y se viste con una falda de olanes y una camisa de botones con moño en el cuello para una rutina que conoce a la perfección.

«No creo que me diga que sí». *¿Y si lo hiciera?*

Estéfani abre el cajón del tocador y saca la brocha con talco para opacar los destellos del bronceador con brillantina. «Creo que me gustaría.» Refresca el olor infantil que se obliga a mantener. El frasco ya casi está vacío, busca un repuesto al fondo.

«Aunque es muy alto, y se ve grande. Es probable que no me guste tanto.» —Bajo un paño, descubre un estuche metálico. Palpar la cubierta le tensa los músculos—. ¿Qué hace esto aquí?» La ansiedad le trepa por la columna, retira la tapa y contempla en silencio la droga encapsulada que le han negado por meses.

Es una prueba, Estéfani. No vayas a tomártela o nunca te irás de aquí —murmura la voz desde su pecho—. *O lo que es peor, pasarás tus primeros días en libertad metida en un anexo. ¿Ya olvidaste cómo te sentiste la primera semana sin ella? Antes debíamos hacerlo, pero ahora, que estamos tan cerca de irnos, no puedes arriesgarte a recaer.*

«¿Crees que se dé cuenta si me la tomo ahora?»

Siempre se da cuenta, lo sabes. Está atento a ti todo el tiempo. ¿Y si no lo atiendes?

Estéfani toma una pastilla y cierra el estuche, lo coloca con cuidado bajo la tela, como si el sonido pudiera superponerse al ruido de los clientes y el estruendo de la música exterior. Por un segundo, una sombra se proyecta hacia la pared. Vislumbra la forma de un hombre alto y delgado. Disimula la sorpresa y se acerca al espejo, curiosa. Logra cerrar la mano para que la cápsula no caiga. Su primer instinto es buscar el origen en el pasillo y verificar si algún cliente la ha seguido hasta el vestidor. Las luces del escenario apuntan hacia la tela que divide el camerino de la pista. La sombra se ha ido. Se encuentra a ella misma con las coletas bien amarradas: en su reflejo, sus ojos avellana la contemplan.

«Inocente, debes lucir inocente. Entre más pequeña, más les gustan», piensa mientras abrocha el último botón de la blusa con olanes.

Sin drogas. Este puede ser el último cliente, piénsalo bien —sugiere la voz que se columpia en su mente—. *No lo arruines.*

Estéfani guarda la cápsula en el bolsillo secreto de la falda.

«Por si acaso, ¿sí...?», se dice.

Avanza por el entramado de corredores subterráneos hasta las puertas que resguardan las recámaras privadas. Domina a la perfección el laberinto dispuesto para confundir a las jovencitas que se resisten a trabajar durante las primeras semanas del reclutamiento.

Sacude sus rulos. En la medida en que sus pequeños pies acortan la distancia, un escalofrío se ancla a su espalda con más y más fuerza. Se detiene en la entrada del privado con el rótulo "uno" en color dorado. Aspira hondo para tomar valor porque un cliente especial siempre significa ese contacto profundo bajo la piel. Se truena los dedos, después el cuello. Contiene la respiración.

«¿Qué te pasa? Hemos hecho esto muchísimas veces. Anda, entremos».

No lo entiende, parte de ella se paraliza. Deja de controlar el temblor de sus piernas. Conoce el miedo, esto es algo distinto. Es una emoción ajena.

El aire está impregnado de un leve rastro a muerte que le resulta muy conocido. Es un aroma a tierra húmeda y carne vieja que se mezcla con el humo de cigarro de los guardias y el aromatizante de la alfombra.

«Cobarde».

Será un cliente difícil. No quiero hacer esto.

«Lo sé. Yo me encargo. Solo déjame entrar, ¿sí? Hagamos el trabajo y vayamos a dormir. Mañana será otro día».

Un impulso, como una sacudida eléctrica, la empuja hacia adelante: gira la perilla y abre de golpe como si tratara de sorprender a quien la espera. Pero no hay reacción del cliente. Cierra con fuerza una vez dentro. Un mar de furia se aviva en sus entrañas. Estéfani intenta contener el torbellino de emociones. Recupera la calma cuando mira el rostro gentil a la orilla de la cama. Con los puños apretados, estudia al muchacho tranquilo que juega con los listones de su antifaz. Levanta la cabeza.

La voz interna murmura algo que no logra descifrar. No comprende por qué retrocede cuando ve sonreír a su cliente, a pesar de que le pide a su cuerpo acercarse a él.

El instinto le ruega huir.

«Basta. Déjame trabajar».

Estéfani conoce las obligaciones que todavía tiene, debe atenderlo sin importar quién sea o se arriesga a recibir un castigo. Quizá peor que la desaprobación de su jefe, podrían echarla de inmediato o amanecer muerta en algún callejón, como otras. Ahora que ha crecido, suena real, que puedan deshacerse de ella sin pensarlo dos veces.

Vámonos. Exige el otro.

«No, no podemos irnos. Un cliente contento es un Jonny contento y eso significa que confiará en mí para lo que sigue. Significa que seguirá con nosotros».

Sobrepone su deber a las emociones que fluyen inexplicables y se desbordan en forma de sudor frío. Se aproxima al joven de ojos claros. Distingue la mueca de alivio en el rostro del cliente, un gesto que no alcanza a convertirse en sonrisa.

«¿Ves? No hay nada de qué preocuparse. Es de los amables».

Por un instante, la tentación de pronunciar un nombre le cosquillea en los labios: *David...*

Es un eco en los recuerdos ajenos que la habitan, pero las letras y los sonidos se esfuman uno a uno conforme abre la boca y no alcanza a nombrarlo. Extiende la mano y sujeta con fuerza el tubo de baile frente a la cama. Está lista para dar un buen espectáculo; a esto se dedica, para esto nació. Todos se lo han dicho desde el día que llegó al club. Suspira sin saber por qué aquella mirada de hielo desmorona su seguridad. No sabe qué hacer cuando el cliente la toma por la cintura y tira de ella para recostarla sobre el colchón con un movimiento firme.

Es tan fuerte que de pronto maneja a Estéfani como si fuera una muñeca.

—¿Mu... mu... música? —La bailarina señala el interruptor, avergonzada por no poder pronunciar una palabra tan sencilla que repite más de diez veces al día desde los trece años.

No hables con él...

—No es necesario —responde el joven mientras le aparta el cabello de la frente y busca insistente su mirada—. Me iré pronto.

Estéfani se estremece cuando él la sujeta de la barbilla. Percibe el aliento de hierro que caracteriza a las criaturas nocturnas, seres que, como él, solo buscan una cosa en el club: sangre.

La media sonrisa desaparece y los labios delgados del muchacho se unen a los suyos. Para ella es un beso frío con sabor a metal.

En el silencio de los *beats* pulsantes en sus venas, Estéfani se deja llevar por una música que no sale de los altavoces; una melodía que proviene de la sangre que transporta un temor añejo: un miedo que se transforma en nostalgia.

Reconoce la melodía al instante, 'Adagio en D mayor'. El sonido que producen las teclas de un piano le retumban en el pecho. Tensa los dedos de sus pies hasta que escucha tronar los huesos, luego reacciona.

—No. —Estéfani trata de empujarlo—. No puedo.

—No... —él arrastra la vocal hasta convertirla en nada—. Sí puedes... Quieres que lo haga y quiero hacerlo.

Estéfani se mantiene atenta a las facciones detenidas en el tiempo: el muchacho tiene el porte de una estatua: la cara tallada en alabastro. Su edad es incalculable, pero mantiene la apariencia de un joven entrado en los veintes.

Héctor le ha dicho varias veces que no se confíe de lo que ven sus ojos. Distingue los dedos temblorosos del muchacho bajo la luz neón de las barras de techo, contiene los impulsos de tocarla. Está segura de que es la primera vez que se reúnen en un privado; es buena para recordar rostros. Estudia bien a sus clientes, sus nombres, sus facciones, sus fetiches y sus deseos más profundos. Es una presencia familiar, de otro tiempo.

Quieta, Estéfani se deja conducir hasta el punto en que ya no es capaz de reconocer las intenciones del hombre. No sabe qué busca, ni qué darle. Está muy lejos del botón de emergencia para llamar a Héctor.

Te lo advertí. No podemos escapar.

«Ya cállate...», piensa para silenciar los reclamos.

El joven explora el cuerpo de la bailarina sin prisa. La recorre con delicadeza entre las piernas, luego olfatea sus hombros como un sabueso que ha encontrado el rastro de su presa. Está listo para morder.

Estéfani emite un breve gemido involuntario y aprieta los labios. Él retira la mano y ella vislumbra un dejo de vergüenza en la expresión serena de su cliente, como si de pronto, él entendiera que tiene a una niña entre las manos y no fuera lo que esperaba encontrar.

—¿Estoy frío? —El eco profundo de sus palabras resuena lejano.

Esa pregunta se repite como si el muchacho hablara en un *déjà vú* interminable. *Sabemos quién eres. Vamos, Estéfani. Díselo, dile que sabemos quién es.* La voz en la mente de la bailarina murmura, pero ella no sabe nada.

—Un-po-co frío. —Exhala mientras él la despoja de la ropa y le desata las coletas.

—Te pondré cómoda. Es probable que te quedes dormida después de...

El muchacho se aparta para verla entera. Ella se lleva las manos al pecho para cubrirse los senos crecidos, temerosa de que se arrepienta de haber pagado por toda una noche. Él le besa los nudillos; le abre los dedos uno a uno; después, le extiende los brazos, y la admira.

—Eres hermosa —dice el cliente. Luego baja con su boca hasta el ombligo de la bailarina y recorre con su nariz el breve camino hasta el monte de venus bien depilado. Saca su lengua y hurga entre los pliegues.

Estéfani se deja llevar por el placer y el cosquilleo que muy pocas veces encuentra con hombres, con adultos como él. La lengua húmeda se abre paso hasta su clítoris. Se aferra a las sábanas con las manos. Olvida que antes del baile se ofrecen bebidas, que no debió verle la cara cuando se quitó la máscara, que debe gritar si la incomodan o presionar el botón cuando percibe algún peligro.

Nada de eso importa ya. De pronto, ella quiere permanecer pegada a la piel pálida del cliente, como si lo hubiera extrañado desde siempre; desea besar esa nariz fina, lamer la barbilla recién afeitada y morder los labios delgados que le brindan un placer gélido. Quiere quedarse ahí, con la saliva helada entre las piernas, una y otra vez.

Como antes..., susurra un pensamiento.

«¿Cómo antes?», se pregunta.

Como siempre.

—Te extrañé —dice el joven al oído.

La confusión es una palabra que describe apenas lo que Estéfani detecta. Reconoce la confianza y la añoranza en las palabras del joven. Sabe que sin baile no hay tragos y sin tragos no hay dinero adicional.

«Maldición.» *Maldición.* Exclaman sus dos pensamientos cuando los colmillos largos y afilados del hombre aparecen ante ella.

«Soy el trago de esta noche, acéptalo...» Lo abraza sin hablar.

Somos, Estéfani. Somos el trago de esta noche.

Quiere pedirle que espere, que la deje tomarse la pastilla que guardó entre su ropa para no quedarse dormida y salir del cuarto. Pero antes de que logre meter las manos para evitar que se aproxime, ya sucumbe al placer de la mordida profunda justo sobre la clavícula. Su cuerpo experimenta un calambre que se propaga y la paraliza: músculos tensos, vientre contraído, cosquilleo en las extremidades, fluido ardiente que le escurre entre las piernas.

El arma más poderosa de las criaturas nocturnas, la técnica perfecta para conseguir sustento: un par de colmillos que convierten a cualquiera en una víctima indefensa. La herramienta que convierte a la presa en una que desea ser la presa.

El vaivén de las embestidas la sacuden. Mira hacia atrás y distingue al cliente de ojos claros que la penetra con violencia, ansioso por terminar. Mantiene un gesto de complicidad que retuerce su sonrisa. Él le sujeta una mano en la espalda para empujar su cara contra el colchón. Estéfani tira con fuerza sin lograr soltarse. Él la contiene. Disfruta someterla, luego dirige sus ojos a la pared. Un placer insano la invade, y el frío se le pega a la piel como si nadara en un estanque durante el invierno. Logra levantar la cabeza cuando el joven la suelta. Mira la almohada, pero más allá de no reconocer la cama, nota que sus manos no son sus manos. Por un instante, es consciente de que su cuerpo no es más el de una mujer que apenas rebasa los diecisiete. Se estremece porque en lugar de ver sus brazos delgados con las uñas recién arregladas, descubre los de un hombre con la piel cubierta de vello espeso. Se encoge asustada de no saber quién es en ese momento. El muchacho se retira para eyacular sobre su espalda. El líquido escurre caliente hacia las sábanas desde su cintura, huele a sangre. Trata de levantarse, pero los movimientos no son suyos. El cuerpo que habita se recuesta y un mareo la acompaña hasta que el sueño se apodera de ella. Con la cara pegada al pecho lampiño del joven, siente las manos que le recorren la espalda con cariño. Es una espalda que no es suya y, aun así, se excita al lamer el pecho que no tiene ningún rastro de sudor. Levanta la vista, el amante se ha quedado dormido y ahora la piel empalidece hasta convertirse en la de un cadáver. Está muerto. Es un muerto.

David, murmura con una voz profunda y cansada.

EL TECHO PINTADO DE rosa claro le confirma que está despierta. Estéfani endereza la espalda. Alguien ha encendido las luces frías de las lámparas de barra. Mira a su alrededor y tiembla cuando ve los condones cerrados sobre la mesa de noche. El cliente se ha ido.

«No, no, no... ¿Qué pasó? Oye, estás ahí... Háblame», piensa, pero su mente permanece en silencio, sumergida en un vacío abrumador.

Estéfani se lleva una mano entre las piernas. Se revisa la espalda en el espejo grande de la pared, está limpia. Vuelve a tocarse entre las piernas. Son sus propios fluidos. Suspira.

—¿La pasaste mal, *Blondy*? —Héctor aguarda desde la puerta con una charola en las manos—. Un tipo duro, ¿no? Te traje algo para que te sientas mejor.

—No-sé. —Estéfani estira la sábana. Se cubre hasta la cintura—. Se fue.

—Como a las tres de la mañana. Esa clase de clientes nunca se quitan la ropa, y si lo hacen no tienen sexo. No te quería para eso. ¿Necesitas ver a la doc?

«Entonces lo soñé», se limpia la mano en la sábana convencida de que ese no pudo ser su sueño.

—Te lo dije: un trato especial para un cliente especial, pero no escuchas. Dejó una buena propina, dijo que eras la mejor que ha probado en su vida y prometió que volvería.

—¿Es-nue-vo? —Ella estira las manos para recibir la charola.

—No. En realidad, no es nuevo. —A Héctor se le escapa la risa—. Debe tener como cien años de uso. —Vuelve a reír—. ¿Qué tienes en el cuello?

—Mor... mordidas —Estéfani sujeta la charola con una mano y se lleva la otra al hombro—. Algunos... muer-den, tú-lo-sa-bes —contesta en pausas.

—Debiste llamarme si te estaba lastimando. Al jefe no le gusta que dejen marcas. —Héctor la ve encogerse y se agacha para recoger el disfraz de olanes—. Date prisa, güerita. Dormiste todo el jodido día y ya pasan de las cinco. Un baño, un buen pase y después a la tarima. La chica nueva te espera para practicar, ayer se cayó del tubo en la presentación. Jonny está molesto. Ah, y te maquillas el moretón, no quiero problemas.

«¿Un pase?»

Es una trampa. No lo hagas.

—El... jefe —empieza a decir Estéfani, pero sabe que no vale la pena explicar lo que Héctor ya sabe—. Sin-drogas.

—Ah, sí, claro. ¡Es cierto! Soy un tonto... discúlpame, *Blondy*. ¿Cómo pude olvidarlo, eh? —Héctor abre la mano frente a Estéfani—. No entiendo entonces para qué trajiste esto. —Le muestra la cápsula blanca—. Estaba entre la ropa. Tienes que haberlo dejado por completo cuando te vayas. ¿Entiendes? Así que date un baño, come algo con azúcar y a la pista. Te ves de la mierda. No quisiera estar en tu lugar.

Estéfani come de prisa, con la ansiedad que le provoca la remanencia de su sueño.

«¿Quién fantasea con algo así?, ¿no? —La voz en su cabeza permanece muda—. ¿Te molesta que no te haya hecho caso? Ya viste. Todo salió bien. —Percibe el temblor en las manos cuando levanta la cuchara. La palidez de su piel delata la falta de sangre—. Estoy exhausta. ¿Y tú? —Da unos pocos bocados antes de ponerse en pie. Se revisa cada centímetro del cuerpo. Ninguna marca además de la que tiene en el cuello—. ¿Tú ves algo?»

Maldito idiota...

La voz reclama mientras Estéfani se dirige al baño con unas ganas de llorar que se acumulan detrás de su nariz. Pero no hay conversación, solo la angustia convertida en un nudo que le pesa en el estómago. Un sentimiento ajeno, otra vez, como muchas antes.

Desde la puerta, Estéfani ve a Héctor que la admira desnuda. Lo ve dejar la ropa de calle sobre el colchón: *shorts* de mezclilla, ombliguera y zapatillas deportivas.

—Te espero arriba —dice Héctor antes de ajustarse la entrepierna del pantalón.

Esta noche no bailarás —le asegura la voz—. Tendrás que recuperarte primero. Y ojalá que no tengas que ver a ese imbécil otra vez. Dile a Jonny que quieres dormir.

«Mejor cállate. Si tanto miedo le tenías, debiste defenderte».

Estéfani se traga el coraje, se viste y se dirige a la pista en el sótano. La niña nueva llora abrazada a las piernas de Héctor.

—No quiero hacerlo. Por favor, llévame con mi papá...

«Esto es un fastidio».

Lo es. Al menos no te obligan a dormir con ella.

Estéfani le sujeta una mano a la niña y tira de ella con fuerza para levantarla.

—¡Música! —pide Estéfani y Héctor pulsa el botón de encendido en el panel de control de sonido tras la cortina—. Baila, niña.

En ese momento, Estéfani le muestra a la nueva adquisición del club, que su única opción es bailar, como es la única opción de todas ahí.

SABÍA QUE ERA ÉL. *Su esencia de muerto viviente invadía todo el lugar; su olor se enroscaba con el hedor del cigarro, el perfume de los clientes y el licor que servían en la barra. Él estaba atento a cada movimiento de Estéfani. A mis movimientos. Distinguí su silueta entre las luces cambiantes. Y aunque al principio la memoria eran fragmentos en sepia que centellaban, poco apoco se desvelaba la verdad.*

Con la máscara puesta, sus ojos resplandecían intermitentes. Le pedí a Estéfani que se controlara, que nos mantuviéramos tranquilos, que conservara el perfil bajo, pero no me escuchó. Para ese momento ya no escuchaba. Ella era dueña de mis habilidades, del cuerpo que habitábamos, de la conciencia; y yo, era un huésped no invitado atrapado en su alma.

Cuando entré a la habitación aquella noche, una marea de recuerdos me arrastró al pasado y volví a enamorarme de él. Lo deseaba. El incidente de la carretera todavía era una nube con siluetas monstruosas de fondo, así que me entregué a los besos del ser que amaba, a pesar de lo doloroso que resultaba recuperar nuestra historia.

Independiente

Se puede bailar en todas partes, y eso es maravilloso.
—Hervé Koubi

A ESTA HORA BAILARÍA en el club, quizá todavía metida en algún privado. En lugar de eso, temo que mi descanso se convierta en una pesadilla de ausencias. El departamento huele a humedad porque el administrador del edificio lavó las paredes con desinfectante para borrar la sangre de algún incidente con el inquilino anterior. Hoy es una mancha oscura bajo el gris de la pintura, pero todavía puedo percibir el dejo ferroso.

Hay tardes en las que voces se manifiestan en la sala, pero estoy tan acostumbrada a la voz en mi cabeza, que solo me sorprendí la primera vez. Y aunque los vecinos hacen ruido todo el día, durante la noche se prolonga el silencio. Cuando me quedo completamente sola, me parece que las sombras que se pasean por la casa tomarán forma en cualquier momento y me revelarán el rostro de la mujer que murió aquí.

Me preparé por semanas; compré cobijas, cortinas, un colchón, platos, vasos, un espejo de cuerpo completo, una bocina para poner música siempre que quisiera y un refrigerador que todavía no llega. Héctor recogió el dinero que Jonny guardó para mí. Dijo que tenía años ahorrando una parte de lo que los clientes pagaban por si algún día quería irme. No quería; y, de todas maneras, aquí estoy.

Cuando me dijeron que a los dieciocho me permitirían salir, pensé que se referían a dejar el club, pasear por la ciudad, conocer personas menos aterradoras que los clientes. Deseaba libertad e independencia. En cambio, Jonny se desentendió de mí.

Héctor dijo que no sabría administrar los ahorros y pidió dejar la guardia en el club para acompañarme a buscar departamento. Ha sido lindo conocerlo de otra manera y convivir en un espacio diferente al sótano. Lo primero que hizo fue pagar un año completo de renta y llenar la alacena con comida enlatada, pastas y galletas; luego recorrimos los bazares y las tiendas de segunda mano. No tuve opción, acepté que Héctor se hiciera cargo porque yo no tenía idea de qué iba a necesitar ni dónde encontrarlo. Jamás había comprado nada por mi cuenta. Guardo algunos billetes para las cosas que pudiera necesitar en el día a día, pero nunca me deja sola. En el sótano bastaba con que dijera 'necesito' o 'quiero' y días después, las cosas aparecían sobre mi cama.

La ropa está acomodada en tres montones dentro del clóset; todavía no tengo ganchos para colgarla. No creí que extrañaría las risas o las quejas de las otras bailarinas, los llantos y las bromas. Sin la música, esto se siente casi como el hospital, uno de mis primeros recuerdos son las paredes blancas y la ausencia de sonido prolongado. Incluso, el olor del limpiador de pisos huele a aquellos años. El ruido del tráfico atraviesa la distancia. A pesar de habitar el tercer piso, escucho con claridad la ambulancia y varias patrullas que pasan por la avenida lateral. La ventana está limpia, veo a la perfección hacia la calle y me parece extraño porque en el sótano no teníamos ventanas.

Una y otra vez se repite una melodía en mi cabeza desde que llegué: 'Sonata para Elisa'. De alguna forma supe que ese era su nombre; música en piano, no sé de dónde viene o cuándo la oí, pero le pertenece a mis recuerdos, ¿o no? A veces ocurre esto, salgo al centro de la ciudad y veo algo que se convierte en una memoria que pareciera pertenecer a otra persona. Jonny me dijo que es imposible. Así que conforme crecí, dejé de hablarle del hombre en mis pensamientos cuando me amenazó con ingresarme al siquiátrico en lugar de darme trabajo. Al principio no supe a qué se refería, hasta que una de las chicas me dijo que era un lugar mucho peor que el orfanato.

El olor a nuevo se aferra a las sábanas. Me resulta incómodo que la tela pique. El colchón todavía necesita una tarima. Cuando me siento sobre la alfombra, la arenilla se me clava en las manos. Tendré que comprar una aspiradora pronto. Al celular le queda poca carga y no tengo mensajes. Nunca había tenido uno antes. Resulta emocionante descubrir todo lo que puedo hacer con él. La lista de contactos tiene dos nombres: Héctor y Jonny. Pero Jonny dijo que conocería personas fuera del club cuando le sugerí que le diera teléfonos a las otras chicas para tener con quién escribirme. Se rió.

No puedo dormir, escribo y espero varios minutos. Jonny no responde. Cierro los ojos, pero el sueño no llega. Repito los pasos de la nueva coreografía luego de un calentamiento ligero. Busco una canción y conecto los audífonos. Inicio la rutina, pero el suelo del departamento no es igual a la tarima y me cuesta hacer giros entre los nudos acolchados del tejido. Nunca he bailado en el área general del primer piso y, aunque Héctor repite con frecuencia que lo haré bien y que tendré más espacio, los nervios me invaden.

Sin público, bailar es un acto inútil, piensa el otro.

«¿Tú crees?», lo ignoro.

Me faltan muchas cosas: escruto la habitación cuando reconozco el cansancio. Un tubo por aquí iría bien. «¿Qué dices tú? —pregunto—. ¿Y una lámpara de noche por acá? Las cortinas más oscuras y la parrilla eléctrica. ¿Tienes hambre?»

Dejo el teléfono conectado al cargador, con tres alarmas configuradas: una para despertar, otra para tomar un baño y una tercera para irme al club. Me distraigo con facilidad y se me hace tarde todos los días. «No es suficiente, necesitamos más». Todavía no se parece en nada a los departamentos muestran en las películas, no se siente mío.

—¿Héctor? —Las palabras hacen eco desde la habitación hasta la entrada—. ¿Duermes?

—No, sigo despierto —Héctor aparta la sábana de su cara y busca mi voz, lo distingo en la oscuridad antes de que encienda la linterna de su teléfono—. ¿Qué pasa, güera? ¿No puedes dormir?

—No —gateo hasta él. De pronto me doy cuenta de que las palabras fluyen como nunca antes—. Dormiré... contigo. Ya tengo sueño.

Héctor resopla, pero levanta la sábana para indicarme que soy bienvenida. Siempre hace lo mismo, se queja de mis travesuras, pero de todas formas me deja tocarlo. Lleva toda la semana aquí. Descansa poco porque su turno empieza al mediodía en el local y yo le pido que me acompañe a hacer compras en su tiempo libre. Se acomoda para que me recueste en el pedazo de cobija que improvisó como cama.

—¿Un abrazo? —suena casi paternal.

—Sí —digo mientras empujo su brazo para alejar la luz de mi cara.

—¿Y si usamos el colchón? —Héctor me habla con un tono sugerente. Es raro, porque evita seguirme el juego. Mueve la linterna y lo miro a los ojos por varios segundos, luego dirige la luz hacia la pared—. No voy a dejarte sola. Jonny dijo que me quedaría hasta que te acostumbres a tu nueva casa... ¿Algún día usarás tu cuarto?

Niego con la cabeza porque ya no quiero hablar del asunto. Héctor me arropa, luego apaga la linterna y aprieta mi cuerpo delgado contra su pecho. Huele al jabón de lavanda que dejé en el baño. Me gusta que esté conmigo. Le acaricio el brazo y la piel se le eriza. Mantengo mi rostro oculto para que no note que me río. Está por amanecer, lo sé porque el cielo se despinta al otro lado de la ventana.

—Debía poner las jodidas cortinas hoy, ¿cierto? —dice Héctor casi en un susurro—. Maldita sea.

Me aparta. Y no sé si maldice porque el sol no lo dejará dormir o porque sabe que percibí su erección y no logré contener la risa.

NADIE ME DIJO QUE ser independiente significaba soledad. Cuando Héctor se va al mediodía, deja las llaves. Espero a que cierre la puerta en el centro de la sala. Aprieto las manos hasta que el olor a moneda mojada me llega a la nariz. Mi mano sangra. Caen las gotas sobre la alfombra y sé que me excedí con la fuerza al apretar el llavero. Corro al baño para lavarme la herida. Algunas veces me pregunto cómo es sentir dolor, otras, agradezco que el cosquilleo incómodo de la piel abierta se disipe rápido.

Un hueco se abre en mi estómago. No es el hambre, es que me aterra que Héctor no vuelva, que le pase algo, que se muera o se lo lleve la Policía como le pasó a Éric. Últimamente, pienso mucho en él. Cuando recorro las calles, lo imagino, lo sueño. Recuerdo su rostro y la cicatriz que bajaba desde la oreja hasta la comisura de los labios. Aunque Héctor es un adulto y, en aquellos años, Éric y yo éramos un par de niños sin padres tratando de sobrevivir a las fallas del sistema social, me parece posible que no regrese.

«¿Qué quieres hacer hoy?», le pregunto al espejo, pero en estos días la voz solo me habla cuando quiere. Hoy es una de esas tardes en las que el silencio será lo único que tenga.

Me decido a poner las cortinas por mi cuenta. Ya únicamente faltaban las de la sala. La música comienza en mi mente cuando veo un autobús que pasa por la calle del frente. Es una balada que me invita a levantarme en las puntas de los pies. No sé por cuánto tiempo bailo, pero desde que tengo memoria, no necesito pretexto para inventar pasos. Me detengo cuando alguien toca en la entrada. Aún no arreglan mi ventilación. Hace calor. Las risas atraviesan la ranura inferior de la puerta. Espero alguna advertencia, pero la voz no llega y vuelven a tocar.

—Voy... —digo.

Del otro lado de la madera seca y descascarada, aguarda un joven. Se recarga en el marco con una pose coqueta. Me detalla, y yo a él. Es flaco, los huesos de sus hombros se marcan a través de la playera. Tiene el cabello oscuro y corto con luces claras. El aro de su labio es de plata, igual que los de su ceja, su nariz y la oreja derecha. Del otro lado de la cara usa una espina negra.

—Hola —tiene un tono adolescente todavía, un timbre suave y vibrante. No espera mi respuesta—. Me llamo Carlos, y como ves —señala a una chica de cabello largo pintado de verde con perforaciones, también—, mi amiga, los otros y yo nos acabamos de mudar. ¿Tendrás alguna extensión o un multicontacto que me prestes? Quiero conectar el equipo de sonido y...

—No —le respondo. Aunque quisiera decir que le preguntaré a Héctor. Me limito al monosílabo porque es más fácil de entender para los demás.

Paralizado, me sostiene la mirada.

«Te tengo», pienso. Agacho la cabeza al notar que uso mis habilidades sobrenaturales para agradarle.

Desperdicias nuestra energía, reclama el otro. Es un reflejo inconsciente para protegerme del mundo.

De mis poros emana ese vapor invisible para los ojos humanos.

—¿Te habían dicho que eres hermosa? —sonríe coqueto.

La chica hace un gesto de fastidio, se da media vuelta y se aleja hasta desaparecer dentro de su apartamento. «Perra...»

El vapor lo envuelve al chico.

—Sí —le contesto sin mucho ánimo.

—Y tus ojos son... —no lo dejo terminar.

Es suficiente. Deja de perder el tiempo con este imbécil, me dice la voz y cierro la puerta de golpe mientras el muchacho intenta despedirse. *No necesitas hacer eso, enganchar a ese tipo de personas no tiene ningún beneficio.*

«¿Sigues aquí? Fuiste muy grosero todo el día. No tienes derecho a reclamar nada», sonrío. Luego pongo música y hago estiramientos. Estar en forma es mi seguro para conservar el trabajo, en otra área, al menos. El sonido de un mensaje entrante me emociona porque solo pueden ser Jonny o Héctor. Es el segundo.

Zorri, Blondi. Tndrs k vnr sola. Pasó algo con Lau. Staré okupado td la trd.

Alguien debió enseñarle a escribir.

«No es asunto tuyo», pienso.

Mi remplazo no se ha dado cuenta de que esta es su nueva vida. Sigue llorando desde que despierta hasta que el cansancio la vence y se vuelve a dormir. Odio su espectáculo de niña buena, de niña dulce e inocente. Por eso prefiero estar aquí.

Lejos de las otras bailarinas que nunca pierden la esperanza de volver a su casa. Yo no tengo una casa que extrañar.

Si no consigues que te dejen bailar, pronto estarás muy débil hasta para levantarte en las mañanas. No desperdicies las reservas con gente sin importancia, me dice la voz.

—No exageres —digo ante el espejo frente a la regadera.

No exagero. Sin la admiración, hacer trucos es imposible.

«Lo sé», le digo. Pero no lo entiendo del todo, porque nuestras conversaciones se limitan a que él dé órdenes y no responde mis dudas.

Luego de la ducha, la tercera alarma me indica que es hora de salir.

Lo MEJOR QUE PUDO pasarnos fue tener un departamento propio; lejos de Jonny, Adriel y David. Estéfani no lo ve así. Al principio yo no lo vi así. Pero sé que lo entenderá conforme la independencia se le pegue a la piel y nuestras conversaciones sean más un placer que una molestia. Ocurrirá cuando madure. Y eso ya está pasando.

El único problema es que Estéfani no está interesada en pintar ni en componer, ni esculpir o tallar. Solo quiere bailar. El deseo irrefrenable de moverse está cosido a su alma. Y cuando se siente triste, y no sé qué decir para que sonría, rememoro música que solía interpretar en otra vida. Así, ella sigue una danza intuitiva, con un concierto personal. No se da cuenta de que toco para ella, para alegrarla, para calmar sus miedos. Para apagar los míos.

No sé cómo alimentaremos la fuerza sobrenatural que nos ha protegido hasta hoy. Alguna vez, el amor de David me dio todo lo que necesitaba. La devoción en cada caricia era todo lo que requería para ser fuerte. Creo fervientemente que el amor es la energía más poderosa del universo, o eso me gusta pensar, pero no estoy seguro de que a Estéfani le interese una entrega en donde el compromiso con el otro es lo más importante.

A veces ella sueña con mis otras vidas, se pasea en siglos anteriores al suyo. No sé por qué la memoria elige algunos pasajes, pero en todos ellos estoy solo; excepto en los que aparece David. Me pregunto si soy yo quien los elige, y si después de haberlo visto en el club, soy yo quien llama esos recuerdos

Cumpleaños

El baile puede revelar todo el misterio que la música concede.
—Charles Baudelaire

HÉCTOR SE FUE TEMPRANO; cada vez pasa más noches en el club que aquí. Me tomó varias horas tener la habitación en orden después de que llegaron la cabecera y el tocador. La sala sigue vacía, pero tengo los muebles necesarios para asegurar que esta casa ya es mía. La única caja cerrada es la de las pelucas que me regaló Jonny.

Me siento lista para regresar al trabajo después de varias semanas fuera. Al jefe le pareció buena idea sacarme algunos días y crear expectación entre los clientes. Iban a darme más tiempo; sin embargo, perdieron una bailarina. La situación con Lau resultó desastrosa, como dijo Héctor. Jonny tuvo que deshacerse de ella, por ahora. Me da gusto. No la mató, porque en su lugar levantaron al hermano. El niño no puede trabajar en el club, va contra las políticas de servicio porque es adolescente, pero lo tendrán desaparecido por largo tiempo, aunque no dudo que a algunos visitantes les gusten los varones; quizá en una casa de esas que le llaman de seguridad, o incluso en alguna cabaña en la sierra o en el campo. Le encontrarán utilidad, pero en un negocio diferente.

Jonny lo mencionó al teléfono, mientras yo esperaba a Héctor en la oficina: dijo que Laura no servía para bailar y no podría pagar la deuda, así que podían sacarle provecho en otro lado, y se la llevaron. Es raro que permitieran que alguien de fuera la custodiara; fue uno de esos clientes raros, con colmillos.

Pobrecita, nunca había pensado en cuánta sangre le pueden quitar a una de las nuestras y por cuántos días seguidos. El padre de Lau pagará a finales de año, yo prefiero que no vuelva al club porque es demasiado bonita y opacaba mis presentaciones, pero también porque todavía no tiene los años suficientes para entender qué le pasa y nunca deja de llorar.

Yo, por ahora, disfruto entrar y salir de mi propio espacio cuando quiero. La libertad sabe bien si se tiene dinero. Tampoco lo había pensado antes de vivir aquí y Héctor se encarga de que siempre tenga efectivo para gastar. Extraño el sótano, pero salir cuando quiero también me agrada.

Se hace tarde. Debo estar lista antes de las ocho. Es indispensable que luzca lo más parecido a una niña esta noche: brillo labial de fresa, listo; coletas altas, listas; aretes pequeños de flores, listos. Hoy es mi despedida, el mensaje de Héctor decía que me compraron un traje especial. Te va a gustar mucho, afirmó. A veces me dejan quedarme en el negocio si me tocaba bailar, sobre todo cuando atiendo privados. Me gusta el edificio, pero cada vez me siento más lejos del lugar que considero seguro: El Sótano. Elegí la única ropa que me queda limpia, porque sin Héctor aquí, olvido bajar a la lavandería. Si consigo dos o tres privados hoy, tendré suficiente dinero para contratar internet sin acabarme los ahorros.

«¿Qué te parece? ¿Te gusta el peinado?», pregunto al inquilino en mis pensamientos. Está más callado de lo habitual. Incluso, la música que resuena en mis recuerdos todo el día, y hasta en mis sueños, hoy se reproduce en un volumen muy bajo, como si la puerta de mi mente se mantuviera cerrada.

Los gritos de los vecinos son un fastidio. En cuanto abro la puerta, retumba la voz chillona de una chica de pelo verde que visita con frecuencia el edificio y se queda con Carlos. Gritos, barullo, personas que corren de un lado a otro y juegan a lanzarse cosas todo el día. Muchachos un poco mayores que yo, pero con vidas realmente relajadas. No tienen que trabajar y se la pasan bebiendo. ¿Dónde consiguen dinero para tanta fiesta?

Carlos espera en la entrada de su apartamento, tiene una cerveza en la mano. Ahora que le pongo atención, me parece más atractivo: brazos delgados, barba rala en las mejillas, cadera estrecha. No creo que tenga más de veinte. Los *piercings* y los tatuajes no le quitan el gesto de chico bueno formado por el ángulo curvo de sus cejas.

Evito el coqueteo porque no quiero perder tiempo, también a Jonny, pero con el segundo no hay problema porque es imposible que se dé cuenta de lo que hago aquí.

Carlos me saluda con un movimiento de cabeza. Distingo, bajo su gorra, la piel morena y el cabello recién cortado. Levanta la cerveza como si me la ofreciera. No me animo a contestar. Sólo lo observo, como cada vez que nos encontramos. Hoy me sostiene la mirada, a diferencia de otros días que intenta evadirla. Permanecemos así, quietos. Atrapados por el tiempo como los bustos sobre las columnas en la plaza del centro.

Alguien dentro del departamento enciende una bocina y la música hace vibrar las paredes, también mi pecho. Volvemos a la vida, él se asoma hacia la sala y yo me despido con la mano antes de darle la espalda.

«Tienen buena música, ¿no crees? —Inicio una conversación sin respuesta. El pomo se tambalea cuando cierro la puerta. La llave se atora, me cuesta activar el seguro—. Maldita porquería».

Aprieto los dientes. No necesito ver a Carlos para saber que se ríe de mí, escucho ese ruido que hace con la garganta cuando contiene una carcajada. Se me enciende el rostro.

«Héctor... debió arreglarla», suspiro para recuperar la calma.

Me rindo. Atravieso el corredor de paredes descascarilladas. Los tacones, aunque bajos, golpean las escaleras de mosaico. El ritmo de mis pies me recuerda una canción de la que no conozco el nombre. Es una melodía recurrente. Aparece como de fondo en la película de mi vida cuando salgo de compras. En el primer piso percibo el olor de la calle mojada: «debimos traer el paraguas». Me da pereza subir los tres pisos de regreso y pelear de nueva cuenta con la cerradura.

Una imagen toma fuerza en mis recuerdos. Soy yo, sentada en la parte trasera de un coche, con la lluvia golpeando la ventana y las luces de otro auto que se refractan como un rayo arcoíris. Las memorias escapan. Intento aferrarme a esas imágenes mientras me cubro la cara con las manos porque normalmente esos cortometrajes están acompañados de un mareo. Es momentáneo. Me sujeto de la maceta vacía junto a la puerta.

«No es hora de soñar, me esperan en el club».

A veces quisiera saber de dónde viene la película que inicia sin que pueda controlarla.

Las bisagras rechinan al abrir la puerta principal. El aluminio que enmarca el vidrio templado golpetea por el empujón. Este edificio se desmorona por falta de mantenimiento. Jonny dice que cualquier día se derrumbará y todos los que estemos dentro moriremos. Héctor siempre le contesta que es el lugar más cercano de bajo costo que pudimos conseguir. Luego se ríen. Y es cierto. A mí me cobran la mitad del alquiler porque la noticia del asesinato de la mujer que vivía en el apartamento salió en el periódico.

«¿Qué diablos?», pienso al ver la calle seca.

El cielo gris se enciende con un relámpago. Sí lloverá. El sol desaparece tras los gigantes de granito y las nubes espesas se acercan. El mundo se refleja en los ventanales ahumados de los edificios ejecutivos. Personas con corbata y mujeres de traje esperan el transporte empresarial. Algunos obreros y trabajadores del servicio público se dirigen a la entrada del metro, con sus uniformes tristes y descoloridos; otros, pelearán por un taxi en la estación cercana, como en esas películas donde muestran Nueva York y el embotellamiento interminable. México solo se parece en la gran cantidad de gente que se abarrota en las aceras a esta hora de la tarde.

Un cosquilleo me recorre la columna cuando paso frente a los aparadores de los locales comerciales. Evito ver los vidrios, porque sé que encontraré el reflejo del hombre alto de alas negras, aterrador y reconfortante a la vez, en lugar de mi metro cincuenta y ocho de estatura. Lo aterrador sería verme a mí misma y darme cuenta de que estoy sola y que él ya no está. Odio la soledad que se vuelve pesada desde que duermo fuera del club.

«Hace frío», escucho un murmullo. Cuando intento contestar reconozco que he sido yo misma y no él. Tengo lo vellos de los brazos erizados.

En la esquina, el semáforo en verde se prolonga y la electricidad me recorre la espalda. Encuentro los auriculares y conecto el celular. Elijo una canción al azar de la larga lista que Héctor armó la semana pasada. Dijo que me gustarían y tuvo razón, me conoce como nadie.

El olor que sale de la panadería me despierta el apetito: la gente hace fila afuera del local. Salivo, pero hoy no puedo comer eso porque es mi noche y debo verme lo más delgada posible; lucir perfecta a los ojos de los hombres y mujeres que esperan mi último espectáculo.

La gente del barrio ni siquiera me nota. Héctor me deja una lista de actividades diarias porque quiere mantenerme ocupada dentro del edificio. Hago lo que puedo, lo que quiero. Crecer y vivir con libertad, es algo que todos desean, pero yo no sé cómo disfrutar de mis días como chica independiente. Empezaré con una noche de trabajo a la semana en la parte alta de El Rayo, me pagarán lo suficiente para sobrevivir, pero no para los lujos que sueño, ni todo lo que he podido costearme hasta ahora.

Atravieso la avenida principal, los coches reclaman impacientes por salir del embotellamiento. Presiono *play* en la pantalla del celular y la poderosa voz de Tarja apaga el mundo. *I walk alone...* Un coche se detiene junto a mí. *Every step I take, I walk alone...* Los vidrios oscurecidos no me permiten ver al conductor. *My winter storm holding me awake...* El hedor a muerte es innegable: un depredador me acecha desde dentro del automóvil. *It's never gone when I walk alone...*

Date prisa, la voz aletargada y profunda del hombre en mi mente resuena como un eco en mis entrañas. Se mezcla con la potencia de la soprano: *Go back to sleep forever more...*

«¿Sigues ahí? ¡Háblame! ¿Quién es? ¿Quién nos sigue? ¿Lo conocemos? Tú siempre sabes todo y nunca dices nada». No responde. Esas dos palabras son la clase de advertencia que nunca paso por alto. *Far from your fools and lock the door...*

Dejo de atender la música y me concentro en el auto que avanza despacio. Aunque me doy prisa, no logro salir de las sombras, que se agrandan sobre mí, y alcanzar los arbotantes. Siluetas se desvanecen en la oscuridad de los callejones. Cualquiera puede ser el enemigo. Los negocios bajan las cortinas metálicas en la otra cuadra. Las luces se apagan una tras otra, hay una mezcla de tinieblas y roce de acero que me estremece. El movimiento de la gente disminuye conforme acorto la distancia hacia el club.

—¡Hazte a un lado, perra sorda! —grita un muchacho en patineta.

Retrocedo porque lo escucho cuando está casi sobre mí. Alguien me sujeta de los hombros. Tampoco lo vi. Es un hombre que vive en mi edificio, nunca hablamos, pero sé que vende polvo y pastillas porque Héctor le ha comprado algunas veces para nuestros clientes y las chicas nuevas.

—«Lo siento» —se disculpa, y aunque no lo escucho, descifro el movimiento de sus labios.

—Sí —contesto con torpeza.

Nos resguardamos bajo el toldo de una vinatería ya cerrada. Me dice adiós.

«¿Por qué estamos tan nerviosos?»

No logro entender la inquietud que se arremolina en mi pecho.

Las primeras gotas de lluvia mojan el pavimento. Luego de cruzar la calzada, tomo la calle hacia la zona de tolerancia. Los ebrios descansan sobre las banquetas cerca de los bares. Las mujeres y los hombres venden sus cuerpos bajo los letreros luminosos que indican "habitaciones disponibles". Evado sus rostros tristes y el decadente movimiento de sus cuerpos marchitos. Un viejo, de panza redonda, se planta frente a mí. Me detengo, él me sujeta el brazo. Observo sus labios y trato de adivinar sus palabras.

«¿Cuánto por una mamada?», creo que dice.

Intento soltarme, pero él sigue hablando mientras me sujeta con más y más fuerza. Me sacude. Héctor aparece para hacerle frente. Debió vernos desde la esquina donde me espera desde que camino sola hasta el club. El hombre con aliento agrio levanta las manos para indicar que no quiere problemas cuando lo nota cerca de nosotros.

—No te detengas —dice Héctor, listo para darle una paliza al borracho que me sujetaba—. Te veo en la entrada, güerita.

Avanzo hasta la pared del fondo donde hay un grafiti rojo. Las palabras de Duan Marie me acompañan: *Mi interior naufraga / En la humedad de tus palabras...*

No importa cuántas veces borren el dibujo, a los pocos días, alguien vuelve a pintar la barda con colores más brillantes: la misma mujer desnuda, de curvas resaltadas con aerosol negro y con la vista puesta sobre la puerta del club. *Sembraré tu historia / Lo más profundo en mi memoria...*

Noto el detalle de la cruz egipcia en sus manos y por un instante reconozco el símbolo, pero el significado se disuelve como los recuerdos. Antes de cruzar la calle, el hedor a sangre podrida vicia el aire. Cada poro de mi cuerpo se contrae y los vellos de mi nuca se erizan. *Todas las almas llorarán...*

Me escurre agua por las coletas. Estoy hecha un desastre; tardaré mucho en prepararme para la presentación. Lanzo un vistazo al fondo del callejón, algo se mueve en medio de la negrura. El metal se arrastra sobre el pavimento y adivino que puede ser una tapa de desagüe. Miles de ideas atraviesan mi cabeza: imágenes de monstruos con tentáculos que asaltan transeúntes incautos desde las alcantarillas; leyendas urbanas de cuerpos deformes que solo aparecen en las películas.

El corazón me pulsa en los oídos. La visión se vuelve cada vez más clara. Gracias a la magia que me habita soy capaz de atravesar la noche y mis ojos se acostumbran a la oscuridad. Algo parecido a una silueta humana se arrastra fuera del agujero en el suelo. Muestra su cara deforme y los ojos brillantes amarillentos. La rejilla conserva pedazos de concreto adheridos al borde. El cosquilleo en mi espalda se intensifica, como si dos manos tibias se posaran a la mitad de mi columna y me acariciaran. Me quito un auricular.

Me miro los brazos que despiden un resplandor dorado. La criatura se aproxima reptando con cautela, como un jaguar a punto de saltar sobre su presa. *Cuidado, es un cazador de las profundidades* —advierte la voz—. *Yo me encargo*, dice, y de pronto mis manos se levantan sin que pueda detenerlas. Le pertenezco otra vez.

«¿Qué haces, Donatelo?». Una imagen se instala en mi mente, mis manos llenas de sangre y la mirada aterrorizada de Éric aparecen en un viejo recuerdo. *No te resistas.*

Aprieto los párpados y siento un cosquilleo que me invade entera.

Parpadeo y la criatura jorobada y deforme se retuerce delante de mí con un chillido semejante a un lamento prolongado. El fulgor dorado de mi piel parpadea, luego se dibujan unas líneas finas que detallan símbolos en espiral.

La criatura emite un lamento y cuando la veo, su cuerpo se convierte en cartón chamuscado que se eleva como brasa a pesar de que el viento sopla y el agua cae.

—¿Estéfani? —Héctor titubea detrás de mí.

«Maldita sea, Donatelo...»

Me agradecerás después...

—¿Sí? —me doy la vuelta para responder.

No lo distingo del todo, el paisaje brilla demasiado, como si hubieran bañado con cromo el mundo. El olor a muerte desaparece. Cierro los ojos y me cubro la cara con el brazo.

—Quédate quieta, algo te... —La voz le tiembla, escucho sus pasos que se acercan, y de un movimiento se quita el saco para colocarlo sobre mis hombros—. ¿Qué pasó?

—No veo-na-da.

La rejilla se arrastra detrás de nosotros. Héctor me rodea con su brazo y me aparta hacia la banqueta. Yo recargo la espalda contra los ladrillos húmedos y una incomodidad me recorre entera.

—No te muevas de aquí... —dice, mientras saca su arma y apunta hacia las tinieblas.

La criatura ya no está. Hay cenizas ardientes esparcidas en el pasillo. La rejilla está puesta en su lugar, como si nada hubiera salido del subsuelo.

—Se-fue —digo mientras mis ojos se acostumbran a la luz.

El saco de Héctor cae al suelo. Por un instante distingo, en la sombra proyectada sobre la acera, dos enormes alas que se contraen. Un relámpago me obliga a apartar la vista. Intento encontrar las alas de inmediato, por instinto me llevo las manos hacia atrás, pero ya solo queda la sensación de cosquilleo incómodo a media espalda.

Héctor se aproxima. Sacude sus manos y se limpia la sangre de los nudillos. Me mira con desconfianza, con un gesto duro, como si yo fuera alguno de los clientes molestos que él debe sacar del bar.

—¿Qué chingados fue eso, güerita? —recoge su saco del piso—. No puedes hacer esto aquí afuera. Ya lo hemos hablado antes. ¿Eres idiota?

Guarda su pistola en la funda y busca la cigarrera en el bolsillo de su pantalón. Le tiemblan las manos al encenderlo.

—Ya ni chingas. Me metiste un buen susto. ¿Qué? ¿No me vas a contestar qué estabas haciendo? —dice mientras da una calada profunda y suaviza su gesto.

La lluvia le moja la cara y él cubre el cigarro.

—No-sé-qué... —Busco las alas sobre mis hombros con las manos entrecruzadas sobre el pecho.

—Lo que digas —maldice—, quítate esa mierda de los oídos y pon atención. —Tira del cordón de los audífonos y estos caen sobre un charco—. Nunca sabes nada...

—Yo...

—Me caga que te pongas así... —contiene el aire unos segundos. Luego exhala aliviado—. Mejor no digas nada. Yo creo que todo esto sobra porque ya sabes que está mal. Qué bueno que estaba aquí, si no, quién sabe qué hubieras hecho.

Apago el reproductor y recojo el cable de los auriculares para enrollarlo. Espero que todavía funcionen.

—Yo, no... no quería...

—Deja esa mierda, a mí no tienes que explicarme nada. Sé cómo funciona. Y sé que sabes perfectamente lo que haces. El fin de semana es un caos ahí dentro y tengo mucho trabajo. Vámonos, que ya es tarde —dice Héctor con ese tono de fastidio que siempre trata de disimular cuando hay problemas. Se lleva la mano al cuello y tira de la cadena para sacar el medallón.

—No-es... ne-ce-sa-rio —le empujo el brazo y retrocedo.

Respiro profundo.

«Por favor... por favor... regresen a la normalidad... le suplico a mis ojos».

Parpadeo. Héctor me observa con detenimiento. Estira su mano y toma la mía para entrelazar nuestros dedos. Ya no tiembla. Se guarda el colgante en la bolsa delantera del pantalón. Cruzamos la calle en silencio mientras exhala el humo de su cigarro.

—Bien hecho. ¿Ves cómo sí puedes controlarte? Movámonos de aquí.

No me esfuerzo por tener una conversación. He visto esas alas antes, en mis sueños, en la imagen de los espejos del club, en los aparadores del centro cuando paseo. Héctor también las ha visto muchas veces, cuando me sentía amenazada por clientes nuevos. Aunque detesto cuando me mira como hoy, porque a pesar de que no me apuntó con el arma como cualquier otro lo hubiera hecho, sé que tiene miedo. Tengo muchas preguntas y muy pocas explicaciones que ofrecer.

—El jefe te consiguió un guardarropa nuevo, ya está en una caja —rompe el hielo con la vista al frente—. Hoy es tu cumpleaños. ¿Sabes...? —hace una pausa al dar la vuelta a la manzana. Nos detenemos en la puerta trasera del negocio. Hay una pequeña luz de neón rojo con azul que anuncia el nombre del club para caballeros y la flecha que indica la entrada por la otra calle. Mete la llave, bota el seguro y gira la perilla—. ¿Sabes lo que significa?

—¿Pastel? —finjo una sonrisa, pero solo veo su nuca y estoy segura de que no le ha parecido gracioso.

94

—Es tu último día. A partir de mañana, estarás en la primera planta con las chicas grandes. La administradora te dirá los días que te tocan privados y los días en que estarás en la pista. También sabrás si servirás bebidas en las mesas o no. Si le agradas, llenarás la agenda y te mantendrás ocupada toda la semana. Ah, sí. Ahí ya no hay colmilludos. ¿Sabes que no es tu cumpleaños de verdad, cierto?

—No... yo... no quiero —intento contestarle, pero me interrumpe.

—Bueno, pues eso lo discutes con el jefe. Hoy cumples seis años en el negocio. Y según la doctora, deberías estar por cumplir pronto los dieciocho. Así que no hay vuelta atrás. Y... bueno... también significa que estas mierdas no deben pasar. Y con mierdas me refiero a eso que haces con los ojos y las putas alas. Eres aterradora cuando quieres. No puedes hacer eso en el club, ni con la gente que te conoce. Menos con la gente en la calle. Deja esos actos para tus noches libres, cuando estés sola. —Se lleva la mano al bolsillo y estira la cadena de su amuleto. Lo tiene desde siempre. Acaricia las figuras grabadas en el frente y se la pone otra vez en el cuello—. No necesitamos esa mierda aquí. Es aterrador y peligroso para todos.

—Pero yo... —empiezo. Las palabras se atoran en mi lengua y sé que es inútil preguntar o aclarar que no sé de qué me habla, que no quise hacerlo y que no estoy segura de por qué pasó.

—Adentro, güera —Héctor me empuja delante de él para cerrar la puerta—. Te irá mejor arriba, ya verás. Te recomiendo que no mencionemos este incidente con Jonny, ni con nadie. Se va a preocupar.

—No hay... sabe... na-na-nada Nueva. Baila...

—¿Qué carajos dices? —pregunta mientras abre la puerta que conduce al só-tano—. No me veas así, de verdad no te entendí. Habla más despacio.

Siempre lo mismo, es como si el otro en mis pensamientos hablara al mismo tiempo y entonces me confundo.

—Mi reemplazo... torpe. Se-la lle-varon.

—Ese es problema de Jonny y del papá de la niña. Su hermano tampoco es bueno para el negocio. Pero tú no te preocupes, tenemos suficientes bailarinas que le van a enseñar. Tú ya eres harina de otro costal, como dicen por ahí.

—Sí...

Saco mi tarjeta de acceso y la introduzco en la ranura de la entrada que lleva hasta los dormitorios.

—Ah, sí, y por cierto... —Héctor me quita la tarjeta con un movimiento rápido—. Esto ya no es tuyo.

«Maldito». Contengo la respiración. El foco rojo de la cerradura cambia a verde.

—Es mía... —me aparto cuando Héctor empuja la puerta.

95

—Ya no.

Me falta el aire, es como si esa tarjeta fueran mis pulmones y acabaran de arrebatármelos. Se me inundan los ojos.

No le des el gusto —dice Donatelo—. *Solo quiere molestarte.*

Al final de la escalera, el único escenario del Sótano mantiene las lámparas apagadas. Héctor me vuelve a sujetar la mano y yo lo aprieto antes de retroceder, quiero que sepa que estoy enojada. Al idiota parece no importarle cuando le empujo la mano.

Atravieso el espacio entre las mesas hasta el corredor detrás de la barra de licores. Hay una mesa en la bodega, está cubierta con un mantel rosa. Jonny espera sentado con una sonrisa que le arruga la cara y le levanta su papada recién afeitada. Huele a espuma para rasurar, a perfume y a jabón. Alrededor de la mesa, mis tres compañeras me ignoran, ninguna es mayor de quince.

«Zorras».

—¿Pero por qué vienes así? —dice Jonny con una sonrisa.

—Está lloviendo afuera. —Héctor contesta por mí, luego me pone una toalla en la cabeza.

No hay vuelta atrás. Cuando las otras dejen de ser niñas, también abandonarán el club. Es nuestro destino. Si tienen suerte, sus familias las seguirán buscando; si tienen suerte, el padre de alguna pagará su deuda y la llevará a casa; si no, la muerte será lo mejor que pueda pasarles.

—Eres un pinche desastre, Estéfani... —Jonny se ríe—. Ven aquí, muñequita.

Sé que soy diferente a todas ellas, que yo no tengo una familia que me reclame o una casa a dónde volver, que mi madre no se metió en problemas de drogas y me dejó en el club para mantener su vicio; también, sé que mi padre no le debía dinero a estos hombres. Esta es la vida que conozco, la que he tenido siempre. Esta es mi familia: Héctor, Jonny, y algunos otros guardias.

—Feliz cumpleaños, güerita —dice Jonny mientras estira los brazos y espera sentado para abrazarme con la panza comprimida hacia sus piernas—. Mi pequeña estrella, ven aquí.

Rodeo la mesa conmovida por las velas con forma de números clavadas en el pastel. El estómago se me encoge. Dieciocho. Mis ojos se llenan de agua y todo se vuelve borroso. Abrazo el cuello grueso de Jonny y escondo mi cara sobre su hombro.

Tienes que seguir siendo útil para este imbécil —me dice la voz—, *si le causas problemas, nada asegura que te deje vivir.*

«¿Qué pasó en el callejón?».

Esta es tu noche, disfrútala. De lo otro yo me encargo, sabes que te cuido.

«Matamos a alguien».

Nada que deba preocuparte. Disfrútalo, es tu fiesta.

Las luces del techo se apagan, Héctor enciende las velas, las niñas cantan y mantienen la mueca mustia en sus rostros para complacer a nuestro jefe, pero cuando me miran a la cara, hacen gestos para demostrar cuánto les desagrado: el sentimiento es mutuo. «Pequeñas perras». Las odio, me odian, pero estamos juntas en esto y todas ellas aprendieron de mí.

Jonny me mantiene entre sus brazos por un tiempo que se pierde en una celebración de la que solo él parece disfrutar. Hay regalos, de él y de algunos clientes cercanos a la gente que trabaja aquí, de algunos empleados, pero no los abriré aún. Besa mi barbilla con un cariño que casi nunca expresa, pero no me da paz. No dejo de pensar en que cuando las puertas del club se abran en una hora, no habrá vuelta atrás.

SON MUCHAS LAS CRIATURAS *que habitan la noche. No todos están clasificados y a la mayoría se les nombra como 'los seres oscuros'. David solía estudiarlos y registrar en sus cuadernos detalles sobre sus hallazgos. Creo que por eso se acercó a mí, para estudiarme. Y yo, joven y sin memoria, acepté su compañía.*

No éramos del todo compatibles, aun así, logramos pasar más de veinte años juntos; tres décadas. Estuvo conmigo en cada paso mientras el pasado se manifestaba en forma de arte y recuerdos.

El día del cumpleaños de Estéfani, estaba tan cansado que me pareció más fácil deshacerme yo mismo del monstruo jorobado que intentar razonar con él. No todos tienen la inteligencia de los vampiros. Los seres que habitamos el día, somos seres de fantasía; criaturas de luz. Cualquier ente de la noche se aleja de nosotros por instinto, pero esa bestia me acechó con insistencia a pesar de mostrarle mi naturaleza, a pesar de iluminar mi cuerpo como una advertencia para que lo pensara dos veces. Debió estar sediento de sangre, porque ignoró las señales y me atacó muy cerca de los centros donde se reunían los humanos.

Estéfani estaba triste, y no había melodía que yo pudiera tocar para reconfortarla. Esa noche, sobre el escenario, le costaba concentrarse para cosechar la admiración de los clientes. Lanzó la bruma, pero los aplausos no la satisficieron igual que antes.

Le sugerí no atender privados, pero me ignoró. Volvía a nosotros la terrible escena del monstruo convertido en carbón al exponerse a mi luz. Ella nunca había matado a nadie, y tampoco sabía que yo sí, hasta esa noche. Una grieta se abrió entre nosotros, y me fue más difícil, cada día, alcanzarla.

No lugar

*El baile, la danza es el arte único del que nosotros mismos somos el
material del que está hecho.*
—Ted Shawn

ME INSCRIBÍ EN LA escuela de ballet del barrio. Ahora, las tardes a solas son más
llevaderas. Sueño con frecuencia que subo a un escenario de verdad. Uno grande
en un teatro. Muchas veces he despertado agitada, con la imagen en mente de un
público que llena butacas, las zapatillas, la silueta de un desconocido al piano en
la oscuridad al fondo de la tarima. Los sueños fueron solo uno de los motivos;
soy consciente de las necesidades de Donatelo que he convertido en mías. La
admiración lo fortalece, algo en el elogio de los otros, es su energía, también la
mía.

Hace unos días, una pandilla tiroteó el club. El Rayo está cerrado; la administradora ordenó un descanso para todas sus bailarinas, pero El Sótano sigue en
funciones. Quienes no tienen documentos en regla, o sea, yo y las extranjeras, nos
quedamos en casa.

Sin contar las visitas policiacas, las dos semanas se convirtieron en un mes.
Quizá el descanso sea ahora más largo. Además del ballet, me ocupo en ver
películas y series musicales. Pierdo la cuenta y las horas del día se consumen.
Construyo una nueva rutina: despertar, comer, hacer ejercicio, ocasionalmente,
limpiar el departamento. El internet está pagado hasta diciembre. Saco el mayor
provecho que puedo mientras Héctor dice que aún hay dinero en mi cuenta.

Así que me mantengo ocupada en mis propios asuntos. También está el sexo con Carlos. Sí, con él, los días son más cortos.

Donatelo es un huésped silencioso la mayor parte del día. Sé que está conmigo por los breves destellos de su esencia, los murmullos y las sonatas, las canciones y las memorias.

Luego de practicar con los videos en línea, algunas coreografías que el grupo de danza local monta para eventos públicos, audicioné. Me aceptaron de inmediato. Durante el primer ensayo supe que no pertenecía a ellos, que su nivel de esfuerzo era el mínimo y estarían renuentes a innovar. Eran títeres sin alma que actuaban en automático entre imitaciones y copias de sus propias rutinas. Les faltaba el fuego que a mí me sobra. ¿Quién se sorprende por repetir una y otra vez lo que miles hacen en las redes?

Aquella tarde vi el anuncio de la escuela de ballet. Letras grandes en un aparador a mitad de la manzana. Las luces estaban encendidas y las imágenes pegadas en el cristal mostraban niñas vestidas de encaje y crinolinas: zapatillas de punta plana, como las que tengo en una caja de recuerdos. Los rostros de algunas de ellas desaparecían bajo las pintas de grafiti. Entré. En la recepción, un escritorio con flores frescas. Atendía una mujer mayor de cabellera blanca y piel arrugada. Ella sonrió con sus dientes manchados por el labial rojo que dibujaba una línea delgada sobre su mentón abultado y poroso. Extendió un folleto mientras escuché el sonido de la madera bajo los pies de algún grupo que practicaba al otro lado de la pared; caían con los talones ante la orden enérgica de la instructora. No necesité verlas para saber lo que hacían. Imaginé el movimiento de sus brazos y piernas.

Algo en mi pecho prendió una hoguera y el corazón tomó su propio ritmo. Sabía lo que significaban aquellas instrucciones y desee seguirlas. Me emocionó ver el costo, accesible, y la variedad de los horarios en el folleto que la recepcionista extendió sobre el escritorio. Me inscribí sin pensarlo mucho. Creí que la nostalgia significaba algo, y que encontraría mi memoria perdida en ese lugar. Aunque me anotaron como principiante, la prioridad era disolver la neblina que envolvía el misterio de mi pasado.

Ya en casa, encontré la caja de recuerdos. Las viejas zapatillas estaban en el clóset, los lazos largos y rosados las envolvían. La parte oscurecida por el lodo fue difícil de limpiar. Una enfermera me había dicho que las tenía puestas cuando me ingresaron, pero no eran de mi talla. Al principio me resistí a lavarlas por ese temor de lavar también los breves fragmentos de memoria que aparecían intermitentes. A pesar de ajustar sobre mis pies, las usé en la primera clase.

—Son para profesionales... y no son de tu talla. Practica descalza hoy y mañana te compras unas nuevas.

La instructora lo dijo, pero yo las usé hasta que las ampollas de los talones y los dedos se reventaron. Una tarde, luego de bañarme, Héctor descubrió las medias con sangre e insistió en que viniera al centro comercial. Las viejas balerinas volvieron a la caja y yo tomé un autobús.

Entonces, Donatelo apareció en el reflejo de un jarrón dorado que decoraba la entrada de la tienda, como una sombra de alas negras. Caminaba conmigo. Había impresionado lo suficiente a mi maestra de ballet desde el primer día, con los movimientos firmes y ágiles sobre el piso de madera y el eco de techo que devolvía los pasos. Los espejos y las barras desprendían dos figuras: la mía y la sombra sin rostro.

Las rutinas despiertan la memoria como una película proyectada sobre lienzos blancos. Memorias difusas. Memorias de mí en las que no me reconozco. Mientras bailo, son esas mismas memorias las que me invitan a moverme en automático. Como en el centro comercial en el que jamás había estado, y aún así, supe hacia dónde dirigirme.

Le doy muchas vueltas a todo últimamente. La cadena de *déjà vus* proporcionan también una cierta libertad. En las clases, los aplausos de mi maestra me sirven para sacudir a mi inquilino; que en ocasiones canta en francés. Y aunque las palabras no me significaban nada, el tono y el ritmo me tranquiliza.

La acumulación de muebles me ha dejado sin espacio para las piruetas en el departamento. La sala se llenó con un sillón de tres asientos, la mesa de centro y el soporte para la pantalla. Todavía falta que instale unas repisas. Si quiero la barra para estiramientos o un tubo, tendré que hacer espacio en la recámara.

Los audífonos son parte de mí ahora. Donatelo calla y aprende las canciones, pero cuando me los quito, la melodía de piano aparece en forma de recuerdo; se intensifica si el entorno es demasiado estresante. Por ejemplo, ayer. Intentaba dormir a pesar de que Héctor regresaría en cualquier momento. Y esa inquietud se convirtió en una estridente sonata mientras descansaba sobre el pecho desnudo de Carlos. Segundos después, alguien golpeaba la puerta y la música imaginaria me impedía entender lo que gritaban desde afuera.

Al principio intenté ocultarle a Héctor mi relación con Carlos, pero fue imposible. Nos descubrió entre las sábanas y lo sacó al pasillo con la poca ropa que traía puesta. Las cosas se complicaron. Héctor me aburrió con un largo sermón sobre responsabilidad y embarazos no deseados, sobre las mentiras que debo contar para que la relación funcione.

—Sí.

Fue todo lo que dije, y aunque escucho a Héctor casi siempre, por esta vez pasé de sus sugerencias.

Carlos pareciera la pareja perfecta. Habla sin parar. Cuando nos quedamos solos, muy temprano por la mañana, o ya tarde cuando le aseguro que Héctor no regresará, me cuenta sobre él, su familia y los amigos con los que se mudó, sobre cómo los conoció en la universidad. A veces me escabullo a su departamento durante la madrugada, paso entre sus amigos recostados en la sala y lo hacemos en silencio. Tan en silencio como podemos.

Es divertido. Diferente a todos los hombres que conozco. Al menos no es un cliente. Es el primer hombre que se me acerca sin pagar el derecho de tocarme y eso le da un cierto encanto. Ojos llenos de cariño. Cuidadoso. A veces lanza preguntas al aire sobre Héctor para construir una historia que no le cuento.

La relación se construye poco a poco, entre las caricias gentiles de sus dedos. La lucha de los labios por devorarse. Se entrega. Me entrego. Y luego me sumerjo en las memorias de Donatelo que alimentan la excitación. Los ojos azules del hombre a quien llamamos David. Las manos fuertes que sujetan la cadera y a veces son las de Carlos mientras lo observo. Con Carlos tengo silencio y compañía. Un cuerpo que evoca otros cuerpos. Es perfecto.

Si Héctor se fuera, ya viviría con él.

Es difícil lidiar conmigo misma, con los sueños propios, con la voz de Donatelo, con sus recuerdos, con Héctor, con los amigos de Carlos que ahora también son mis amigos. Sueño con una vida más normal, como pasa en las películas, pero sé que es imposible.

RECORRO CADA TIENDA DEL centro comercial en busca de unas zapatillas nuevas. Ansiosa por firmar un acuerdo para beca. Con más tiempo para el ballet y menos días en El Rayo. No conozco otra cosa que no sea bailar. A pesar de mi edad, soy hábil, ágil y estoy en buena forma. Pronto tendré un contrato, lo dijo la profesora, lo dijo la directora. Y sí, aunque Donatelo hace su magia y las cosas suceden, no quiero confiarme.

'Don't Cha' es la primera canción en la lista aleatoria del teléfono. La música hace vibrar mi sangre. Afuera, la ciudad arde a más de 38 grados. Aquí dentro, con la refrigeración que circula por todo el edificio, no dejo de sudar. Los pies calientes son una señal inequívoca de cansancio. Lo reconozco. Sé que después de las palpitaciones musculares fallan las piernas. Y a veces, esta condición de ignorar el dolor, trae consecuencias.

El asiento junto a la fuente, en el centro del edificio, está vacío. La gente se aglomera en el puesto de helados, allá frente al cine. La enorme esfera de piedra es hipnotizante. El agua escurre para perderse en las ranuras de las rejas sobre el suelo, nadie le presta atención. Nadie me presta atención. Nos vemos solamente yo y mi reflejo sobre el agua que corre. El cabello recogido que me convierte en alguien que no soy: seria y decente.

Sudo. Pasa con frecuencia de la que me gustaría admitir; estar cansada y no darme cuenta hasta caer desmayada. Muchas veces, durante los ensayos en el club, caía rendida o inconsciente porque mi cuerpo es incapaz de saber cuándo detenerse. En el Sótano, Héctor era el responsable de atener esos detalles. Vigilaba mi condición, pero cuando él no está, debo identificar las señales. No sentir dolor, me convierte una amenaza para mi propia salud. Las cicatrices en los brazos y las piernas son una prueba de ello. Cortes y marcas de suturas; entre las intencionales y los accidentes, poseo una extensa colección.

Gente, gente, más gente. Niños, niñas, mujeres en grupos, parejas, muchachos, ancianos, personas sin rasgos definidos, personas que disimulan la naturaleza biológica con la que nacieron. Ninguno me mira. Lo que me molesta es la indiferencia. Esta naturaleza de que las personas me ignoren. También ocurría en el club: con Jonny, con Héctor en sus horas de guardia, con algunos clientes, con Carlos antes de que lo incite a quitarme la ropa. Me pregunto si sería invisible por completo en ausencia de Donatelo.

La libertad es tanta que, a pesar del espacio, me cuesta respirar. Huele a caramelos, a los productos a granel de la dulcería. Las piernas no me responden. Permanezco sentada en el no lugar junto a la fuente. Un peso sobre la espalda. Me arranco los auriculares. La música continúa desde dentro. El silencio de mi boca es una maldición que lleva a la soledad. Ritmos y melodías. Un vacío se instala sobre mi piel, penetra hasta mis entrañas.

No estoy segura de lo que ocurre. Me doblo hacia el frente hasta que el pecho se pega a las piernas. Asfixia. Tan parecida al éxtasis después de bailar. Ese momento en que el sudor se enfría y, al apagarse las luces, me convierto en nada. Estoy en ese sitio. En la oscuridad que me devora y me arrastra hasta los camerinos. Es eso. Donatelo dentro de mí. ¿Qué le pasa? ¿Es lo que me molesta en verdad? Ponerme la ropa y volverme invisible. Ser invisible para el mundo justo ahora. Es extraño. Ser extraña. Pensar que solo existo desnuda en la tarima, cuando tenso los músculos para sostenerme de la frialdad del tubo. Trepar hasta el techo. Los aplausos y silbidos de hombres y mujeres que se divierten conmigo, por mí.

Recupero el aire. Coloco los audífonos de vuelta en mis oídos. Suena 'Earned it' y mis pies se mueven al ritmo de The Weekend. Cierro los ojos y busco mimetizarme con el acero helado de la banca: ser una pieza más del edificio. El agua salpica mi brazo. Abro los párpados. Quiero dulces. Intento decirlo, pero las palabras son torpes y es difícil entenderme con la gente. Un niño voltea hacia mí por un instante. La esfera con agua es más relevante, pierdo su atención.

Sueño que soy alguien de verdad, que me convertiré en algo más que un cuerpo de cincuenta y dos kilos del que Carlos disfruta gratis, pero que otros hombres toman por el precio que Jonny dispone, cada vez que quiere. Carne y deseo: mis herramientas para construir un futuro. Y el ballet pareciera el primer paso para ser alguien, pero por qué me siento tan vacía.

La audición de la que todos hablan en el ballet sería esa la oportunidad que espero. Dejaré a Héctor y a Jonny. Recibiré el calor de otros reflectores, la atención de miradas más agudas, más exigentes. Héctor asegura que seguirá cuidando de mí sin importar lo que decida. A Jonny, no le importa lo suficiente. ¿O sí?

¿Donatelo?

La ausencia de la voz es una mala señal.

¿Donatelo?

A veces pienso que Héctor tiene razón y la voz no es real. ¿Quién soy en verdad? ¿Qué pasó antes del hospital?

Rubi es mi nombre en El Rayo, ese sitio para las bailarinas adultas. Abandoné a Blondy y a Candy Esty junto a las pelucas de fantasía en una caja de disfraces. Estéfani es el nombre que me dieron en el hospital, pero casi nadie me llama así. Güera es como me dicen Héctor y Jonny, y ahora también Carlos y sus amigos.

Pero, ¿quién soy en realidad? Aquí afuera, en el mundo real, donde nadie me conoce, ¿quién soy cuando no me nombran? ¿Quién soy cuando no me anuncian para salir a la pista y me iluminan las lámparas? Por mucho tiempo he sido la bailarina, la vecina sexy del apartamento 36, Estéfani a secas, sin apellido.

Respirar se vuelve tan difícil cuando no sabes quién eres y por qué existes.

'Beautiful Liar' me devuelve la energía para ponerme en pie. Encuentro las zapatillas al fin, en la última tienda de calzado, junto al local de cuidados para el cabello. Pago menos por el descuento y aprovecho para llevar las puntas protectoras de silicón, un leotardo y ropa deportiva.

La bolsa es ligera, he dejado la caja en el mostrador para continuar con el paseo. La cúpula de cristal que decora el techo del centro comercial me muestra la noche. Mañana tengo práctica de ballet. Y si la administradora así lo indica, debo presentarme en el club. Quedé con Jonny para cenar en su oficina. Aunque no pueda bailar estos días, nada me prohíbe ir a verlo.

Es tiempo de ir a casa. ¿Carlos estará solo?

Las puertas de salida se abren. Un hombre entra. Lo veo de frente. Se dispara un recuerdo ajeno. Una sacudida se mezcla con el calor asfixiante del exterior y me quedo sin aliento, otra vez, sofocada por el miedo. Con el susurro que me invita a correr, me aparto para dejarlo pasar.

¿Me ha visto? ¿Me reconoce?

Pienso poco en él, en realidad. Se detiene uno segundos. Son los ojos de un azul glaciar que se posan en los míos lo que me aterroriza. Su piel clara enfundada en ropa negra. Un rostro afilado, enmarcado por el cabello azabache. Los labios delgados. El gesto inmutable como una estatua que ha bajado del pedestal. Su vista fija en mí, como si fuera su presa y él un depredador implacable que está a punto de lanzarse a mi cuello.

Las puertas se cierran. La refrigeración me alcanza. Tras el cristal aparece la imagen de los vidrios rotos de un auto. El mundo de cabeza. Ese hombre. Su mano que desabrochaba el cinturón. Las botas de múltiples correas que rompían los fragmentos de la ventanilla bajo su peso. Lluvia y frío contra mi piel aquella noche de otoño. Las hojas de los árboles entre el rojo y el amarillo. Como un torbellino de imágenes sin sentido, el mismo hombre frente a mí con la punta de una pistola sobre mi cabeza. Sus labios pronunciando el nombre de Donatelo.

David..., la voz regresa como un temblor.

Salgo de prisa con la bolsa apretada contra mi pecho.

—David... —murmuro antes de buscarlo desde afuera, a través de las puertas del centro comercial que, cerradas, opacan el interior.

Ha desaparecido. David no está, como una ilusión que se borra tras un parpadeo.

Era real, asegura Donatelo, *¿acaso no puedes oler su sangre muerta en el aire? Vámonos de aquí.*

Q<small>UISIERA</small> <small>DESCANSAR</small>. E<small>NTREGAR</small> <small>MI</small> *voluntad a Estéfani. Regalarle los dones de la magia. Pero no me lo permite. Estéfani pronuncia mi nombre y me obliga a despertar. David ancla su mirada en ella y me busca. Encuentra los míos que se esconden profundo en la conciencia, dentro del cuerpo humano.*

Intenté, al principio, que David creyera que se estaba imaginando que yo seguía ahí. Pero en lugar de eso, ahora me obligo a volver cuando el aroma a sangre nos persigue. Tengo tanto sueño que no logro explicarle a Estéfani como romper el velo de la noche para distinguirlo entre las sombras. Nos persigue. Nos caza. Otra vez.

Subimos a un taxi, pero no estamos a salvo.

Dejamos de percibir el hedor a sangre y muerte.

Corre, le digo. Y ella va hacia la puerta frente a su departamento. Carlos abre, preocupado por la forma en que Estéfani toca la puerta, con desesperación. Lo abraza. Lo besa. Lo dirige hasta el sillón. Se sube sobre sus piernas y le desabrocha el pantalón. Él no sabe lo que ocurre.

Estéfani quiere arrancarse el miedo a besos. Mi miedo.

¿Intenta matarme otra vez?

Llevo tanto viviendo la vida de Estéfani que ya nada es claro. Deseo llorar y las lágrimas de Estéfani brotan para apartar la incertidumbre de nuestras almas que ahora ya son una.

Bailarina

Bailar es estar fuera de ti mismo. Más grande, más hermoso, más poderoso... Esto es poder, es la gloria en la tierra y es tuyo para que lo tomes.
—Agnes De Mille

¿Cuánto tiempo puedes mentir sobre quién eres?, me pregunté al escuchar que la maestra de ballet me etiquetaba como una bailarina prodigio, un talento nato para la danza, la promesa tardía de su escuela de barrio... Si ella supiera que bailar es todo lo que he hecho en la vida, no me alabaría así. No había forma de explicarle quién me enseñó, dónde aprendí, por qué sé moverme tan bien. Así que la dejé construir la idea que quisiera. Mi silencio, una vez más, fue el trampolín para evadir la verdad.

—Crecí en un orfanato —aseguré.

Estoy harta de hacerme la tonta para no responder preguntas. Vuelvo a casa con la emoción que provoca subir un escalón más para alcanzar los sueños. Recojo el cesto de ropa sucia y tomo las escaleras hasta la lavandería. Una máquina está encendida. Recorro el pasillo hasta el cuarto de lavado. Al fondo, sobre la secadora, encuentro a Carlos. Espera que el ciclo termine. Mantiene su atención en una revista sobre patinaje urbano. En la portada, sobresale la fotografía de uno de sus amigos, alguien a quien conozco.

—Hola —digo al tiempo que levanto la tapa de la lavadora tres. Meto la ropa de color—. ¿Alexander? —Espero a que volteé para hablarle con señas—. "¿Sí?"

—Sí. Un fotógrafo fue el otro día al parque e hizo algunas tomas para un reportaje sobre patinadores callejeros. No pensé que saliera tan rápido. Nos mandaron varias copias de la revista. Y mira, todos salieron bien. Buenas tomas.

—¿Quién... más? —se me atoran las palabras. Hace tiempo que no me ocurría. Me agarro de la lavadora un instante para conectarme con Donatelo y descifrar el mensaje que tiene para mí, pero no responde.

—Adentro vienen otros, mira —dice y voltea la revista, pero los rostros son tan pequeños que no los distingo.

—"¿Dormimos juntos hoy?" —Hago señas antes de tomar otro montón de ropa y echarlo dentro de la máquina.

—¿Y Héctor? —dice antes de dejar la revista de lado. Se baja y camina hasta quedar detrás de mí—. Si nos va a interrumpir, mejor lo dejamos para otro día.

—"No. No viene". Hay tra-bajo en el club.

—¿Y vas a ir hoy?

—"No" —señalo. Luego me doy la vuelta hacia él y rodeo su cuello con mis brazos. Sus manos atrapan mi cintura—. Bé-sa-me.

Sus labios son tan cálidos y tiernos como la primera vez que los probé ahí mismo, en la lavandería. El calor se concentra entre mis piernas. Es imposible no desear que se repita aquella tarde. ¿Lo sabe? Creo que también él lo quiere y por eso me carga. El color se le sube a la cara por el esfuerzo mientras me conduce a la mesa de planchado. Le ayudo. Sentada con las piernas abiertas, aguardo. Él se hace espacio para acercarse. Tira de mis muslos para pegarme a él.

Me besa con intensidad mientras sus manos recorren mi cuerpo.

—¿Por qué traes el leotardo? —Me besa el cuello. Baja hasta mi pecho al tiempo que desabotona mi pantalón. Hace una pausa—. Y medias... —Se aparta.

—Y za... za-pati-llas. —Levanto el pie hasta su entrepierna—. Es-tán bien abro-cha-das. ¿Ves?

—¿Me la querías poner difícil, eh?

Me encojo de hombros, con la esperanza de que siga el juego.

—"Vamos arriba" —digo con señas y él se sonríe.

—Ya qué. —Se acomoda el pantalón para disminuir la molestia de la erección contra su ropa—. Date prisa. ¡Anda!

Carlos se da la vuelta con ese gesto impaciente que he aprendido a querer. Admiro su espalda en la playera floja sin logotipo alguno.

—Espera.

—Anda...

Termino de meter la ropa. Jabón y suavizante. Tapa abajo.

—Listo.

Me agarro de su brazo.

Carlos me aparta para abrazarme por el hombro.

—¡Ay, güerita! —Se ríe y besa mi frente—. Eres lo mejor que pudo pasarme, ¿lo sabes?

Sonrío. ¿Qué más podría agregar?

Como un intruso, un aroma fétido llena el pasillo que conduce hasta la calle. En la recepción, me cuesta creer que el olor floral del suavizante de telas se ha desvanecido.

Busca. Déjame ver quién es...

La voz de Donatelo es apenas un murmullo como el sonido de las hojas cuando sopla el viento. En la calle, solo distingo las formas de los autos que pasan con las luces encendidas.

—¿Estás bien, güera?

No le respondo.

«¿Quién es, Donatelo?»

Esta vez, el silencio no es una negativa, sino un impulso que me invita a concentrarme en afinar la vista para desvelar al visitante nocturno. Es su magia. Utilizo sus habilidades. No, mejor dicho, me dejo guiar por él.

—¿Estéfani? ¿Qué pasa? —Carlos me sacude del hombro con cuidado, casi con cariño—. ¿Me escuchas?

La encuentro. Es una silueta que bordea la realidad y usa las sombras como velo. Es una mujer, estoy casi segura. Usa vestido largo y tacones muy altos. Desaparece cuando Carlos se para frente a mí y distingo sus manos que intentan comunicarse conmigo.

—"¿Dónde estás?", ¿Estéfani? —Me acaricia los brazos y busca mis ojos, pero lo evito.

—"Nada. Aquí, estoy". Va-mos arri-ba. —Lo aparto y miro hacia la calle. Ella ya no está, pero su olor queda impregnado en el edificio—. "Nada". Creí ver algo.

¿Me cree? No estoy segura. Aun así, me abraza y guía mis pasos hacia el tercer piso.

—¿Mi departamento o el tuyo?

—"Yo" —indico y luego le doy la espalda para abrir la puerta.

El cosquilleo de las alas me estremece y ruego porque Donatelo se calme antes de que sea tarde. Las palabras de Carlos se disuelven entre los besos conforme nos deshacemos de la ropa. Me conduce a la cama. Lo desnudo antes de que logre desanudar las ataduras que se aferran a mi tobillo. Las medias quedan atrapadas. Pierdo el equilibrio. Besa todo mi cuerpo, desde las orejas hasta las rodillas. Descubre cómo quitar las cintas de las zapatillas. A pesar del cuidado que pone, las medias se rompen. Se detiene un instante al notar las heridas en los pies.

—¿Cómo puedes caminar como si nada? Debe doler bastante tener que bailar con los pies así. —Pasa sus labios sobre las ampollas que se han formado ahí donde roza la costura.

—No. —Extiendo mis manos para levantarle la cara—. No es na... na-da. —Respiro hondo porque no comprendo a dónde van mis palabras. Quisiera contarle que una compañera puso banditas, que mañana estaré mejor, pero no soy capaz de explicarlo—. "Ven". —Señalo mi entrepierna—. Nun-ca duelen.

—Tus ojos son...

Lo alcanzo y lo beso para que deje de hablar.

«¿Donatelo? Los ojos. Tranquilízate».

Lo coloco sobre mí. Carlos murmura lo mucho que me quiere antes de caer con todo su peso. No hay otra forma de llamar a lo que ofrece: amor. Se mece dentro de mí.

—Te amo.

Me pregunto si algún día yo conoceré ese sentimiento que él nombra con tanta facilidad. Aprieto los labios.

—Sí.

—¿Qué tienes, güera? Estás muy rara...

—Na-da. La maes-tra me... con-si-guió una audi-ción pa-ra una...

—¿Y es bueno o malo? —Me muerde un hombro y exhala un gemido.

—No sé...

—¿No sabes? —Ríe despacio y me embiste de nuevo con su ritmo tranquilo y usual.

—Cá-llate... —Lo vuelvo a besar.

—Es raro, que hables más cuando cogemos que cuando deberíamos hablar.

La magia de Donatelo vibrando a través de mis poros. La neblina.

—Tus ojos.

—Shhh...

«Eres mío», pienso. Y Donatelo se suma a la noche.

Es nuestro.

Lo embruja como a los clientes. Lo atrapa para siempre en un vínculo que no podrá romper.

CARLOS SE QUEDA DORMIDO; ya es de madrugada. Mi cuerpo descansa, pero mi mente se aferra a aquella silueta en la calle. Tomo la primera ropa que encuentro. Uso la sala para vestirme, ato las agujetas de las botas de suela alta. Me cuelgo la mochila de diario y salgo de prisa. La puerta de la calle está abierta. Es raro que el administrador la deje así. Hay una camioneta estacionada afuera de la cochera.

«¿Vecinos nuevos?»

El viento sopla cálido. Huele a una mezcla de polvo y aceite quemado de motor. El silencio impera en la cuadra.

Vuelve dentro... —Advierte Donatelo—. *Algo está mal. ¿No lo hueles?...*

Un remanente a perfume de almizcle me guía hacia la avenida principal. Distingo por todo el camino una delgada capa de arenilla esparcida sobre el suelo. De ahí proviene esa esencia embriagante a semillas, sigo el rastro como Hansel y Gretel siguieron las migas de pan. Pierdo el rastro, pero ya estoy lejos del edificio.

Pasan pocos vehículos. Hay un bloqueo por reparaciones más adelante. Las nubes ocultan la posición de la luna. ¿Desde cuándo puedo saber la hora si me fijo en el cielo?, me pregunto. Luego llega la respuesta: yo no, pero el otro sí. Es una suerte que, de vez en cuando, Donatelo me comparta su sabiduría.

Vuelve. Te dije que es peligroso.

«Es tarde».

Un cosquilleo me recorre entera. Hay un vampiro cerca. Su aroma es el tenue dejo de la sangre fresca y tibia: acaba de comer. Me lo dice Donatelo. De ahí proviene la pestilencia de la muerte. Me aparto del camino. La escalera de un edificio con el letrero que indica 'Bazar' está iluminado por las letras azules con fondo amarillo. El resto de las luces apagadas. Se detiene. Me nota. Sus ojos sin vida, negros como un abismo, se clavan en mí como dos aguijones que buscan apartar la niebla que esconde quién soy.

«¿Es él quien estaba afuera del edificio? Hay cámaras, podemos revisarlas después».

No... aléjate de ellos.

«¿Ellos?»

Tranquila. No puede vernos. Sabe que estamos aquí, pero no nos ve. Despacio.

Utilizo todo mi peso para levantarme de prisa. El vampiro avanza, pero Donatelo ha despertado y está alerta a cada sombra que se sacude en la cuadra. Resbalo. Observo sobre mi hombro. Me observa con un gesto de extrañeza. Estoy segura de que el resplandor violeta en el iris de mis ojos lo alertan. Su rostro es el de un adulto casi en los cuarenta. Se arruga antes de encaminarse hacia las sombras. Camino a pasos largos.

«¿Nos está siguiendo?»

El olor va y viene.

«Lo he visto antes».

Silencio.

«Creo que era un cliente. No mío, pero sí de El Sótano».

Somos su presa. Tendrás que defenderte.

Deberíamos ver lo mismo, pero, Donatelo se niega a prestarme su fuerza. Debe haber testigos. Percibe personas que yo no encuentro a simple vista. Lo deja en mis manos. Apelo a nuestra conexión para examinar la calle entera en busca de personas. Nada, solo el vampiro. Al menos su hedor a cadáver.

Quizá no tengas que pelear... Date prisa. La compañía se acerca.

Doy vuelta en la avenida que conduce al apartamento. Un hombre aparece en el espacio entre dos edificios. Camina hacia la acera. Sus botas resuenan sobre el cemento desquebrajado.

—Corre, niña —dice el hombre. Sus ojos castaños reflejan la luz amarillenta de la lámpara a mitad de la cuadra. Lleva puesta una capa negra. Cuando levanta el brazo, deja ver que el interior de la tela es de un blanco pulcrísimo. Sin demora, apunta un arma antigua, coronada por una estaca de madera, hacia el vampiro que me sigue.

Hay varios segundos de silencio: es la tensión entre dos hombres que esperan que el otro haga el primer movimiento.

Paso al lado del hombre de capa tan rápido como puedo. Me cubro la cabeza. Hay un silbido: el acero del mecanismo. Luego, el rugir de una segunda detonación. No volteo, pero adivino que el vampiro apunta una pistola hacia nosotros.

Corro.

Uno, dos, tres disparos más. Alcanzo la callejuela que resguarda la escalera de emergencia lateral de mi edificio. Me dejo caer tras el contenedor de basura y espero. El corazón late con fuerza en mi garganta. Mis ojos atraviesan las sombras. El vampiro huye. Pasa delante del callejón. El hombre de capa lo sigue. Encojo las piernas.

Bien hecho. Déjame el resto a mí, si se acerca acabamos con ellos.

El aire se llena de niebla. Los pasos del hombre con la capa llegan hasta donde estoy. Tiemblo, por un instante creo que me ha descubierto. Se aparta el gorro de la capa. El cabello rayado por las canas cuelga hasta media espalda. Voltea hacia mí, pero no me ve.

No te muevas.

Contengo la respiración. Avanza hasta la escalera de emergencia. Se agacha y examina el pavimento como si pudiera ver mis huellas. Toca el suelo. Huele sus dedos. Regresa a la calle. Alguien tose más adelante, entre cajas amontonadas. Maldice. Luego se marcha.

El corazón se me sube a los oídos. El sudor me escurre por la columna.

«No debí salir».

No. Alguien nos estaba cazando y tú... estúpida...

«Me siento cansada, Donatelo...»

Bostezo.

No estás cansada. Mira toda esa sangre...

El mundo se vuelve un borrón antes de oscurecer por completo.

Es intelligente, pero sabe muy poco sobre el mundo de la noche. Por más que intento transmitirle mis recuerdos, Estéfani no los asimila. Olvido poco a poco quien fui, y ella no es capaz de entenderme, de resguardar mi memoria.

Tuve suerte. El hombre de la capa no vio mis ojos violeta. Reconozco a los de su tipo: mercenarios nocturnos. Buscaban al vampiro.

Mientras Estéfani esté dormida, no puedo sanar sus heridas. La magia es inútil en la inconciencia.

Me pregunto si David los envió por nosotros.

Es probable, ¿pero a cuál de los dos mandó?

Despierta, Estéfani.

Muéstrame lo que pasa ahí afuera antes de que sea demasiado tarde.

Héctor

De la mano, en el borde de la arena, bailaron a la luz de la luna.
—Edward Lear

ESTÉFANI NO REGRESÓ A dormir, dice el mensaje que llega a las siete de la mañana.

¿I le markste?, contesta con la vista nublada por el sueño.

Sí. No soy idiota. No responde. No está en ninguna parte...

Héctor se endereza sobre la cama y relee antes de corroborar el nombre del remitente: Carlos 2.

—Puta madre... —vocifera y se levanta para buscar su ropa en el suelo—. Estas mamadas no pasarían si todavía viviera aquí.

La muchachita castaña que yace desnuda a su lado se estremece. Aferra la sábana porque el hombre suena enojado; no quiere que sea él quien la golpeé luego de tres semanas sin problemas con los otros empleados o los clientes.

Héctor abrocha las agujetas de sus botines, se pone la chamarra y palpa los bolsillos para asegurarse de que lleva todas sus pertenencias. Verifica que el viejo amuleto está todavía colgado en su cuello. Con las manos, se estira la barbilla y la base de la nuca hasta que le truena el cuello. Endereza la espalda hasta escuchar que la columna cruje.

—Qué pendejada... Y tú, vete con las otras. Te bañas y no molestes a Jonny... —dice todavía adormilado antes de salir.

119

Recorre el pasillo de las recámaras subterráneas. Las luces rojas sobre las puertas de los privados le indican que al menos tres vampiros duermen en el sótano esa noche. No debería abandonar el club, porque cuidarlos es parte de su responsabilidad, pero no tiene opción.

—Nos vemos más tarde. Ahí le dices a Jonny que ando con la güera. —Héctor trata de sonar tranquilo para que no le hagan preguntas o lo entretengan.

—Te van a joder cuando vean que no estás... —contesta uno de sus compañeros, que resguarda la puerta trasera. Tiene las manos metidas en los bolsillos del pantalón y los ojos llorosos por el sueño.

—¿Pueden joderme más? —Sonríe.

Atraviesa el callejón hasta el estacionamiento. Reconoce a los guardaespaldas de las criaturas nocturnas que duermen en el club. Se despide de ellos con un movimiento de cabeza.

«Últimamente pasan mucho tiempo aquí...», piensa mientras busca las llaves. «Malditas garrapatasbebedorasdesangre. No tienen nada mejor que hacer y vienen a fastidiarnos el día...» Se siente seguro porque, mientras las criaturas duermen, son incapaces de escuchar sus pensamientos y, a la tenue luz del sol naciente, se descubre libre de ser quien realmente es.

Cinco autos en el espacio privado: El de Jonny, el de David, el de Adriel y el suyo. El quinto no lo identifica. Es una camioneta roja con el logotipo de los inmortales en el cerrojo de la cajuela.

«¿Quién será...?»

Aborda y enciende el motor. Tiene más notas de Carlos 2, pero no las lee. Envía un mensaje en respuesta: Voi n kmino.

A esa hora de la mañana hay poco tráfico en la zona. Aprovecha el semáforo para prender la radio y enciende un cigarrillo. Como la calle parece desierta, se pasa el rojo en varias esquinas.

Busca la estación de las canciones "viejitas".

...*El día es gris cuando tú estás / y el sol vuelve a salir / cuando te vas / y la penita de mi corazón / yo me tengo que tragar / con el fogón...* Héctor tuerce la boca en una mueca porque reconoce la voz y la letra de Bebe, le gustaba mucho a una exnovia suya y por eso se la aprendió. La ponía con frecuencia. Fue antes de Estéfani. Incluso antes de que Adam lo mandara a trabajar al club, cuando podía salir con mujeres de verdad; adultas.

Cambia de estación: ...*vaya pesadilla / corriendo / con una bestia detrás / dime que es mentira todo / un sueño tonto y no más / me da miedo la enormidad / donde nadie oye mi voz...*

—Maldita sea... —Pulsa el botón y el sonido que despierta la nostalgia, de sus mejores años, desaparece de golpe—. Me caga escuchar las putas canciones a medias... —murmura antes de aventar el cigarro a la calle. Sujeta el volante con las dos manos. Luego, da la última vuelta en una esquina.

Sube la ventanilla y se estaciona frente a la puerta del edificio de Estéfani. Se baja y ve a Carlos en la escalera de la entrada.

—¿Qué pasó?

—No sé. Me desperté y no estaba.

—Por eso, pendejo. —Héctor se acerca y lo agarra de la camisa. Lo levanta con fuerza—. Si te la vas a estar cogiendo al menos cuídala... —Lo empuja hacia el barandal—. Haz algo bien, digo...

—No está en su departamento, ni en el mío. Ninguno de los muchachos la vio... Además, estábamos en su cuarto. ¿A dónde se pudo ir? Pensé que andaba contigo —Carlos se acomoda la camisa y le sostiene la mirada.

—Ni puta idea. Ayuda a buscarla; camínale a ver si alguien de por aquí la vio. Los vendedores deben saber algo. Están en todo. —Héctor avanza por el camino que Estéfani toma hacia el club, por si iba para allá.

Un cosquilleo en el pecho lo invita a mirar debajo de su ropa.

Hay gente en la calle, por eso se asoma por el hueco de la camisa y observa el viejo amuleto: reconoce el resplandor tenue y azulado que le avisa cuando algo sobrenatural se aproxima. Se detiene en la esquina: el medallón deja de brillar.

—¿Por dónde? —dice Carlos mientras mira hacia ambos lados de la calle.

—Tú vete para allá. —Héctor examina la cuadra—. Hazte a la... no estorbes —«hay algo aquí, pero ¿dónde?, con este imbécil tan cerca, no puedo concentrarme. Chingadamadre...», piensa antes de continuar—. Mira, tú busca como si fueras a la parada de taxis. Y yo me voy para este lado. Rodea unas cinco cuadras y te veo aquí más tarde. Por allá está el puesto de periódicos y la panadería. Ambos lugares abren antes de las seis. A ver qué te dicen.

No quisiera hacerlo, pero Carlos obedece porque sabe que Héctor no parará de buscarla. Ha visto cómo la cuida y si no fuera porque él es moreno y ella rubia, estaría seguro de que son familia. Así que acepta las indicaciones.

Mientras Héctor espera a que la gente aborde el autobús en la parada de enfrente, logra distinguir la arenilla blanca en el suelo. Se agacha despacio y toca los gránulos que brillan por las luces de los coches. Huele. Descubre un aroma dulce, suave y limpio; un olor que se clava profundo en los recuerdos de su infancia y las manos aceitadas de su abuela. Prueba. La sal le escuece la lengua. Escupe.

Conforme pasan los minutos, más personas recorren la calle. Héctor desanuda el cordón del medallón y lo observa con detenimiento. La sal en el suelo formaba un patrón que ahora es irreconocible por la cantidad de gente que caminó encima.

«Quedarme aquí es perder el tiempo». Se aparta para que la mujer con carriola quepa sobre la acera. Ve las gotas ennegrecidas sobre la sal. Baja la mano y se da cuenta de que el amuleto resplandece con mayor intensidad.

«Sangre...»

Regresa sobre sus pasos y conforme se aproxima al edificio el resplandor es cada vez más difícil de disimular. Cierra el puño para ocultar la luz. Las gotas cuajadas sobre la arenilla lo conducen al pasillo lateral del edificio.

«Definitivamente algo pasó», se acerca al pequeño charco de sangre junto al contenedor de basura. «Pero... ¿a dónde te fuiste?» Levanta la mirada. «La escalera de emergencia está arriba... por ahí no...» Cruza el callejón. Hay una escalera que termina en el sótano de una tintorería en ese lado de la avenida. «Cartones, ropa vieja, una cobija sucia... Un vagabundo... ¿Dónde está el desgraciado?», mueve con el pie los trapos hediondos y nota una bolsa con comida enlatada. «Dejó sus cosas, va a volver...»

El estómago se le encoge; es el tipo de sensaciones que lo vuelven consciente de la verdad: todavía es un ser vivo. Quizá no un mortal, pero sí un humano que le teme a la pérdida. No sabe si teme más por Estéfani o por quien la haya atacado.

—Oye, nena. ¿Conoces al hermano que duerme en el callejón? No, ese no. Por allá en la vieja tintorería. No, no quiero una mamada. ¿Sabes quién es o no? ¿Y le viste la cara? ¿Hacia dónde corrió? Ya estás. Ten, esto es por tu tiempo.

—Hey, tú, ¿viste qué pasó anoche por aquí? ¿Sal? Bueno, hay cada loco. ¿Luego que hizo? ¿A quién le dispararon? Pues sí, de pendejo te quedas a ver, ¿verdad? Toma, unos billetes, para que comas algo.

—¿A dónde crees que vas, enano? Ven aquí. Quieres pelear, eh... ¿De verdad crees que vas a poder conmigo? Ja. Eso es. Muy bien, niño. Eso, tranquilo... No te va a pasar nada, solo quiero hacerte unas preguntas. ¡Ya! ¡Quieto! Vas a lastimarte. Buen chico. ¿Sabes qué pasó anoche entre la 17 y la 19? Sí, te soltaré el brazo. ¿Viste a un hombre de blanco? ¿Y el sujeto de la camioneta roja? Bien. Ya lárgate...

—¿Qué onda, Edy? Perdón por despertarte tan temprano. Oye, me dijeron que anoche distribuiste a espaldas del edificio de la güerita... ¿Viste algo raro? Ya sabes, cualquier cosa fuera de lo habitual. No. No. Todo bien, ¿conoces al desgraciado que se queda en la lavandería abandonada? Ah. Ya veo. Con eso, Edy. Cáele en la noche al club, me aseguraré de que te dejen entrar y te presten a una de las chicas. Sí, claro que gratis. Gracias.

Para el mediodía, Héctor tenía la información que necesitaba: un loco vestido de blanco había vaciado varios kilos de sal por las banquetas desde la calle 15 hasta la 23. Algunos dijeron que avanzaba mientras entonaba canciones a capela por todas partes, en la avenida principal y entre las calles. Nunca lo habían visto por ahí. Un hombre corrió varias cuadras desde el edificio en la 17 con dirección al puente peatonal, usaba ropa negra; la prostituta dijo que ya pasaban de las tres de la mañana y que el hombre se subió a una camioneta roja aparcada en la avenida frente al parque. "Llevaba como dos horas dando vueltas por el barrio. Sí, se bajó de la camioneta y anduvo a pie un rato". Fue el mismo hombre que el niño vio atacar a una empleada del local de autoservicio. "La dejó tirada en la calle entre dos vehículos. Yo la vi, tenía su uniforme amarillo y café. La recogió la ambulancia en la mañana... No traía dinero... bueno, casi. Pregúntale a Edy, él le revisó la cartera y se quedó con unos dólares.", le había dicho el niño. Edy confirmó la historia del hombre con la sal y el asunto de un ataque, la chica en el suelo y la camioneta roja frente al parque. Del dinero no dijo nada. Y del otro asunto... aunque Edy aseguró que no le había visto la cara, Héctor supo que se trataba de Estéfani cuando le contó sobre el viejo alcohólico que dormía afuera de la tintorería. Se fue como a las cuatro con un muchacho de otro barrio y cerca de las seis regresó.

¿Enkontrast algo?, escribe Héctor mientras da un trago al refresco para empujarse el bocado de comida con el que rompe el ayuno.

Sí... ¿te llamo?, contesta Carlos.

Héctor no espera y marca él mismo.

—¿Qué encontraste?

—Hay un vagabundo que duerme cerca del edificio.

—Ajam...

—Dijo que conoce a Estéfani, que la conoció hace mucho tiempo... —Carlos hace una pausa y trata de recordar las palabras exactas—. El hombre estaba muy ebrio, pero dice que le habló a su amigo y...

—¿Cuál pinche amigo? Ella no tiene más amigos que tú... —interrumpe Héctor. Ha perdido el apetito y tira a la basura la mitad de la comida y el refresco casi lleno. La gente en la barra se aleja de él.

—A eso voy...

—Te estás tardando —Héctor se encamina hacia su camioneta con el peso de la desvelada punzante en la cabeza.

—Pues este muchacho dijo que le habló al amigo de Estéfani para que la viera y la reconoció; luego pidió un taxi. Que se fueron los tres juntos porque el vago quería un pago. Dijo que le dieron dinero y una botella. Cuando se bajaron del taxi estaban afuera de un consultorio, mencionó algo sobre una doctora.

—¿Entonces? ¿Ya sabes dónde está?

—Sí, de hecho, ya estoy en camino hacia el centro. Ahí fue el último lugar en el que vio a Estéfani. Donde la dejó, pues.

—Mándame la ubicación del consultorio. Y... desde aquí me encargo yo. Tú regrésate a tu casa.

—Estás jodido, quiero ver que esté...

Héctor cuelga el teléfono y espera recibir el mensaje con la ubicación. Cuando toma el bulevar central, llega el enlace al mapa con una nota de voz: ya estoy aquí afuera del consultorio, pero está cerrado. ¿Toco o te espero?

«¿Por qué Estéfani escogió a este pendejo como novio?», se pregunta antes de contestarle.

—Ya te dije que te vayas a tu casa, güey. Haz caso, neta... Sé que te vale madre lo que digo. Espera a que llegue. No vayas a tocar. Ya sé quién vive ahí. —Envía la nota de voz.

CUANDO HÉCTOR SE BAJA de la camioneta, Carlos se aparta de la entrada. Permanece detrás de él para darle espacio.

«No le estorbes. Va a dejar que te quedes... no le estorbes», piensa Carlos al ver la pistola bajo la chamarra de Héctor cuando levanta el brazo para tocar el timbre.

Uno, dos, tres briiiiiiin.

La voz de una mujer rompe el silencio de las dos de la tarde.

—Está cerrado. ¿No ves el letrero? Hoy no abrimos.

—Ya me di cuenta —el tono de Héctor es hosco—. Ábrame...

—Ya le dije que está cerrado...

—Estoy aquí por Estéfani.

Silencio.

—No sé de qué me habla... —La voz duda, pero la razón la impulsa a dar el siguiente paso—. ¿Luces de neón...?

—Abrazo de hada...

Silencio.

«¿Qué jodidos es esto?», se pregunta Carlos al escucharlos.

—¿Por qué no empezaste por ahí...? —dice la voz en el intercomunicador.

El zumbido es la señal de que se abre la cerradura electrónica de la puerta.

—¿Ya habías venido? —pregunta Carlos al entrar.

—No. Pero aquí es adónde la traen cuando se enferma. Reconocí la dirección. No me había tocado traerla. Normalmente, va a domicilio. Está bien que la hayan traído aquí.

—¿Y qué pasa si...?

—Cállate ya. Si tienes preguntas te contesto cuando volvamos. Los tratos con este tipo de gente son muy serios.

Atraviesan la recepción hasta una puerta de madera gruesa. El consultorio tiene el piso brillante y limpio. Tras la puerta aparece la mujer que Héctor deseaba ver.

—Me imaginé que alguien del club vendría a buscarla, pero pensé que sería Jonathan —dice ella antes de plantarse bajo el marco de la entrada.

—Doctora... —Héctor le da la mano para formalizar el saludo. Espera. Ella no corresponde el gesto y se cruza de brazos—. ¿Cómo está Estéfani? ¿Por qué no nos avisó que se la habían traído? Quiero verla.

—Vamos por partes. —La doctora levanta la mano para detener a Héctor que intenta apartarla y entrar—. Primero que nada, esta es mi casa y vas a respetarla. Si no, llamo a la Policía. Hemos trabajado bien por muchos años como para que prefieras buscar otro médico para las muchachas. Nadie va a querer atender a sus hombres si te pones así.

—Muy bien. Tú mandas, jefa. —Héctor levanta las manos y retrocede algunos pasos.

—Segundo. No les llamé porque el muchacho que trajo a Estéfani no supo decirme si habían sido ustedes quienes la habían dejado así... Y mi prioridad es que estuviera bien.

—Tienes tu punto. —Héctor se cruza de brazos—. ¿Qué más?

—Tercero. ¿Por qué seguimos usando ese tonto código? Con que me digas que eres tú, es suficiente para dejarte entrar.

—Son las reglas del club: confirmar nuestra identidad. ¿Ya puedo verla?

—Sí... Sígueme.

La casa de la doctora es más lujosa de lo que Héctor imaginaba: piso de mármol *beige*, muebles de madera exportada, cristalería que protege las luces del techo.

«¡Qué bonitas sillas! Está cagada en dinero».

—Vives como una princesa... —Héctor se detiene y observa con atención al joven de sudadera gris que duerme sobre el sillón largo de la sala—. ¿Y ese vago quién es?

—Ahórrate tus comentarios. Con lo que ganas en el club podrías tener una casa mejor que esta... —La doctora se detiene al final del pasillo y abre una puerta—. Estéfani está aquí. Es Éric. Él la trajo. Déjalo dormir.

Carlos, que camina último en la fila, se detiene para verlo también.

—No lo conozco —dice Carlos en voz baja—. Ella nunca ha mencionado a ningún Éric.

—Estoy seguro de que no. Tampoco me ha dicho una mierda sobre él... —Héctor sigue a la doctora dentro de una habitación.

—No es como si Estéfani hablara mucho —dice la doctora con un tono ácido.

La recámara es sencilla: cama, tocador, espejo oval de cuerpo completo, armario de madera. Sobre el colchón, Estéfani descansa con los ojos cerrados, dormida. El cabello alborotado le cubre parte de la cara. Carlos observa desde la puerta mientras el corazón se le encoge por la impresión de verla así: pálida. Héctor se acerca y se sienta junto a Estéfani, el medallón se calienta tanto que le escuece en el pecho, pero evita tocarlo para no llamar la atención.

—¿Qué tiene? —Héctor voltea hacia la doctora y se aprieta la camisa sobre el medallón.

—Herida de bala en el... —empieza la doctora, pero se detiene. Observa a Carlos, quien se agacha para ocultar las lágrimas—. Bueno, no tiene caso que te explique con detalle. Basta con que sepas que llegó con un agujero de bala.

—Desgraciados, en cuánto sepa quién fue, haré que se arrepientan. ¿Es grave, doc? —Héctor le acaricia la mano a Estéfani.

—Si fuera grave estaría en el hospital y no en mi casa. —La doctora comprueba la hora el reloj de muñeca—. Le saqué la bala, limpié la herida y suturé. No despertó. No creo que ni siquiera haya notado que le dispararon. Estará bien.

—¿Cómo no lo iba a notar? —Carlos se acerca al borde de la cama.

—¿Quién es este joven?

—Es el noviecito de Estéfani. —Héctor se levanta—. Salgan de aquí, quiero estar solo con ella.

—No creo que despierte. Le puse un sedante porque si se levanta se abrirá los puntos. Ya sabes cómo es descuidada. Vamos muchacho —La doctora se aproxima a Carlos—. Esperemos afuera. —Le rodea la espalda con un brazo y le sujeta ambos hombros con las manos en un gesto que a él le parece maternal—. Está bien, es el hombre de confianza, Estéfani estará bien.

CARLOS LA ACOMPAÑA. CABELLO lacio y corto a medio cuello, negro, muy negro, como el iris de sus ojos rasgados; morena. Ronda los cuarenta años. En la entrada de la sala se detiene. Con los jeans y la camisa de botones rosa, no se imaginaría que es un médico, pero uno de los diplomas que cuelgan en la pared afuera de la cocina lo confirma.: "La Universidad... Otorga a Ortega... el título de Médico Cirujano..."

La fotografía que acompaña el documento muestra a una mujer más joven, con la misma cara redonda, pero el cabello largo, varios años atrás. Un poco más allá ve un diploma más reciente: "Especialidad en pediatría..." Y otro: "Neuropediatra".

—¿Te ofrezco algo de tomar? —La doctora sirve agua.

—Sí, por favor.

—Luces cansado. La vida de la gente del club no es fácil, ¿te lo dijeron?

—¿Cuál club?

—En el club. ¿No trabajas ahí?

—No trabajo en ningún club. Vivo con Estéfani... Bueno, en el mismo edificio.

—Ah. Ya, pues qué bien. Yo pensé que eras uno de los nuevos en entrenamiento.

—¿Qué? Bueno... no importa. ¿Estéfani estará bien?

—Sí. A pesar de su condición, no veo que tenga cicatrices nuevas. Así que me tranquiliza pensar que ha sido cuidadosa en todo el tiempo que no la he visto.

—¿A qué se refiere con eso? —Carlos se aproxima a la barra central de la cocina, mueve un banquillo y se sienta. Lleva por instinto su mano al arete de su oreja y juega con él—. Lo de su condición...

—Tiene una condición médica.

—¿Por eso no habla?

—Algo hay de eso.

Carlos acepta el vaso y bebe. El silencio es abrumador, pero está tan cansado que no logra mantener los ojos abiertos. Se recuesta sobre la mesa. Escucha los pasos de la doctora alejarse. Hay un regusto amargo en su lengua.

«Me drogó...»

DENTRO DE LA HABITACIÓN, Héctor gira el seguro de la puerta para que nadie interrumpa. Verifica que el líquido conectado a Estéfani sea solamente suero vitaminado. «Debiste perder mucha sangre, güerita». Quita la sábana. En ropa interior, Estéfani le parece una muñeca envuelta en una venda que le cubre el abdomen.

—Lo bueno es que no te va a doler —dice antes de levantarle la venda con brusquedad. Dejar al descubierto la línea de hilos en el costado derecho.

Se inclina para que el medallón cuelgue y alcance la sutura.

«Vamos, Héctor, concéntrate, tú puedes hacerlo. Todo está en la intención con la que uses la magia», recuerda las palabras de su madre y todas las enseñanzas de su abuela. Respira hondo y contiene el aire por casi un minuto hasta que el mareo es inevitable.

Cuando acerca el medallón, el metal resplandece como el destello del *flash* en una cámara. Héctor retira la mano con el dije y ve que la herida sigue ahí, más estrecha, pero sigue ahí. Lo intenta otra vez, milímetros más sana. El medallón pierde luminosidad.

«Maldita sea. No funciona. Tendrás que quedarte aquí...»

La decepción amplía el hueco en su pecho.

Al salir, la doctora Sáenz lo espera frente a una taza de café en la cocina.

—¿Quieres quedarte un rato más? —Sonríe y le señala la bebida humeante—. Los tres niños están dormidos.

Héctor mira a Carlos sobre la mesa y después al muchacho que descansa en el sillón.

—Tengo prisa. —Toca el hombro de Carlos y espera a que reaccione—. Vámonos muchacho, Estéfani se quedará aquí hasta que se recupere. Tome, doc. Por las molestias.

Graciela Sáenz ve que Héctor saca la cartera y se levanta.

—No es necesario. No hago esto por dinero y lo sabes. —Extiende el brazo para señalarle la salida—. Es mejor que te vayas.

—¿Qué pasa? —interrumpe Carlos en un bostezo.

—Nada, muchacho —responde Héctor—. Aquí la doc, que se pone brava.

—Adiós, Héctor —insiste ella.

—Vuelvo por ella cuando me digas, doc. —Héctor se acerca para darle la mano, pero ella se aparta.

—Adiós, dije.

Se despiden en la puerta del consultorio.

DENTRO, EN LA SALA. Éric duerme. Su piel tostada por el sol, el semblante demacrado por la mala alimentación, la ropa de segunda mano. Cumplió veinte y sigue en la calle. Y ella jamás le dijo que sabía dónde estaba Estéfani.

A Graciela le tiemblan las manos mientras piensa en qué hará cuando Héctor regrese. Que debió ser más valiente y no aceptar atenderla bajo amenazas. Reportar la situación a la Policía. Pero ya es tarde. Tomó su decisión y debe vivir con ella.

En las horas del sueño más profundo, revivo la infancia de Donatelo. Una de las muchas vidas que he tenido. De padres artistas, fue un niño con problemas para socializar. Me gustaba dibujar todo el tiempo, los maestros decían que tenía mucha imaginación, pero todos aquellos paisajes a lápiz provenían de mis recuerdos. De las otras muchas personas que he sido.

La primera vez que supe que era algo más que Donatelo Garza, todavía estaba en la universidad. Caminaba a casa. David estaba sentado en una parada de autobuses. Me pareció un hombre atractivo, de perfil europeo. Italiano, quizás. Misterioso. Distante. Me acerqué para hablarle; percibí de inmediato su esencia sobrenatural. Pensé que era un animal muerto en la carretera. Lo ignoré al principio, porque no estaba acostumbrado a esa sensación. A los escalofríos.

¿Puedo pintarte?, le dije. Y él levantó la vista, con la confusión en el rostro. Sus ojos azules. Que si estás interesado en ser modelo para un cuadro, insistí.

Él sonrió. Intercambiamos números y nos despedimos. Dijo que tenía prisa. Se fue.

Aquella noche llegué a casa. Recostado, la cabeza me daba vueltas. Un dolor insoportable me oprimía el pecho. Me levanté de la cama. Ya había cambiado. Tenía la esclerótica completamente oscurecida, la piel marcada por espirales dorados, un tenue resplandor a mi espalda con forma de alas traslúcidas. Me desmayé por la impresión, pero a partir de ese día, las memorias de vidas anteriores se manifestaron con claridad.

Éric

*La pasión la llevó más profundo, al abismo debajo de su piel donde
ella asignó su alma al ritmo de su corazón...*
—Virginia Alison

ESTÉFANI NO ME HABLA. Eso no es raro, siempre fue callada, casi muda. Pero odio lo que hace. Se voltea para no verme. Hace como si no me conociera. Qué puta...

Cuando entro a la habitación, mira hacia otro lado. ¿Qué le pasa? Me ignora. ¿Me odia? La doc me dejó quedarme aquí mientras necesite quien la ayude. Dijo que la herida no era grave, pero Estéfani solo se levanta al baño. Quiere irse lo antes posible y eso significa que debe descansar. No podía creer que fuera ella cuando la vi. No la hubiera reconocido, con la ropa cara, bien peinada y así de grande. Luego su piel oscura, las marcas doradas, las alas... Sus ojos bonitos, no con los color miel, sino con los otros ojos; esos que me enamoraron cuando éramos niños. Los que ponía cuando teníamos frío.

Son las diez de la mañana. Cuando le llevo el desayuno está despierta.

—Oye, ¿tienes hambre? —intento ser amable.

Contempla el tapiz de la pared y asiente con la cabeza. Es más hermosa que la niña flaca que recuerdo. Me evita. Y eso duele. ¿Por qué lo hace?

—Ven, te ayudo a sentarte. —Le sirvo de apoyo y le acomodo las almohadas—. Come. Necesitas reponerte.

131

La observo. Agarro comida de su plato. Es como si nunca nos hubiéramos separado; comparte su desayuno, lo que la doctora dejó hecho en la cocina. Está aquí, en silencio, callada como antes, como siempre. Pero diferente. Sube y baja el brazo con las viejas cicatrices de las cortadas que se hacia en el orfanato para ir a la enfermería. Sujeta la cuchara con fuerza. Yo también tengo marcas, las que me hicieron otros por protegerla. Y esta que tengo en la cara que me hizo mi papá antes de abandonarme.

Ella desapareció. Preparé un montón de preguntas si la encontraba. No puedo. Simplemente, la alegría es más grande que cualquier reclamo que quisiera hacerle.

—Me alegra que estés bien. Tienes trabajo, vives bien. Te ves linda.

Está furiosa. Rechina los dientes. El odio se desborda en lágrimas.

—¿Por qué me abandonaste? —dice ella y lanza el plato hacia un lado.

La comida se esparce por el suelo. La verdad efervesce en la punta de mi lengua.

—Tú mataste a ese hombre, y yo tenía que protegerte...

—¿De qué hablas? ¿A cuál hombre?

El gesto de confusión es genuino. No fue ella. Fue el monstruo en el que se convierte. Entonces lo entiendo todo: su miedo y su molestia, mi miedo y la verdad. Quizá fui yo quien la abandonó, porque tuve miedo.

LAS PRIMERAS SEMANAS CON David fueron complicadas. Él intentaba mor- derme en todo momento. Se acercaba demasiado. Me seducía para que bajara la guardia, y yo intentaba ocultar que sabía lo que era, mientras ocultaba lo que yo soy.

Nuestras citas estuvieron llenas de silencios incómodos, con gestos de suspicacia que me enamoraron. Caricias suaves, labios tersos. Dos hombres que se encontraban en secreto. Porque ese tipo de relaciones era más complicado en el pasado.

Entonces confié en él. Le conté quién era, o lo que recordaba. David dijo que ya lo sabía, que lo supo desde la primera vez que entró a mi estudio y vio los retratos detallados de lugares que ya no existían en Europa. De su lugar de origen. De veranos que ya no se ven. Dijo que lo supo por el sabor de mis besos. Dulces.

Me sentía seguro a su lado. Ni ese día, ni después hubo amenaza alguna. Su sonrisa se curvaba con tanta sinceridad que aseguré que un sentimiento así podía fingirse.

Y entonces, lo dejé entrar en mi vida, mientras él me arrastraba a la oscuridad en la que reina su gente.

Escenarios

La música produce un tipo de placer del que la naturaleza humana
no puede prescindir.
—Confucio

LE PEDÍ A TALINA que recortara mis presentaciones en el club para asistir a los ensayos en la academia. Maldita desgraciada. Me dejó las noches más pesadas. Todas sabemos que el fin de semana está abarrotado, así que no le creí cuando dijo que me hacía un favor al mandarme entre semana. Una perra más a la cual odiar. Aun así, tengo tiempo para ensayar. Suficientes privados para disfrutar de mis fines de semana libres.

Son las siete de la tarde. La maestra da por terminada la sesión. Carlos me espera en el cine del centro. Puedo imaginarlo con las manos metidas en los bolsillos mientras observa los pósteres en la entrada y decide por ambos qué veremos hoy. Es dulce. Y ha sido discreto. Sin preguntas. Muchos besos.

Cuando salgo, la secretaria me aborda a mitad del recibidor.

—Ya está, Estéfani. —Extiende una carpeta—. Ya solo falta que firmes la solicitud y me des copia de tu identificación y de tu contacto de emergencia. Ya sabes. Si tienes tu acta de nacimiento también me la traes. Si no la tienes, consíguela. Tu apellido estaba empalmado, así que dejé el espacio en blanco porque no le entendí a tu letra. Llénalo.

—Sí. La... —Hago una pausa para que no note mi nerviosismo—... ¿La mandas así? Te doy las copias luego.

—No. No puedo. Hay que enviarlo todo junto.

Le acepto los papeles y me doy la vuelta. Sabía que tarde o temprano necesitaría una identidad, pero todo está pasando muy pronto. Llevo apenas unos meses como estudiante regular en la escuela abierta y ya quieren mandarme a presentaciones fuera de la ciudad.

Estoy tan nerviosa que no sé de qué trata la película. Salgo, como en piloto automático, y me dejo guiar por él. No hablamos hasta llegar al departamento.

Éric se aposta en la esquina del edificio casi a diario. Me saluda con la cabeza y yo le sonrío. A veces Carlos y él comparten cigarros. Me pregunto qué hace ahí sin atreverme a cuestionarlo. ¿Habrán hablado de lo que pasó? Me observa. Aferro al brazo de Carlos. Tiro despacio para entrar, besarlo y olvidarme de Éric. No hay mucho de qué hablar. Dijimos lo que había que decir y nos despedimos.

—Héctor... ¿viene hoy? —Me pregunta Carlos en la puerta de mi habitación con esa mezcla entre señas y palabras que usamos cada vez con menos frecuencia.

—No... Quizá sí. Más tarde...

Me besa y me conduce hasta la cama. Levanta mi blusa y sus manos hacen una pausa sobre la cicatriz que dejó la bala. Luego de varias semanas, la marca ya es solo un gusano grueso y rojizo en la piel. Fingí que no recordaba el incidente y me negué a compartir detalles. Héctor insistió en que era lo mejor. Así que cuando esto pasa; cuando se detiene y veo sus ojos repletos de duda, me invade la culpa porque he puesto un peso más en nuestra pila de secretos. Le paso los dedos por el cabello. Quisiera contárselo todo, todo de mí para saber si puede quererme de verdad.

Se quita la camisa. Muerde mi abdomen y recorre con su lengua perforada el borde de la falda. Su *piercing* está caliente, tanto como su saliva. Gimo por costumbre, pero dejo de sentirlo. Por un instante imagino que es Éric y sacudo la cabeza. Él nota que me he ido a otro lugar, que mantengo la atención en el techo. Se detiene.

—¿Qué sucede, güerita? —Mueve sus manos y me nombra con cariño.

—Héctor —resoplo—. Debo ir.

—¿Hoy? ¿Justo ahora? No trabajas, ¿o sí? —Me besa en un intento por disuadirme—. Primero tú y yo...

—Sí, ahora. —Muevo mi mano con fuerza para indicarle que es definitivo y lo empujo para que se detenga.

—¿Vamos? —me sonríe. Busca su camisa—. Quizá alguna de tus amigas me preste atención.

¿Quiere ponerme celosa? Hace esos comentarios desde que Héctor y yo le dijimos que trabajo bailando: entretenimiento para adultos, dijo él y no lo desmentí. Me causa gracia.

—No. "Yo sola" —intento hablar, pero termino la frase con mis manos.

—Está bien. Estaré con los chicos cuando vuelvas. Te espero para terminar con esto. Te quiero. —Me sujeta la cara y me besa la frente.

Lo dejo envolverme entre sus brazos y le muerdo el aro que decora su boca, antes de apartarlo.

—Y yo a ti.

OBSERVO LA CALLE A ambos lados. Éric ya no está. Es así últimamente. Me sigue y no se acerca. Percibo su perfume seco y el hedor de la marihuana en el aire. Mientras camino hacia El Rayo, el temor de no conseguir lo que me piden se transforma en el pánico de una certeza.

¿Dónde estás?, le escribo a Héctor.

No responde de inmediato, pero al llegar a la calzada, recibo la respuesta:

N l club, ¿K pazó?

Voy a verte. Necesito una identificación que parezca real. El resto de los papeles también, dijeron que un acta de algo y otras cosas. Envío foto de los requisitos.

Lo lee, pero tarda en responder:

Stoi okupado. Ya t abía dicho que necstas unos 10mil x dokumento. Sperame. No vnjas sola.

Hablaré con Jonny para que me ayude. Ya estoy cerca, envió.

No contesta.

ATRAVIESO LA CALLE, AHí donde la mujer del grafiti sujeta la cruz egipcia con sus uñas largas y gruesas. El patinar de las llantas de un coche me sorprende. Se atraviesa en el camino. Ha subido a la banqueta para impedirme la entrada al callejón. Retrocedo. Apaga el motor y la puerta del piloto se abre. De inmediato percibo el olor a sangre podrida, distintiva de los monstruos en el club. Un cliente. Estoy segura.

El rostro que aparece es el de una mujer castaña, casi rubia. Me sonríe con sus dientes blanquísimos y afilados.

«¿Donatelo? —Busco la única ayuda disponible—. ¿Donatelo?»

—Hola, Blondy. ¿O prefieres que te diga Esty, o Candy? ¿Qué tal Rubi?

—No. Yo no...

—Hace meses que quería verte, estuve preguntando por ti. —Cierra la puerta y se acerca. Usa un vestido largo y suelto que se sacude mientras se aproxima—. ¿Estás disponible?

—Pre... pregun... —Maldigo para mis adentros porque me cuesta responder—. Pregunta con Jonny.

—Me dijeron que ya no trabajabas aquí. ¿Por qué mintieron?

Sus ojos oscuros resplandecen por un segundo y quedo atrapada en su mirada.

—No, ya no...

—Tengo un trabajo para ti. —Mete la mano en un bolsillo y saca algunos billetes doblados—. ¿Ves? Estoy segura de que será fácil.

—¿Qué?

—Un baile privado, como los que haces todo el tiempo. En un domicilio particular —me dice sin que yo logre apartar la vista. Mi cuerpo se convierte en una piedra mientras me quita el cabello de la cara con sus dedos helados—. ¿Qué te parece? Te daré el doble si me gusta la actuación.

—No. No-pue-do —contesto cuando su mano, como hielo, recorre mi mejilla.

—¿Quisiste decir... ¡sí!? —hace énfasis en la afirmación y su pregunta se vuelve atronadora, su tono es sugestivo, arrastra la vocal.

No logro comprender por qué, pero mi mente se nubla y mi boca se mueve por sí sola.

—Sí, quise decir sí —digo en contra de mis deseos con una fluidez que nunca he tenido al hablar cuando estoy ante ellos.

Ella sonríe con malicia.

—¿Ves? No es difícil portarte bien, este trabajo será sencillo. —Abre la puerta de atrás—. Ahora, sube y vamos a mi casa antes de que el fortachón nos vea.

En cuanto abordo y me libero de su mirada, busco al matón de Jonny al fondo del callejón, lo distingo sosteniendo la puerta de emergencia. Creo que lo escucho decir mi nombre. Después reconozco la silueta de Héctor como un segundo guardia.

¡Grita, idiota!, la urgencia de Donatelo me sacude.

—Cállate...

—Héctor... —se ahoga mi voz.

—Un baile, Candy Esty. Eso es todo lo que te pido. Y luego volverás al agujero este que llaman club. Baila para mí, cariño... Y, por favor, cállate hasta que lleguemos a la casa.

—¡Déjame! Qui... qui... qui-ero ba-jar...

—Vendrás conmigo.

—¿Qué quie-res? —Aprieto los puños antes de jalar la palanca de la puerta.

«¿Por qué no me dejan en paz?», pienso en los hombres que me topé hace algunas semanas en la calle.

Las puertas no abren. Avienta el dinero sobre su hombro hacia mis pies. Hay un vapor en el aire, parecido al del tabaco, que huele dulce. No veo de donde ha salido. El aroma me paraliza.

No respires. Es su magia..., escucho a Donatelo, pero ya es tarde.

—Ya, por fa-vor...

«¿Por qué no me dejan en paz...?»

—Quiero el servicio privado, el mejor de todos. Esto será paga suficiente, estoy segura de que es más de lo que ganas en el club en toda la noche —me dice y truena los dedos—. Recoge eso, te daré más si me gusta lo que veo.

«Ya no quiero trabajar para ustedes...», quiero decir. Soy consciente de que no tengo opción. Intento resistirme, pero mi cuerpo se deja guiar por las palabras.

Cuento los billetes. Debe haber dos mil. Quiero aventarle el dinero a la cara, pegarle en la cabeza, aventarme por la ventana. Quiero usar la técnica que vi en internet para ahorcarla con el cinturón de seguridad, pero mis manos no obedecen. Está prohibido atacar a esas criaturas, aunque haya abandonado el sótano. No debo acompañar a ningún cliente a su casa y menos herirlo. Todo está mal.

Su voz se vuelve tan tierna que de pronto no suena como una mala idea ir con ella y complacerla esta noche. Es su hipnosis.

—No...

—Tranquila, Blondy. Vamos a divertirnos. Serás mi invitada, la estrella del show.

No te alteres, Estéfani y déjame pensar en cómo saldremos de aquí. Es peligroso contradecir a una criatura como esta. Haz lo que te pide. Ya se me ocurrirá algo...

Luego, Donatelo no vuelve a hablar en toda la noche.

No conocía muy bien a Ana. David solo había mencionado que tenían problemas con ella, que era rebelde y conflictiva. Una asesina. Al menos cada dos o tres años, hacía algo para fastidiarlo, para ponerlo a trabajar horas extra, para moverlo de mi lado y lanzarlo a las calles a cubrir sus indiscreciones.

Sí. Es un problema. De esos vampiros que no piensan en el día siguiente, que matan y ocultan los cuerpos en lugar de cautivar seguidores que ofrezcan su sangre voluntariamente. Es una asesina, como David, pero al menos él lo hacía por obligación, no porque derramar la sangre, y pintar con ella, fuera un pasatiempo.

Habitar a Estéfani, o a cualquier otro, es la manera en la que las criaturas como yo se construyen una identidad, hacen amigos, conocen personas, se enamoran, encuentran a los amantes que estarán con ellos hasta la muerte.

Luego se nos rompe el corazón.

No recuerdo cómo fue antes de David.

Pero, pensé que, con él, jamás ocurriría.

Si no me hubiera llevado con Adam. Nada de esto habría pasado.

Páginas de sangre

Cuando las palabras se van, comienza la música.
—Heinrich Heine

«Estéfani. Donatelo. Adam. Estéfani... Adriel. Jonny. Héctor. Estéfani... Ana. Bruce. Nidia. Los cazadores. Estéfani... Estéfani...»

David hizo una lista mental de las personas a las que había visto las últimas noches. Cada vez que intentaba recordar las expresiones o las palabras que cruzaron, el cuerpo de Estéfani aparecía bailando en sus pensamientos. Cualquier cosa le serviría para tirar del hilo de la verdad: un gesto, una mueca, alguna frase con tono burlón o sarcástico. Nada. No había nada en su mente que no fuera el cuerpo esbelto de la rubia al despojarse de la ropa sobre el escenario.

Volvió al club tres veces antes de solicitar el privado y cerciorarse de que era ella, de que erra él: su Estéfani, su Donatelo. Aun así, la rubia lo arrastraba a la incertidumbre porque mientras él bebía su sangre, ella actuaba como si no lo conociera, como si nunca se hubieran visto antes, como si fuera uno más.

«No importa quién lo sepa, alguien lo sabe y eso es lo que debe preocuparme. En cuanto el responsable se delate, sabré qué quiere de mí o será el día en que Adam me pida cuentas», se dijo mientras aparcaba el auto a una cuadra del club.

Permaneció largo rato con la vista perdida en las luces neón que parpadeaban a ratos sobre la puerta principal. No quería entrar y hacer el ridículo. Esa noche, el único vampiro que llegó al club fue Adriel. David, cobijado por las sombras, se concentró en la figura exquisita de la vampira y se adentró en los pensamientos de la inmortal. La invadió capa a capa: ideas superficiales, preocupaciones, recuerdos recientes, se quedó ahí hasta alcanzar los miedos más profundos. Por un instante, la resistencia sobrenatural de Adriel llevó la mente de David al borde del abismo, donde las pesadillas toman forma, y el vértigo se apoderó de él. Por eso estaba prohibido asaltar la mente de un inmortal: no podía controlar el descenso a las pesadillas.

Cerró los ojos, tenía menos de un minuto para averiguar lo que quería antes de que Adriel se diera cuenta de que alguien asaltaba su mente. Entraría al edificio y la perdería de vista. Las imágenes fluían una tras otra entre los secretos mundanos y los pecados de sangre que la mujer atesoraba: una relación cercana con su familia humana, algo prohibido para la mayoría. Ahora cuidaba de sus bisnietos. Una discreta colección de objetos robados de sus víctimas, cuando la sed era enorme y la muerte, inevitable, entre otras curiosidades que seguramente le avergonzaría mencionar en voz alta.

Y de pronto, mientras ella saludaba a Héctor bajo la silueta desnuda de neón, David vislumbró lo que buscaba: la imagen de una noche apasionada entre Adriel y Donatelo.

«Esto no puede ser cierto», los celos se apoderaron de él.

Vio una pasión desbordada entre manipulaciones y palabras que tiraban de la traición. Por el remanente emocional, de las memorias, sabía que Adriel usaba sus trucos sobrenaturales para hipnotizarlo.

«No es verdad. Donatelo nunca sintió nada por ella; no».

En aquellas evocaciones, Adriel suplicaba ayuda para destituir a Adam de su puesto como líder, deshacerse de los aliados y establecer un nuevo Gobierno: uno más libre, aseguró ella. Había una lista de nombres que la respaldaban, pero no lo lograrían sin él; sin la sangre sobrenatural y poderosa que podía dar placer, paz, dolor, sueño y muerte. Sin la luz negada para los muertos vivientes.

«¿Por qué aceptaste el trato, Donatelo? ¿Qué te ofreció?»

David continuó hurgando en aquel entramado de ilusiones y vio el momento exacto en que Adriel prometía que David estaría a salvo.

«¿Qué querías hacer, Adriel? ¿Por qué le pediste ayuda a él cuando otros vampiros querían a Adam fuera del cargo?», pensó con demasiada fuerza.

Adriel miró sobre su hombro en dirección al auto aparcado a más de cien metros y la escena de aquella confabulación se disipó antes de descubrir la respuesta.

«Intruso... ¿Lo sabes, no? Los dos podemos jugar el mismo juego... ¿Encontraste lo que buscabas?», pensó Adriel sin poder evadir el recuerdo de ella misma delante de una mesa frente a los cazadores, el intercambio amistoso de maletines y el instante en que el humano canoso le estrechaba la mano muerta.

David comprobó lo que había pensado desde el principio. No eran emisarios religiosos. Adriel había contratado mercenarios para romper la estabilidad del Gobierno en turno.

«Mejor vete, antes de que te arrepientas de esta intrusión —dijo ella con firmeza en la mente de David—. Tú también tienes secretos para mí. Los dos podemos jugar el mismo juego».

Adriel le dio la espalda para al ingresar edificio. Aun así, David logró seguir el hilo de acontecimientos hasta el día en que nombraron a Adriel como la encargada del club. Estéfani había llegado ahí antes que ella.

—Así que no lo sabes... —murmuró él en voz alta mientras el miedo se convertía en frustración y coraje.

«¿Quién lo sabe? ¿Quién sabe que Estéfani es Donatelo?»

David apretó el volante con las manos enfundadas en sus guantes negros, luego golpeó el tablero con la furia hirviéndole la sangre antes de encender el motor y alejarse.

«¡Lo traicionaste, desgraciada! Lo obligaste a ayudarte y lo traicionaste...»

Guiado por los celos, se dirigió al único sitio donde los suyos escondían las respuestas a las preguntas difíciles: «¿Cómo puedo recuperarlo? ¿Qué tengo que hacer?»

EL AMANECER DESTEÑÍA LA noche cuando logró romper el candado del viejo convento frente al parque central. Por diez años, habían prescindido de guardias humanos, así que nadie lo recibiría, pero tampoco le impedirían el paso. Había entrado muchas veces, sobre todo en la década en que clausuraron el lugar por acusaciones de pedofilia. Pero a esas horas, con el cielo pintado de ocre tras las torres de la capilla, lucía aterrador. Se imaginó por un instante bajo los rayos del sol, mientras su cuerpo se desmoronaba en cenizas. Los santos y las cruces descascarados, lo miraban desde las paredes mientras él levantaba la trampilla con pase directo al mundo oculto de los muertos vivientes.

El pasadizo se extendía varios kilómetros bajo la ciudad. Alguna vez, había sido la única manera de moverse con seguridad durante la inquisición. Ahora, eran solo un remanente de otros tiempos cuando los vampiros se unían para sobrevivir. Había secciones completas bloqueadas por muros y tierra. Las reparaciones y la remodelación de algunos edificios habían desaparecido tramos enteros. Aun así, la red de túneles había existido por más de trescientos años y conectaba puntos estratégicos del Gobierno vampírico. Los más jóvenes nunca las habían visto, ni las usarían jamás por órdenes de Adam; los más viejos, las utilizaban para visitarse entre ellos. Esa área estaba restringida.

Las telarañas colgaban del techo entre las vigas. El aroma a tierra le entró a los pulmones y David dejó de respirar. En soledad, no necesitaba fingir. Encendió la lámpara de su teléfono móvil y avanzó de memoria el camino hasta la bóveda. La entrada no tenía cerrojo, solo era un semicírculo de una gruesa madera inflada por la humedad que ningún mortal podría mover. Las velas y cirios estaban dispuestos para iluminar la totalidad del cuarto. David utilizó los viejos cerillos de madera largos que esperaban sobre una mesilla central, el mantel estaba cubierto de moho. El vampiro se limitó a encender el antiguo candelabro que había encontrado frente al altar en la capilla de las monjas muchos años atrás. De inmediato, el valioso librero se volvió visible. Los lomos sin título de al menos cien piezas estaban meticulosamente ordenados. Muchos de ellos, habían sido propiedad de los monjes que habitaron el edificio antes de que las religiosas lo reclamaran a principios del siglo anterior, cuando los verdaderos emisarios religiosos atacaban criaturas de las tinieblas y las regresaban al infierno.

Era la biblioteca más valiosa en toda la ciudad. La mayoría de los tomos estaban forrados en cuero; los más antiguos poseían delgadas tapas de madera curada, y en sus portadas lucían grabados de símbolos mucho más antiguos que todos los edificios.

Ser guardián de los no muertos, también le confería el deber de resguardar los secretos de las otras criaturas que habitaban la noche. Los tomos superiores, hablaban de creencias populares sobre el primer vampiro y lo que los humanos habían logrado descubrir sobre su organización, hábitos y algunos poderes que él mismo conocía. Luego había algunos volúmenes enciclopédicos de historia de la humanidad. Más abajo, hechicería mortal, conjuros de brujos, nahuales y curanderos de la región, magia blanca y herbolaria para hacer pócimas que afectaban también a los muertos. El último nivel compilaba anécdotas, relatos, mitos y leyendas de otras criaturas sobrenaturales, algunas de ellas jamás vistas en el país: *trolls*, duendes, momias indígenas, espectros, hombres-lobo, zombis, personas santas y hadas.

La maldición de Helios, como muchos le llamaban al sueño místico que llega con el amanecer, amenazó con llevarse su conciencia. Bostezó. Era inútil luchar contra el sueño, en algún libro debía haber algo que lo ayudara, pero se le terminaba la noche y tenía mucho que leer sobre las criaturas como Donatelo. David removió algunos tomos viejos de teología y extrajo detrás de ellos un pequeño frasco con un líquido negro que lucía tan espeso como la brea y era granuloso al tacto. Colocó una gota bajo su lengua. El efecto de adrenalina, drogas y sangre recorrió su sistema. Una gota sería suficiente para mantenerlo despierto la mayor parte del día. Alguien le había dicho, alguna vez, que la mezcla contenía lágrimas de sirena. En aquel tiempo se rió de la afirmación, pero ahora, sabía que podía ser verdad.

Colocó el frasco de vuelta en su lugar y encendió el resto de las velas para leer con calma aquellas páginas quebradizas y amarillentas que tenían como título 'Seres feéricos emigrados del viejo continente'. La tinta mostraba una caligrafía perfecta, revisó el nombre del autor, se trataba de algún franciscano que había traducido las notas de otro monje, quizá un jesuita. Las primeras páginas hablaban de las leyendas y mitos celtas sobre las criaturas del bosque, los habitantes de las cuevas y los dioses de la naturaleza. Más adelante, en un apartado, el viejo sacerdote registraba ritos griegos y romanos, transmitidos por generaciones desde la Edad de Bronce, para dormir o despertar a los entes del ensueño, la naturaleza y el arte cósmico.

La mayoría de las notas poseían tachaduras y correcciones, se detuvo en esos textos e intentó descifrar aquel lenguaje antiguo. Algunos términos habían sido anotados tal cual los pronunciaban en lengua arcana, tomó fotos de los trazos de invocación y grabó su voz mientras leía los conjuros. Sabía pronunciar las grafías, pero no sabía lo que significaban en realidad. Al último libro que consultó le faltaban tres páginas. Las rasgaduras mostraban la prisa con la que fueron arrancadas. En el borde de una de ellas, David distinguió los trazos delicados de una ilustración a tinta: las alas de un hada al frente y las últimas letras de algunas palabras. Al menos, el ritual seguía completo. Las notas personales del escriba le parecieron irrelevantes.

La primera vez que Adam le dio un libro para resguardo, David se había reído del contenido. Lo leyó por obligación, pero con la incredulidad creciente en cada línea. Los mitos sobre los hombres-lobo, de origen europeo, eran bien conocidos, pero nadie había visto uno jamás en la ciudad.

David no creía que algo de todo aquello fuera real hasta que conoció a Donatelo. Cuando vio la majestuosidad de sus alas y probó su sangre, se convenció de que los vampiros no eran los únicos habitantes de las sombras. Tuvo tiempo de descubrir que, aunque distintos, hadas y vampiros compartían conocimientos y magia en la sangre, poderes y habilidades. Algo de inmortalidad.

Una vez más, David recurría a la biblioteca privada de los gobernantes de la ciudad para encontrar una cura a sus pasiones mortales: el amor, el dolor y la ira.

«¿Y si los vampiros tampoco podemos morir? ¿Y si reencarnamos como las hadas? ¿Cuántos de los nuestros andarán por las calles en busca de venganza?

He matado a muchos», se preguntó mientras anotaba en un cuaderno la lista de ingredientes para el ritual que ejecutaría después.

Las horas transcurrieron mientras David se alimentaba de la sabiduría oscura, arrebatada a los humanos cincuenta años atrás. Se quedó dormido a mitad de la tarde. Cuando despertó, apagó las pocas flamas que luchaban por mantenerse encendidas sobre los charcos de cera derretida y se fue. Un dolor insistente, parecido a la resaca, le impedía poner atención a sus propios pensamientos. El paladar lo sentía inflamado.

«Es la última vez que consumo esa porquería», todavía tenía la sensación amarga de las lágrimas de sirena bajo la lengua.

Le tomó varios de días acumular suficiente valor para buscar a Donatelo. Había pasado la semana en un recorrido por las santerías y mercados en busca de inciensos, hierbas y componentes básicos de brujería con los cuales sustituir los materiales únicos del viejo continente. Tuvo que hacer todo él mismo, porque no quería que nadie se involucrara. Si fallaba, no tendría que dar explicaciones. Si tenía éxito, huiría de la ciudad con Donatelo.

Cuando reunió cada elemento, buscó una casa en renta y pagó por adelantado los primeros seis meses. Se aseguró de que no tendría vecinos. Luego de preparar la habitación con las marcas místicas en las paredes, dispuso los instrumentos que atraparían la energía de Donatelo en el ángulo indicado.

El reloj marcaba las doce con quince cuando llegó a El Rayo aquella noche e ingresó al sótano. Sus movimientos delataban su ansiedad: tamborileaba la mesa con los dedos, sacudía el talón, se tronaba los dedos y se limpiaba la delgada capa de sudor rojizo que le perlaba la frente. Mientras una niña bailaba, él tenía la sensación de que los minutos se alargaban hasta convertirse en una tortura que le apretaba el corazón.

—¿Qué le sirvo, señor? —dijo la mesera en turno, pero cuando no le hizo caso se obligó a repetir—. ¿Señor? ¿Le sirvo algo?

—Sí... Yo... Estoy distraído... Me gustaría un privado con Candy Esty.

—Ella ya no trabaja aquí, señor. Pero tenemos a...

—Lo sé, y no me importa. Dile a Jonny que quiero hablar con él para que haga una excepción. Bájenla. Tengo varias preguntas que hacerle.

La mesera se fue. David adivinó que aquel gesto de preocupación con el que Adriel apareció, no podía significar algo bueno.

—Buenas noches, David. Bienvenido. —Tenía un tono más cortés de lo habitual.

—Pedí hablar con Jonny. —David se apartó el cabello de la cara.

—Lo sé, pero él no podrá resolverte nada. —Adriel le tocó la mano en un intento por tranquilizarlo—. Sí sabes que yo mando aquí.

—Quiero ver a Candy Esty.

—No tuviste suficiente con tu intrusión el otro día. ¿Te gustó lo que viste en mi cabeza? ¿Qué buscabas?

—Quiero verla.

—Claro... Como muchos por aquí. —Adriel señaló la mesa frente al escenario donde un vampiro aguardaba a la bailarina en turno—. Todos vienen para buscar a su favorita. El problema es que hace unos días desapareció... Candy.

La sangre muerta de David se convirtió en hielo.

—¿Cómo que desapareció? —los ojos de David se enrojecieron por la furia.

—Tranquilo. No hagas una escena en el club o tendré que prohibirte volver. —Adriel se puso de pie y lo sujetó del hombro para impedir que se levantara.

David conocía las consecuencias de lo que estaba a punto de hacer, aun así, no quería perder más el tiempo. No quería esperar a que alguien encontrara a la rubia muerta en la calle o su antiguo amante decidiera aparecer a mitad de la noche en su apartamento. La sangre de Donatelo todavía inundaba sus venas, así que invocó la energía de las hadas y la usó para potenciar su hipnosis.

—Adriel... —David rechinó los dientes y buscó los ojos glaciares de la vampira—. Vas a traerme a Estéfani ahora mismo. Le avisaré a Adam que una de las bailarinas desapareció. Y con ella, se lleva nuestro secreto. Le encantará saber que alguien que sabe sobre vampiros está perdida. ¿Cuánto crees que pase para que los cazadores encuentren tu negocio? *Tráeme a Estéfani. ¡Ya!*

Y esa idea se sembró en el subconsciente de Adriel, quien, sin distinguir si era hipnosis o algo diferente, se levantó con una prisa sobrenatural por atender la petición de David.

A VECES, ME IMAGINABA cómo sería volver a abrazarlo. Cómo sería entregarme a él en el cuerpo de una mujer. A veces, me entregaba a las sensaciones que Carlos y Estéfani compartían, pero ninguna se aproximaba a lo que David y yo tuvimos alguna vez.

Muy en el fondo, esperaba reencontrarme con él, perdonarlo, que me perdonara, y continuar con un punto y seguido en la noche antes del incidente en la carretera. Imaginaba que a Estéfani le gustaría pasar tiempo con él, y que podría amarlo a través de ella.

Pero era solo mi deseo.

Un sueño y nada más.

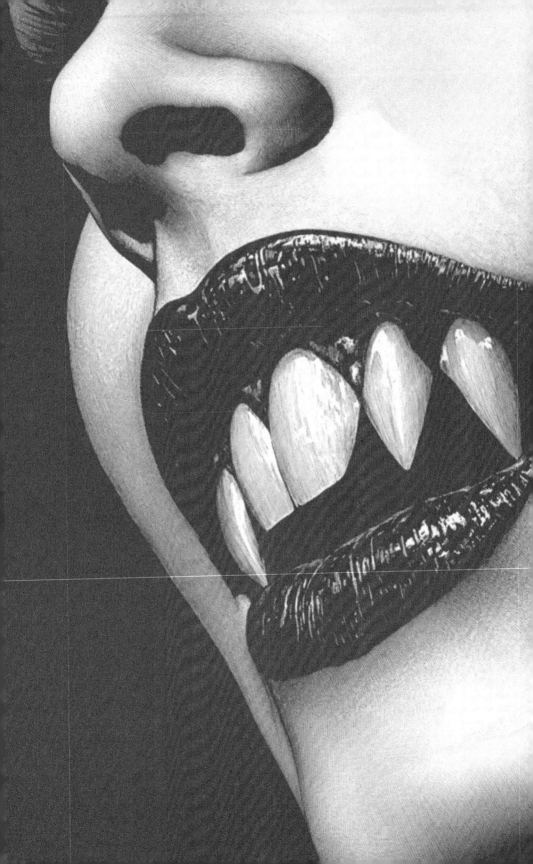

Baila para mí

La gente me ha preguntado por qué he elegido ser una bailarina. Yo
no lo elegí. Fui elegida para ser una bailarina, y con ello, vives toda
tu vida.
—Martha Graham

PENSÉ QUE AL FIN era libre. Pensé que había encontrado mi lugar y que sabía quién era. Pensé que no haría esto otra vez, porque eso era cosa del club y ya había dejado atrás las noches en El Sótano. Que mi sangre era solo mía. Y aunque al principio lo extrañaba como una tonta, aprendí a amar lo que la libertad me ofrecía. También pensé que estaría a salvo de los monstruos. Pero fue eso, un pensamiento. No sé quién soy. Aún trabajo para Jonny y no sé cuándo dejaré de ser la bolsa de sangre para las criaturas que fingen ser humanos.

La sangre brota de mis rodillas. Cuento los segundos y contemplo las gotas caer pesadas sobre la sábana. Un mareo me nubla la vista, sacudo la cabeza para espabilar. Todo a mi alrededor avanza en cámara lenta.

Levántate.

Contengo la respiración como si eso detuviera el cosquilleo carmesí que baja por mi pierna hasta el tobillo.

«Tenemos que irnos de aquí», trastrabillo al bajar de la cama.

Sí.

Las costras están pegadas a la tela. Yo misma me las arranqué al levantarme. El temblor en las piernas es por debilidad, la reconozco, porque muchas veces he

151

sentido el bajón del efecto de las drogas y la falta de comida. No quería hacerlo, pero ella me obligó a tomar los comprimidos. Está acostumbrada a ellos. La recaída es lo peor que puede pasarme en este momento, cuando llevo tanto tiempo limpia y tengo planes para alejarme del club por completo.

¿Qué esperas? Date prisa, Donatelo me apresura.

Sé lo que tengo que hacer: quitarme toda la ropa y tocar centímetro a centímetro en busca de heridas graves. Distingo las viejas cicatrices en los muslos y los antebrazos, el disparo y las rodillas raspadas, nada más. Las articulaciones están bien, al menos se mueven como la doctora dijo que debían moverse.

«Todo en su lugar: ningún hueso roto o dislocado. ¿Ves algo tú?»

La mujer me golpeó la cabeza anoche cuando intenté irme. Respirar me parece difícil, me cuesta jalar aire, la habitación se nubla, así que no puedo asegurar que solo tenga raspones. Debajo del cabello no hay sangre, ni bultos.

Estás ansiosa, deja de pensar y muévete, insiste.

El tocador está al otro lado de la cama.

Vamos, no pierdas el tiempo.

La sombra contra la pared es la de Donatelo más nítida que nunca.

No estás sola. Yo estoy contigo. Puedes con ella. Reacciona.

Es un hombre entrado en los treinta, de mandíbula ancha y barba escasa. Aunque no es la primera vez que lo veo, me sobresalto porque la mayor parte del tiempo es una silueta de sombras que existe y no a la vez. Pero ante el espejo, parece real.

Cuidado, se acerca.

Invoco la magia. Él lo hace por mí. Y de pronto la imagen parpadea: soy otra vez la chica rubia de dieciocho años que ha pasado su vida como esclava de esas criaturas. Con la mejilla hinchada y la impresión amoratada de una mano en mi cuello. La rabia vibra dentro de mí.

No es gran cosa, puedes salir así a la calle. Vámonos. Solo necesitas la ropa, urge la voz.

Mis pupilas destellan y los moretones se desvanecen poco a poco.

«¿Qué estás haciendo?»

Un poco de ayuda no te viene mal, ¿eh? Estarás bien en unos minutos. Deja de preocuparte por pequeñeces y vámonos.

—Lo lamento. —La mujer me observa desde el marco de la puerta. Juega con un mechón de su cabello castaño—. Pero no me dejaste opción. Yo estaba segura de que eras diferente a las otras bailarinas. ¡Mírate! Encantadora, perfecta, sobrenatural... Sabía que tenías algo realmente especial.

Ana..., dice Donatelo.

—Adiós —murmuro y evito verla a la cara.

La mujer tuerce la boca en un gesto burlón.

Recojo la ropa: calzones y brasier, falda a cuadros, blusa sin mangas.

—Esas son muchas cicatrices. La luz del club las oculta bien —se relame los labios cuando percibe el aroma mi sangre—. ¿Cómo pasó?

Me acerco a la orilla de la cama y utilizo la sábana para limpiar la sangre.

—Accidente —me parece inútil explicar con precisión.

No le contestes, me ordena Donatelo, *si le sigues el juego jamás nos iremos.*

—Toma un baño y ven a la sala —su voz es imperiosa.

Intenta hipnotizarme otra vez, pero ahora sé que debo evitar verla.

—Tengo... —las palabras se enredan y decido resumirlo en dos pausas—. Me-voy.

—Toma un baño y baja. Pedí comida a domicilio. —La mujer se acerca y me aparta el cabello de la cara, ansiosa por tocarme, por besarme, lo sé porque le tiemblan los dedos mientras lucha contra el instinto de morderme—. La vas a necesitar. Y tengo la música lista para el siguiente espectáculo. Debí traerte hace mucho tiempo.

No era el plan. Debía pasar aquí una noche y quedarme con el dinero, volver al club y pedir un préstamo. Pero después de tres días, Ana no ha tenido suficiente y no sé cómo convencerla de que me deje salir. Si Héctor estuviera aquí, él sabría qué hacer.

No dejes que te intimide. Podemos irnos, solo déjame tomar el control. Respira profundo y yo me encargaré de todo...

Sacudo los pensamientos que resuenan a la distancia y con un eco pulsante. No logro poner atención a lo que la mujer hace o dice.

—No —le digo y avanzo hacia ella—. Me-voy-ya.

Me sujeta el brazo con su tacto gélido. Me muevo, pero se aferra con firmeza.

—Querida... no lo harás —Ana enreda sus dedos en mi pelo y tira fuerte para exponer mi cuello hacia su boca. Pega su nariz a la piel amoratada debajo de mi barbilla. Aspira el sudor—. ¿Por qué no me miras? ¿Me tienes miedo?

—Trabajo. Ten-go trabajo... El club...

—Vas a bailar aquí. ¡Báñate! Esas bestias no te merecen...

Es inútil resistirme. La noche anterior corrí escaleras abajo y aun así ella llegó antes que yo para impedir que abriera la puerta. Es un demonio, tal como Héctor dijo la primera vez que me solicitó para un privado. No lo creí aquel día y pensaba que estaba exagerando, porque yo solo vi a una mujer ardiendo en deseo, como muchos de mis clientes. Ahora todo es distinto.

Deja de luchar contra mí. Ella es el enemigo.

«Puedo convencerla, solo dame tiempo...»

—Sí. —Cierro los párpados. Dejo que su peso me aplaste.

—Eso es. Baila para mí, yo voy a cuidarte.

—Sí. —Deseo que todo termine.

Ella abre la boca y lame de la clavícula hacia mi hombro. El aliento gélido me obliga a buscar su cara. El espejo sobre el tocador, revela aquello que tanto se empeñaba en esconder: dos colmillos que crecen poco a poco. Está lista para morderme.

Es un vampiro, pero eso ya lo sabes. Ya lo sabías. Los conocemos a la perfección. Deja de temblar y levántate. Lo que temes es inevitable.

Prefiero que Donatelo deje de hablarme.

«Déjame pensar...».

Una silueta se dibuja en la puerta. Noto el reflejo de la luz sobre la hoja de una navaja, pero luego el filo se oculta tras la figura. Hace sonar sus pies sobre la alfombra para llamar la atención de Ana. No funciona.

—¡Ana! ¡Basta! ¿Qué haces? Si no la devuelves te meterás en problemas.

Su rostro se mantiene oculto por las sombras, sin embargo, su voz me resulta familiar. No es una clienta, pero sí alguien del club.

Sabes quién es...

—A-yú-da-me.

La voz y mis movimientos se apagan, como si Ana hubiera presionado un interruptor en mi cuerpo cuando los colmillos penetran profundo en mi carne.

—Si no te detienes la vas a matar. ¡Ana! ¿Me estás escuchando? Está muy pálida, debe reponerse antes de que sigas...

Ana levanta la cabeza y me lame la herida; me saborea. Sus labios se pintan de carmesí brillante.

—Tiene algo diferente. Deliciosa. Deberías probarla, ven...

—Es solamente una niña. ¿Qué tiene...? ¿Quince? Ana, tienes problemas con las autoridades. Muchos. Esto solo empeorará tu situación.

Ana espira profundo. Evito dar señales de conciencia para que me deje en paz. Respiro despacio.

No te duermas.

El placer de la mordida es embriagante. Desvanece la ansiedad.

—No. Hablo en serio, ven. Pruébala. Acércate —el rostro de Ana se retuerce en una mueca de placer—. No es como los otros. Sabe diferente. Es mucho mejor después de bailar. ¿Has probado el éxtasis? ¿La has pedido en el club? Su sangre, las drogas... No hay nada que se compare con...

—No —la interrumpe—, y no me interesa ponerme como tú. Estás obsesionada, Ana, ¿te das cuenta? Si nuestros superiores consideran que alguien adicto al licor es un problema, ¿qué pensarán de ti? No es la primera vez que te llevas a alguien de esta manera. Si se muere te van a matar.

—¡Pruébala! —gruñe y expone los colmillos en una amenaza que crispa mis nervios.

—No lo haré. Y tú tampoco deberías. Ya no trabaja en el club, y no es tuya.

—Nos la niegan porque son egoístas y no quieren compartirla, ¿ves? —Ana se lleva las manos al cabello y clava los dedos en su propia cabeza como si intentara detener sus pensamientos—. Toma un poco. De verdad, su sangre es... especial.

—No. Solo es una bailarina. —La voz se impregna de duda—. ¿Haces esto con todos los que matas?

—Si no vas a probarla, desaparece. Más de ella para mí. ¿Cómo entraste?

—Dejaste abierto. —Desvía la mirada.

Sé que miente porque yo vi a Ana poner la llave después de que me derribó la noche anterior.

La coleta negra de Adriel se balancea en cada movimiento. Está inquieta.

Adriel... La conoces, claro que la conoces. Sabemos quién es...

No, yo no sé quién es, pero Donatelo sí. Yo la he visto en el club, pero no hablamos.

Es amiga de Jonny. Y un monstruo desleal...

Su voz se entrecorta, como si el mensaje no fuera para mí.

Un torrente de imágenes intermitentes sacude mi memoria: una tarde de copas, Adriel con un cuaderno entre las manos y la sonrisa dulce. La complicidad fingida. Al principio es confuso, pero luego me apropio de sus recuerdos y tengo la certeza de que no es mi amiga, nunca lo fue.

«¿Qué hacemos?»

No estoy seguro... Primero deben dejarnos solos...

Los ojos de Adriel son como dos rocas árticas ennegrecidas por la muerte. Ana permanece extasiada por el trago que acaba de robarme.

—¿Escuchas la música, Adriel? Está en su sangre. Ahora está en mi sangre. Y la música no deja de sonar. Ven, bebe y escúchala. —Ana cierra los ojos y sonríe—. Con su sangre podría pintar un cuadro maravilloso.

—No hay música, Ana. Arréglate. Actúas como una loca. Anda, ponte algo bonito y salgamos a dar una vuelta. Necesitas bajar el efecto de las drogas. Hablemos de cómo resolver este desastre, ¿sí? —me señala.

—Claro. —Ana se levanta—. ¿Me esperas abajo? Quiero bañarme.

—Seguro, vamos. —Adriel mete las manos en los bolsillos de su saco y recorre el pasillo hasta la escalera, yo sé que lleva la navaja en la mano porque percibo el metal en movimiento bajo la tela. El acero tiene una capa de hierro encima—. Solo es una niña, no te la puedes quedar.

—No es una niña, por eso ya no la tienen en servicio para nosotros. Creció, pero aún es especial. ¿Ya la probaste?

—No. Ya te dije que no es mi tipo. Odio la sangre de las bailarinas. No me vas a convencer de clavarle los colmillos. Vamos, Ana, solo es eso. Y de las que dan servicios sexuales. Pensé que tus gustos eran más refinados. Qué desagradable. Uno no puede consumir su mercancía. ¿Entiendes?

Como si mis sentidos se abrieran, escucho a Adriel en el recibidor, el roce de la tela, el balanceo de sus brazos, de pronto puedo verla con mis oídos. Hace sonar sus tacones por la casa para que Ana sepa dónde está. Se detiene cuando la puerta de la recámara, contigua a la mía, rechina.

La puedo imaginar frente a los ventanales, iluminada por la luz blanca de las farolas externas, convertida en una sombra entre la decoración que lleva un siglo sin cambio alguno. El sonido del agua, que escapa de la regadera, ocupa toda la casa.

Adriel aguarda en silencio, seguramente con la vista puesta en la calle. Abandono la cama con un temblor en los muslos, exhausta y débil. Obligo a mis manos torpes a vestirme muy despacio para no hacer ruido. Cubro las viejas cicatrices de los brazos y las piernas con los guantes de red y las medias gruesas que me regaló Carlos. Salgo al pasillo con las botas en la mano.

Detente, detente, repite Donatelo. *La noche es un aliado y podemos hacer más que huir. Ahora tenemos una mejor opción que salir corriendo.*

Sé que Adriel está cerca de la puerta de entrada, pero no logro percibir lo que hace.

Si me dejas que tome el control, saldremos más rápido de aquí.

«¿Sin trucos? Quiero ver todo lo que hagas».

Hecho...

Suspiro, porque quería evitar que Donatelo interviniera, pero tiene razón. Nada evitará que Ana me busque en el departamento o el club, otra vez. Estoy segura de que Héctor se refería a "todos", cuando dijo que "nadie" debía verme convertida en la criatura de piel oscura y ojos de tiburón. Que Donatelo tome el control significa que me convertiré en un monstruo también. Aunque sea por breves minutos.

Mi cuerpo pierde su peso e imagino que me convierto en una pluma que flota sobre la brisa de un atardecer. Parpadeo y veo el mundo a través de un túnel angosto que se estrecha cada vez más, como si me quedara tras una ventana diminuta.

Un vapor espeso emana de mi boca, es algo parecido a una niebla color pastel que se esparce por el primer piso.

—¿Qué está pasando? —murmuro...

Shhh... Nos va a escuchar. No es momento para que te asustes. Lo hemos hecho antes. Donatelo me tranquiliza y me recuerda que estamos en el mismo bando y que tenemos los mismos enemigos. *No podrá vernos, pero después de esto estaré muy cansado y escondernos será tu responsabilidad.*

«¿Qué hacemos en el cuarto de Ana? Vámonos antes de que salga de bañarse...»

Tú sabes qué hacemos. Pero no estás lista.

Donatelo me impide ver. Y todo es oscuridad, pero puedo percibir el olor a champú y el ruido de agua caer sobre Ana.

—Si te querías bañar conmigo, querida, habérmelo dicho desde el principio —dice con ese tono agudo de su voz.

—Perra —dice Donatelo con mi boca.

Un quejido se apaga al instante. El agua suena más fuerte y me cae en las manos. Un cosquilleo me invade y el calor impregna mi cada centímetro de mi piel.

«¿Qué hiciste?»

No, Estéfani. Qué hicimos... Vámonos.

«Déjame ver...»

No es necesario...

«Lo prometiste».

Entonces puedo ver el recibidor desde las escaleras, Adriel me da la espalda. La bruma se vuelve más espesa.

—La encontré. Está en casa de Ana —dice Adriel al teléfono, escuchamos desde el pasillo en el piso de arriba—. Avísale a David que la tengo, pero que necesito saber a dónde llevarla. El club no es un lu... —Adriel espera la respuesta—. Necesita un hospital para que la revisen, hay sangre en todas partes. No sé si alguien podría verla...

Adriel gruñe de coraje. Yo no puedo imaginar quién se atrevería a tratarla de esa manera, quién podría dejarla a media frase. Algo me queda claro: no llegarán refuerzos; ni para ella, ni para mí. Sube la escalera muy despacio, con el mayor sigilo posible. Pasa junto a mí, pero no nota mi presencia. Sus pies son tan ligeros que sus pasos resultan inaudibles. Y, cuando da vuelta en el pasillo del piso superior para buscarme, yo me aproximo a la puerta principal.

La cerradura está rota, así que estoy segura de que Adriel entró por la fuerza.

Los adictos son peligrosos. Son capaces de enviar a los muertos a buscarte.

Ahora estoy segura de que Ana, David y, al menos, otros dos de mis clientes habituales, no son adictos a mí, sino a Donatelo.

No puedo negar el placer que sentí al destruirla. Sería hipócrita decir que no disfruté bañar su cadáver con mi luz; verla convertida en carbón ardiente bajo la regadera. Echa cenizas, muerta de verdad.

Si nos hubiéramos quedado más, esos seríamos nosotros. La voluntad de Estéfani es tan fuerte que no puedo tomarla a capricho. Por eso no puedo dejar que vea lo que hago, ni cómo lo hago. Le teme a los cadáveres, aunque se acuesta con ellos. Teme a la muerte porque es su naturaleza humana. Entre más lejos estemos de Adriel, más fácil serán las cosas para nosotros.

Últimamente paso más tiempo dormido que atento a lo que hace mi anfitriona, presiento que en cualquier momento no volveré a despertar, pero mientras ese día llega, es mi responsabilidad mantenerla con vida.

La veo dar la vuelta en la esquina, por una calle que llega al parque cerca de su departamento, y aunque quiera sugerirle otro lugar, aunque quiera pedirle que nos vayamos lejos, prefiero ahorrar energía por si es necesario intervenir de nuevo. Estoy muy cansado. Sé lo que piensa: buscará a Héctor, porque todavía piensa que puede confiar en él.

¿Puede?

Expuestos

No quiero esconderme. Quiero volver a bailar lentamente contigo. Quiero bailar contigo para siempre.
—Sarah Black

«¿Ahora qué?», pregunto cuando me siento a salvo.

Odio su silencio. Somos uno y aún así me parece impenetrable. Aunque poseo algunos de sus recuerdos, no sé nada de él en realidad. Mi mente acumula un álbum de instantáneas que no significan nada porque les falta contexto. Hay momentos, justo como ahora, en los que un cosquilleo en la base de mi nuca evita que su voz me sorprenda.

Da vuelta en la siguiente esquina. —Su voz es apenas audible—. *Sé lo que quieres hacer, y yo haría lo mismo. Pero no podré protegerte si nos están siguiendo. Tengo mucho sueño.*

—¿Cómo puedes tener sueño en este momento? ¿A dónde quieres ir tú?

Silencio otra vez.

En la avenida hay un embotellamiento. Es la última tanda de empleados con horario de oficina. Algunos negocios siguen abiertos. Un hombre termina su cigarrillo, recargado en la pared junto al poste de luz, me mira extrañado. Es normal que la gente reaccione así cuando me escucha hablar sola. Cambio de acera; un chico me sonríe y veo sus intenciones de abordarme.

No estoy seguro...

Hace una pausa larga mientras subo las escaleras de un puente peatonal. Del otro lado hay un auditorio y detrás de él, una calzada que lleva al edificio de mi departamento. Camino fuera del parque bajo los árboles que sobrepasan la reja.

Cada vez que uso mis habilidades pasa lo mismo: me agoto. A estas alturas solo quiero dormir, dice. *Ve directo al club y busca a Jonny, dile que Adriel te persigue, él sabrá qué hacer. Y si te parece que no es confiable, solo escóndete hasta que yo me recupere.*

HÉCTOR ESTÁ AHÍ. DISTINGO la preocupación en sus movimientos y el gesto de su rostro. Hay una camioneta grande que me impide ver a la persona con la que habla. El acompañante levanta las manos como si estuviera emocionado o discutieran. Héctor exhala la frustración, es el gesto que usa cuando busca paciencia. Mientras me acerco, el olor a sangre añeja embriaga mis sentidos. Me detengo justo frente al edificio con el grafiti que mira hacia el club. Mi memoria me invita a examinar el fondo del callejón. La tapa del desagüe está puesta. La tenue luz de las lámparas es insuficiente para descifrar las sombras.

—¡Héctor! —grito en cuanto acorto la distancia.

El olor se intensifica. Una brisa helada me envuelve. El movimiento de Héctor me advierte del peligro que se aproxima; empuja hacia abajo a su acompañante tras la camioneta. Yo corro en su dirección al tiempo que lo veo sujetar su pistola y apuntar hacia el callejón detrás de mí.

—¡Estéfani! —La voz de Adriel. No me detengo. Vuelve a gritar—: ¡Donatelo?

Su grito me petrifica. Mis pasos se vuelven pesados, como si de pronto tuviera las piernas sumergidas en concreto.

Retrocedo mientras la busco con todos mis sentidos: encuentro su olor a cementerio, el perfume costoso con el que intenta ocultar su naturaleza y el aura gélida que la impregna desde su primera muerte. Mis ojos solo ven la noche y su oscuridad.

De pronto, la figura de Adriel atraviesa las tinieblas, como si apartara un manto de invisibilidad para revelar su rostro empalidecido y poner su mirada cargada de odio sobre mí. Un miedo irracional me crece en el pecho, como una llama que se extiende con cada latido hacia las extremidades.

«¿¡Donatelo!? —Llamo con desesperación; sin embargo, no responde—. ¿Qué hacemos?»

Silencio.

El aroma a muerte es insoportable. Se me revuelve el estómago. Adriel está dispuesta a matarme, la sangre podrida se esparce como una sentencia. No estoy dispuesta a ponérsela fácil. Me concentro en las memorias de la piel, en lo que Donatelo me ha permitido experimentar y me imagino la luz y la fuerza que resguarda mi espíritu.

Como en una combustión espontánea, el calor se extiende por todo mi cuerpo e invade cada poro. Un vapor rojizo escapa de mi piel, es una que me rodea y se alza para tratar de ocultarme. Los recuerdos de Donatelo ocupan mis pensamientos. Mi piel se convierte en una cubierta azulada que lucha por contener al ser onírico que me habita. Pero esta vez, soy yo quien llama a la transformación.

—¡No! ¡Estéfani! —La voz de Héctor me alcanza, aunque la percibo como si atravesara un profundo abismo o como si yo misma me sumergiera en una piscina—. ¡En la calle no! ¡Van a matarte si nos expones así! Por favor, Estéfani... ¡Estéfani...! ¡Detente...!

Mi nombre se pierde en el aire, como si me alejara de él. La luz neón del letrero anuncia 'El Rayo', que con su intermitencia proyecta mi sombra sobre el pavimento, donde Adriel levanta su arma. Y de pronto, en un parpadeo, se convierte en David. Está a punto de dispararme otra vez.

«Ahora no, Donatelo», suplico. El aire se vicia con la esencia de mis recuerdos y la lluvia que azotaba el campo caliente a las afueras de la ciudad en un tiempo que no me pertenece. Parpadeo. Es ella otra vez. Mis pies se elevan del suelo. Mis manos se transforman en dos extremidades con garras tan delgadas como agujas.

—¿De verdad quieres pelear? —Adriel retira el seguro de la pistola y la sujeta con sus dos manos—. No tienes oportunidad. Lo sabes. Las criaturas como tú son despreciables.

No sé si es valentía, amor o idiotez, pero mi corazón se desborda de cariño cuando Héctor se interpone entre Adriel y yo. Siempre ha estado ahí para mí.

—Señora, le pido que me escuche —dice Héctor suplicando permiso para hablar. Entonces, cuando Adriel aprieta los labios, él continúa—: Estéfani no es Donatelo. Es tan solo una niña. Usted la conoce, hemos trabajado juntos todos estos años. Jonny la conoce...

—Quiero que mires de nuevo y esta vez abras bien los ojos. Eso que está detrás de ti es un monstruo, un peligroso traidor que no dudaría en arrancarte la cabeza si... Mató a Ana.

Mi corazón disminuye su ritmo. El calor permanece. El movimiento antinatural de un par de alas en mi espalda me distrae. Jamás las había visto con tanta claridad: su resplandor fantasmal y los destellos iridiscentes denotan la magia de la que proceden. Y soy yo, esta soy yo. Es Donatelo. Todo luce más brillante al usar mis ojos sobrenaturales, que estoy segura se han ennegrecido. Ni miel, ni violeta: negros. Soy el monstruo que Héctor tanto teme.

—Mi señora, he cuidado a esta niña desde... desde... siempre. Esto... Esto que ve, no es su culpa. Por favor, permítame llevarla a otro sitio... —Héctor hace una pausa y me mira sobre el hombro, creo leer en sus labios las palabras: «relájate, ya nos vamos»—. Ya la están esperando. David llamó y dijo que era probable que Estéfani viniera hacia acá, por eso salí. Si usted... si usted la mata ahora, todos sabrán que desobedeció una orden directa del guardián de la ciudad. Y... Y ella todavía es propiedad del Señor de la Noche.

Adriel dobla su brazo y apunta el arma hacia el cielo difuminado por el esmog. Clava sus ojos en Héctor, y después en mí. Se muerde el labio mientras muestra sus colmillos, alargados y blanquecinos.

—Tienes razón —dice Adriel.

El frío sustituye al calor y mis alas dejan de moverse. El suelo me recibe y al fin soy consciente de ese sopor del que Donatelo hablaba.

No confíes en ella... Huele sus intenciones...

La voz de Donatelo me sacude. Estoy a punto de caer dormida, pero lo resisto.

—¿Estéfani? ¿Eres tú? —me giró de prisa al escuchar pasos detrás de mí.

Un rostro familiar aparece desde el otro lado de la *van* estacionada unos metros más adelante. Y me petrifico porque sé lo que significa que él esté ahí. Es la persona con quien Héctor hablaba, y quien no debió haber venido.

—Carlos, ¿qué haces aquí? —digo.

Mis palabras brotan en una mezcla de mi voz y el tono profundo y ronco de Donatelo.

—Yo... tú... tú... —El llanto de Carlos interrumpe su frase y las lágrimas se desbordan de su rostro—. Eres un...

—Y ese es otro problema... —Adriel llama mi atención.

Cuando la busco, encuentro el torso robusto de Héctor que me envuelve entre sus brazos.

—¡No! Suéltame, Héctor. ¡Es Carlos! Por favor, es Carlos. No va a decir nada... Por favor... ¡Héctor!

Héctor me suplica en un susurro que me detenga, que pare antes de que sea demasiado tarde. La calidez de su abrazo no hace más que incrementar el miedo. Mi corazón se agita. El cuerpo se relaja, pero el mundo se convierte en una escena opaca mientras el viento nocturno lo relame todo. Las piernas me fallan. Héctor me mantiene bien sujeta. Agito las alas para soltarme, para empujar al único hombre en quien podía confiar.

Lo último que escucho es un disparo, luego otro y el mundo da vueltas y se pone de cabeza. Aprieto los párpados e invoco eso a lo que Donatelo le llama luz. Grito y me remuevo. Siento el amuleto de Héctor contra mi pecho, lo escucho conjurar, pero no logra detenerme. La garganta se me desgarra en un rugido. Y entonces, miro a través de mis ojos oscurecidos, cómo me convierto en un faro resplandeciente y cegador que llena la calle de luz blanca y cálida.

ESTOY CONTRA EL SUELO y Héctor me ha colocado el amuleto en la frente. Me cosquillea la piel, y puedo percibir el olor a mi propia carne quemada.

—Déjame —lo empujo y veo que mis manos, mi cuerpo sigue azulado.

Logro hacerlo retroceder, y por fin soy consciente de la fuerza que poseo. Levanto las piernas para lanzarlo hacia la acera. Me doy la vuelta con las alas entumecidas. Las sacudo y con la barbilla pegada al pavimento, veo el arma de Adriel tirada en el suelo. La vampira tiene las manos en alto delante de su cara. Sus dedos se desmoronan. Se ha convertido en una estatua de carbón ardiente: blanquecino y rojo a la vez.

Héctor me coloca el amuleto al cuello y me abraza con fuerza.

—Vámonos. Estás empeorándolo todo. —Dejo de resistirme.

El viento silba entre los edificios y derriba las cenizas de Adriel.

Héctor me carga hasta el coche de Jonny, el que usa para hacer entregas; en el que me lleva de compras, el mismo que usó para sacarme de las calles. No utiliza su camioneta con el logo del club pintado en la puerta. Todo me da vueltas.

Hay sangre en el suelo, escurre hacia la carretera. Estoy tan cansada que no logro levantar las manos para buscar las heridas o asegurarme que la sangre no sea mía.

—¡Suéltame! —ruego, pero mi voz se apaga.

Héctor me coloca en el asiento trasero y me asegura con el cinturón.

—Todo estará bien. Te lo prometo. David ha hecho todo lo que está en sus manos para protegerte. Estaremos bien.

—Aléjame de estos demonios, Héctor. Por favor...

—No podemos hacer eso. Me aseguró que te protegería.

David intentó matarme una vez. Nada asegurar que lo intente de nuevo. Y, sin embargo, Donatelo y yo sabemos que es la única opción ahora que me debilito. Me recargo en la puerta cuando Héctor la cierra. Boto el seguro, pero al jalar la palanca no ocurre nada. Ha puesto los seguros para niños.

—Héctor, por favor —mi voz es un bramido entrecortado por el llanto.

Busco a Carlos a través del cristal polarizado de atrás. Está tendido sobre la acera. Inmóvil.

—¡No! ¡No! ¡No...! —Me llevo las manos a la cabeza y emito un chillido porque ya no tengo voz.

«¡Carlos!», intento gritar, pero no puedo.

Aprieto los puños y busco las garras con las que deseo arrancarle la cabeza a Héctor para que me deje bajar. Quiero acabar con cada monstruo que puso sus manos sobre mí para devorarme, para complacerse, para convertirme en una muñeca o en un recipiente de sus fantasías. Mis manos han vuelto a la normalidad. Como la esperanza de que sea una mentira, una pesadilla de la que despertaré en cualquier momento, evoco nuestro último beso, la última caricia, el último abrazo que nos dimos.

«Carlos...»

Lloro y me golpeo las rodillas. Maldigo, porque no dejo de ser la empleada del club, la niña huérfana... Maldigo, porque sé que, aunque intente tomar el control de mi vida, solo soy la mujer sin nombre que no dirige sus pasos y se ha quedado sola, otra vez.

SUMERGIDO EN UN LAGO *de aguas cristalinas, una paz que creí no encontraría jamás, me invade. Emerjo a la superficie y contemplo el sol que se asoma tímido entre las nubes blancas y espesas.*

—Donatelo...

Hay una silueta sentada sobre las piedras a la orilla de lago bajo la espesura de un enorme y frondoso árbol.

—¿David?

Me acerco, y mientras avanzo hacia él, las piedras del fondo se mueven y el agua se vuelve turbia y lodosa. Me observo las manos, y mi cuerpo cambia al de Estéfani, luego al de Donatelo, después al de otras personas que no recuerdo haber habitado jamás.

El cielo y las nubes centellean y se oscurecen. La lluvia cae gentil sobre mí y sobre la figura que permanece oculta bajo la sombra. Cuando llego a la orilla, soy yo mismo, con la forma de nacimiento de mi raza. Piel oscurecida, símbolos espiralados que resplandecen en dorado, las alas extendidas, pero marchitas.

Ese yo, está desnudo. Expone su cuerpo esbelto, larguirucho y sin ombligo, sin arrugas o vello corporal, sin genitales que distingan género alguno. Lo abrazo y entonces descanso sobre una certeza: volveré al mundo cuando el destino así lo quiera. Estoy cansado de luchar...

Rituales

Un paso, dos pasos, tres pasos; como los vientos del tiempo experimentan la alegría de los siglos, cuando los movimientos se convierten en revelaciones de la danza de los destinos.
—Shah Asad Rizvi

La única opción..., DICE Donatelo.

Dejo de escucharlo, porque mis propias ideas son más fuertes que su voz atenuada por el miedo y la frustración.

—¿Qué pasa? —murmuro desde el asiento trasero.

—Ya llegamos —dice Héctor antes de bajarse—. Este sujeto, el tal David, no es uno de los buenos, Estéfani, pero es uno de los justos.

Está convencido de una afirmación en la que me cuesta creer.

—¿Por qué mataron a Carlos? No hizo nada... —se me rompe la voz una vez más.

Hay una herida profunda que no puedo ver. No está en el cuerpo, pero duele el alma. Es imposible controlar el temblor en mis manos. En cuanto Héctor abre mi puerta, vomito sobre sus zapatos. Todo me da vueltas, vuelvo a ver la sangre de Carlos sobre la banqueta. El regusto amargo me provoca arcadas.

—Tú conoces la respuesta, güerita —dice mientras me ofrece un pañuelo. Como no lo tomo, él me limpia la boca—. Te dije que esto era una posibilidad... bueno, una consecuencia de mostrar lo que eres. No es la primera vez que tenemos que deshacernos de un testigo, ¿lo recuerdas?

No, no lo recuerdo.

—Pero yo... —Me cosquillean las mejillas y el llanto se desborda.

Héctor se limpia los zapatos antes de lanzar el pañuelo hacia la calle. Luego me abraza. Su calor resulta abrumador. Suda. Él también está nervioso. El fulgor del medallón me molesta, me lo arranco y lo pongo en su mano.

—Ya se te pasará. Ahora, tenemos que entrar. Es peligroso quedarnos aquí afuera.

Me ayuda a bajar con la paciencia que lo distingue y me sonríe como si nada hubiera ocurrido, como si mi novio no acabara de morir. Es un frío al que no me había expuesto. Su gesto nunca me había parecido tan indiferente. Lo sigo sin soltarle el brazo, porque, aunque lo odio por no consolarme, es lo más cercano que tengo a un amigo.

EL LUGAR ES DE una sola planta, pequeña y sin cochera. Está ubicada en el último complejo habitacional a las orillas de la ciudad. Algunas casas todavía están en construcción, la mayoría tienen el letrero de 'en venta'. El sol ha carcomido la pintura azul de la fachada y no tiene número. La hierba se sacude cuando un gato salta para alejarse mientras nos aproximamos a la puerta. Huele a orines ácidos de felino, a tierra húmeda, a muerte. Héctor toca con el puño cerrado. No hay luz exterior, ni timbre. Escucho los pasos sin prisa de quien nos espera. Adivino que es David... No, no lo adivino, lo presiento al percibir el aroma de su sangre escapar por la ranura en el marco de la puerta. Se me eriza la piel.

—¿Qué le digo?

Héctor no me contesta.

«¿Qué le digo?»

En lugar de escuchar su voz gastada, me inunda el vacío. Su presencia se ha desvanecido casi por completo.

David abre despacio. Observa hacia la calle, después examina a Héctor y luego clava sus ojos gélidos en mí. Su mirada transmite un sentimiento parecido a la tristeza. Mantiene el gesto inmutable en su rostro pálido. Está vestido como la última vez que lo vi. La misma chamarra de cuero desgastada, *jeans* y las botas. Sin saber cómo, sé que el dije de media luna que cuelga en su cuello es un regalo que le dio Donatelo para celebrar su primera década juntos. La nostalgia se extiende dentro de mi pecho.

—Entra —dice David. Se aparta para dejarme pasar—. Tú no. Es algo entre ella y yo.

Cierra la puerta y mi corazón se encoge. Héctor se queda afuera y mis latidos se aceleran.

—Sígueme —ordena con su voz de trueno—. Las cosas han sido difíciles para ti... y para mí desde hace mucho tiempo. Es solo que...

—Yo-no-sé... —intento explicarle que no soy él, pero las palabras se tropiezan al salir y me interrumpe.

—Estéfani. Esto es incómodo también para mí. —Se detiene en la entrada de una habitación—. ¿Podría...? ¿Puedo hablar con Donatelo ahora?

«¿Donatelo? Quiere hablar contigo... ¿Donatelo?»

Silencio.

La casa está vacía. La sala sin muebles resguarda algunas cajas de cartón y madera cerradas. Huele a pintura húmeda, a sangre fresca. También huele a muerto viviente.

—No... no contesta. —Hago un esfuerzo por hablar con claridad—. No lo siento, aquí —señalo mi propia cabeza, y después mi corazón—. Tampoco lo siento aquí.

—Necesito que entiendas algo. Esto... todo lo que está pasando ahora, no es por ti. No se trata de ti... Es por él.

—Lo sé. —No lo dejo terminar. Me armo de valor para decirle lo que pienso—. Pero ya estoy cansada. Sé que fuiste tú quien lo mató. No quiero seguir siendo su juguete. Déjanos en paz. Déjame en paz.

Se da vuelta en un arranque de rabia y me sujeta de los hombros. Se mueve tan rápido que ignoro cómo llegué hasta la pared. El golpe de mi espalda contra el muro hace que la casa retumbe. Se me escapa el aliento.

—¡Cállate! Crees que sabes una mierda. Tú... —Hace una pausa y aprieta los dientes mientras sus colmillos de vampiro crecen—. Tú no sabes absolutamente nada. Maldita mocosa...

Me avienta tan fuerte que escucho mi cabeza rebotar contra el suelo, es un crujido hueco. La visión se me nubla. Se acerca. Habla, pero su voz es un eco distorsionado. Cuando levanto la cara, puedo sentir la sangre que escurre de mi frente hacia la oreja. Las gotas caen pesadas.

—Donatelo va a escucharme. Y tú, vas a cooperar, me ayudarás a traerlo de vuelta... —David me levanta del brazo sin ningún esfuerzo—. Sabía que no querría hablar conmigo, por eso tuve que preparar toda esta mierda. Es un maldito cobarde.

Sé que cuando me suelte, su mano quedará marcada en mi piel. Debe haberme roto más de un hueso. La habitación luce como una fotografía desenfocada cuando intento descubrir a dónde me lleva. La sangre me escurre por la blusa.

—Déjame, por favor. Yo no hice nada...

—Quédate ahí —David me empuja con firmeza hacia la alfombra—, y no te muevas.

Esta vez levanto los brazos para no golpearme la cara. Hay arena, no... es sal. Hay sal por todas partes. La siento en mis rodillas y en mis manos. La huelo. También percibo el incienso que intenta simular el aroma de un bosque verde sumergido en humo, la vainilla y el sándalo. Sacudo la cabeza para espabilar, pero cuando intento levantarme, el pie de David sobre mi espalda me regresa al piso.

—Abajo.

—Ya, por favor...

—Quédate quieta, te dije... Si el desgraciado no quiere salir, lo obligaré a venir aquí... —dice con un tono hosco.

Logro darme la vuelta para mirarlo hacia arriba. Sus ojos destellan en un resplandor naranja y la habitación se ilumina al instante. Pequeñas llamas aparecen de la nada para encender las veladoras dispuestas en círculo a mi alrededor.

—Quieta...

Quedo atrapada entre sus ojos y su voz hipnóticos. Mi cuerpo se paraliza al escuchar su orden.

—¿Qué haces?

—Shhh... no hables. Arruinarás el ritual.

LOS RECUERDOS DE DONATELO me abruman, son una cascada de historias sin tiempo. No es él quien me las muestra. Soy yo quien las busca: escarbo en su sabiduría para tener claridad de lo que ocurre. Las escenas de sus encuentros en el parque, la habitación, el sudor, la sangre, sus besos... Un huracán cargado con su pasado me sacude. David lo amaba.

Desciendo a través de un espiral de tiempo.

Otra vez soy Donatelo, dentro de su piel siento frío. Estoy en algún lugar húmedo, parado sobre una alfombra de musgo verde y brillante. El corazón me late en los oídos y en la garganta, veo mi aliento condensarse en el aire. Tras un árbol, veo los mismos símbolos que David ha dibujado en las paredes, pero están pintados en los troncos de algún bosque helado en el que yo jamás he estado. Cuatro fogatas bailan orientadas hacia los puntos cardinales. En el centro de las marcas, hay una mujer que llora. Las ataduras en sus manos y piel le impiden moverse. Sangra. Una barra la atraviesa desde el abdomen, hasta la espalda.

Tres personas, con las caras ocultas por las sombras, cantan en una lengua muerta. Uno de ellos pronuncia un conjuro de sonidos inhumanos. Los otros dos lanzan al aire sal y la mujer se convierte en una hermosa hada con las alas luminiscentes, la piel de plata, los ojos completamente negros y cabello blanco. Exclama un grito, casi un aullido que me aterroriza. Sé que Donatelo se contiene para no intervenir. Aparta la vista hacia la noche bajo los árboles, donde los grillos guardan silencio.

Cuando los tres hombres callan, el cuerpo de la criatura se convierte en polvo dorado.

EL RECUERDO SE ESCAPA. Trato de hablar, pero la hipnosis mantiene las palabras en mi garganta.

«Donatelo, por favor... No puedo hacerlo sola», suplico.

Y por un segundo, me muestra que mi voluntad y su voluntad juntas, son mucho más fuertes que cualquier hechizo que David pueda lanzar sobre mí. Abro la boca y escucho mi voz.

—¡Detente! —le digo—. Si no te detienes, vas a matarme... Si no te detienes, vas a matarlo.

Presta atención. No me cree, lo sé cuándo entona las palabras antiguas. Canta en la lengua ancestral que nadie debería conocer en nuestra era.

DESCANSO SOBRE UN VERDE prado a la mitad del bosque. Troncos gruesos, copas espesas. Huele a incienso.

—Donatelo —me llama Estéfani.

Pero yo ya he encontrado la tranquilidad y es difícil sacudirme la pereza que provoca tanta paz. Las estrellas parpadean en un cielo claro. El viento sopla tibio. Círculos de luz aparecen debajo de mí.

En algún lugar entre las sombras, emerge la esencia de David. Pero a estas alturas, ya no sé si me interesa verlo. Solo quiero descansar, en esta plenitud que me ha alcanzado.

Consecuencias

Todos los días te brinda la oportunidad de tomar aliento, quitarte
los zapatos y bailar.
—Oprah Winfrey

TODAVÍA ERA DE MADRUGADA cuando aporrearon la puerta. Éric despertó sumergido en la oscuridad de la sala. Enderezó la espalda y se talló los ojos. A mitad de la negrura, escuchó los pasos de la doctora Sáenz atravesando el pasillo que conectaba la casa con el consultorio.

Sacó las llaves de su bolso colgado en el perchero.

—¿Doc? —Éric se levantó.

—Quédate aquí. Yo atiendo, es para mí —contestó la doctora.

Éric volvió a sentarse, pero se mantuvo alerta. Que no utilizara el comunicador de la cocina significaba que esperaba a alguien.

«Un paciente... —Estiró los brazos detrás de la cabeza y cerró los ojos. Sonrió y por un instante quiso que fuera Estéfani con otra emergencia—. Ojalá me dejara cuidarla otra vez».

Dormía en la sala de la doctora desde que la Policía encontró muerto a Tomás, el vagabundo del callejón junto al edificio de Estéfani. Lo habían degollado al fondo de las escaleras. Él no lo vio, pero le contaron que fueron cuatro encapuchados en una camioneta. También, le dijeron que se cuidara porque lo estaban buscando.

Cuando se lo contó a la doctora, ella le ofreció un espacio en su casa. Podría vivir con ella si le ayudaba en asuntos menores: comprar cosas, reparar cosas, limpiar cosas. La única condición que le puso fue que se inscribiera en rehabilitación. Éric solo gustaba de la yerba, aun así, le pareció un buen trato y por eso estaba ahí; esperaba el viernes para su siguiente reunión.

Los murmullos se atenuaban mientras volvía a quedarse dormido. La luz del techo se encendió de pronto y lo deslumbró. Su vista aún no se recuperaba cuando distinguió la silueta de dos hombres que se acercaban. Se puso de pie, pero ellos eran más rápidos y lo sujetaron, uno de cada brazo. A pesar de sus intentos por soltarse, lo arrastraron hasta la recepción del consultorio donde un tercer hombre le apuntaba en la cabeza a la doctora mientras la sujetaba del cabello.

Éric encontró la mirada de la doctora que permanecía quieta sobre sus rodillas.

—Lo siento mucho, de verdad —dijo ella—. No te resistas o te matarán.

Se vieron a los ojos. Éric confió en sus palabras y dejó de resistirse.

—No la lastimen —pidió él—, es de las buenas.

Salió por su propio bien.

—Pónganlo adelante —dijo uno de los hombres que lo agarraba del brazo.

El rumor de la calle era una balada de grillos.

Un cuarto sujeto, con una profunda cicatriz en la frente que bajaba hasta la ceja, cerró la cajuela. Cuando Éric subió al asiento trasero, se sentó un hombre a cada lado.

El trayecto le permitió meditar las posibilidades: «si quisieran matarme ya lo hubieran hecho», pensó para tranquilizarse. Se limpió el sudor de las manos en el pantalón. La vejiga se le contrajo e hizo un esfuerzo enorme por no relajarse y dejar fluir la orina. El vientre le dolía.

Los cuatro hombres viajaban en silencio, los dos de atrás apretaban sus armas y le apuntaban.

—Bájate —ordenó el chofer.

La casa era una pequeña mansión moderna, con sus enormes planchas de granito y concreto en color arena que se alzaban dos pisos. Tras las rejas, la camioneta recorrió un breve sendero que rodeaba la fuente de piedra hasta la entrada. La silueta de la mujer con un cántaro al hombro derramaba agua por los ojos, la boca y el cántaro.

En la puerta, esperaba una sirvienta vestida de negro con cuello amplio y blanco; un atuendo que Éric solo había visto en las películas de época. Era una señora canosa, bien peina y regordeta. Éric la siguió hasta la sala sobre un piso de mármol negro. En el sillón principal, esperaba un hombre maduro, alto y de cabello oscuro. La capa cerrada sobre sus hombros ocultaba su ropa.

—Siéntate —pidió el hombre desde su lugar con una voz gruesa.

—¿Qué hago aquí?

—Empecemos por el principio. Soy Adam Bridge. ¿Tú?

—Éric —contestó con la certeza de que su nombre era lo menos importante en ese momento.

—Bien. Éric. Cuéntame lo que sepas sobre esa niña a la que llaman Estéfani.

MUCHAS VECES ME SUMERGÍA *en sus recuerdos. En los días cuando vivía con su familia. En los momentos dolorosos cuando le curaban las ampollas provocadas por el roce de la tela de las zapatillas. Por muchos años, atesoré esas memorias que no le entregaría. Los días en que su madre le bajaba la fiebre con un paño húmedo, o las horas de juego en la cabaña durante sus vacaciones.*

Ahora que descanso, me doy cuenta de que Estéfani nunca habría podido buscar a su familia, porque todos estaban muertos. Al final, su destino era este: quedarse sola, que yo la habitara. Darle mi fuerza y que me permitiera descansar muy dentro de su conciencia hasta que la muerte me arrojara al flujo de la vida. Hasta que el universo me señalara otro futuro que perseguir.

En los recuerdos de Estéfani, ella baila y baila y baila; feliz; gira sobre sus pequeños pies metida en un leotardo blanco. Huele a talco y a flores frescas. El mundo es una pieza musical para nosotros, una melodía que ella baila y yo interpreto en un latido compartido.

Amistad

No trato de bailar mejor que nadie. Solo trato de bailar mejor que
yo mismo.
—Mikhail Baryshnikov

HACE CASI UNA HORA que Héctor hizo la llamada. Marcó el único número al que nunca debía comunicarse, aun así, lo guardaba en un pedazo de papel en su cartera. «Por si acaso», pensó alguna vez y por eso lo conservó. Creyó que era mejor disculparse por su atrevimiento que dejar que David y los otros vampiros interesados en Estéfani, prolongaran los problemas en la ciudad. El pleito entre criaturas sobrenaturales lo tenía fastidiado. En este caso, porque se trataba de Estéfani.

«Si alguien la merece, soy yo. Si alguien merece quedársela, soy yo —se dice y enciende un cigarrillo con los codos puestos en el techo del automóvil. Extrae el medallón y lo acaricia compulsivamente—. Me pertenece», afirma como si Estéfani fuera una cosa que pudiera poseer, como ha escuchado que otras criaturas hablan de los humanos. Aunque él no es como ellos.

Un grito atraviesa la madera de la casa. Héctor reprime sus ganas de romper la puerta y arrancar a Estéfani de las manos de David. Sabe que le debe lealtad por todos los años que ha servido para los no-muertos. Así que da una calada profunda y exhala sus deseos, sus celos y su miedo a no verla de nuevo.

«No es de los buenos, pero es de los justos», se repite, como un mantra en el que se obliga a creer.

181

El aire sopla con furia y sacude los árboles. Las hojas secas se arrastran por la calle. A Héctor le duele el pecho cuando deja de escucharla.

«No te conviene intervenir. No seas tonto, dijo que la cuidaría», se reprende.

Héctor ha servido a los inmortales por más de cincuenta años y ha visto lo que hacen con quienes actúan en su contra. Incluso a la gente que aseguran amar. Sobre todo, con los humanos que descubren lo que son por accidente, como Carlos. A pesar de que está por cumplir ochenta años, tiene la apariencia del día en que lo reclutaron, y esa es solo una de las ventajas de cerrar la boca y servir a las sombras.

Un automóvil con las luces apagadas se estaciona cerca de la casa. Por el logotipo en los rines, sabe que pertenece a la casa Bridge. Adam desciende con la capa oscura ajustada a los hombros.

«Viene solo. Quiere mantener esto en secreto».

Cuando el líder de los muertos pasa a su lado, Héctor agacha la cabeza y hace media reverencia. Adam mantiene la mirada fija en la entrada.

—Lo esperaba mucho antes, señor.

—Atendí el otro asunto que mencionaste; los indigentes saben cosas interesantes.

—Me alegra que la información le haya sido útil. —Héctor busca las palabras más elegantes que conoce para expresarse ante él.

—¿Están dentro? —El tono de Adam es despectivo.

—Sí, mi señor. —Mantiene la vista puesta en la acera.

—No debes decirle a nadie más lo que me contaste. —Como si fuera una estatua, el viejo vampiro se concentra en la manija de la puerta.

—Sí, mi señor. Estéfani se transformó en una de esas criaturas que los cazadores buscaban. Creo que Estéfani es Dona...

—¡No pronuncies ese nombre maldito en mi presencia! —Adam lo interrumpe, frunce el entrecejo y la cerradura de la casa revienta cuando impulsa la fuerza de su mente sobre ella. No tuvo que tocarla—. Ahora, vete. Y ten mucho cuidado con lo que le vas a contar a Jonny. Dile que nosotros arreglaremos los problemas con la Policía. Y que Adriel ya está... retirada.

Héctor obedece al instante. Aborda su vehículo y lo enciende mientras Adam atraviesa el portal.

LA CASA HUELE A parafina quemada. El fino aroma del incienso se ha convertido en un denso humo irritante que le impide a Adam abrir los ojos. No necesita toser para aclararse la garganta, tampoco respira. Aun así, utiliza el antebrazo para cubrirse la boca y la nariz.

Nunca había escuchado los ritos arcanos en boca de un vampiro; son aterradores y poderosos. Alguna vez fueron tácticas humanas para defenderse de las criaturas sobrenaturales. Ahora ellos son los únicos poseedores de ese conocimiento en la ciudad, ninguna otra criatura las domina. Antes de entrar, Adam examina las marcas que David ha dibujado con su propia sangre en el piso, las paredes y el techo, por instantes se tornan incandescentes. Es la fuerza oscura que acude al llamado.

«Es un desperdicio de sangre, de energía y de tiempo», piensa.

La voz de David llena la casa desde la sala hasta la recámara principal. Si Adam no estuviera muerto, se le encogería el corazón, pero su existencia solo le alcanza para reconocer la lástima que surge de ver a otro vampiro desesperado.

Hace casi media hora, subió al coche convencido de que su deber era detenerlo.

«¿Por qué?»

Si lo deja continuar, es muy probable que Donatelo desaparezca de una vez por todas y David regrese a trabajar, que se ocupe en asuntos más importantes y se olvide del romance por ahora. Aún así, Adam avanza.

Un resplandor sale de la recámara. Cuando entra, ve la cara de David deformada por la desesperación. El sudor le escurre rojizo desde la frente por el cuello, sus ojos reflejan la angustia que ha mantenido desde el día en que le ordenó matar a Donatelo. Todo el lugar apesta a sangre fresca.

—Oye, tú. Es hora de que esta locura pare. Esta criatura ha causado muchos problemas. —Adam se coloca frente a David, fuera del círculo y los glifos místicos que parpadean en una luz violeta. Busca su mirada para convertir aquella petición en una exigencia de su hipnosis—. Destrozó la existencia de muchos vampiros. Lo sabes.

David sigue cantando, aferra el libro entre sus manos y eleva el volumen de su voz. Cierra sus ojos para concentrarse en el hechizo e intenta ignorar la presencia de su líder. Ya no le importan las consecuencias.

Adam mete la mano en el bolsillo interior de su capa y hurga hasta encontrar dos viejas hojas de papel que crujen a punto de romperse. El aire se vuelve denso. La carne de ambos vampiros se agrieta. Delgados hilos de sangre se elevan hacia el centro de la habitación. Pero en su condición de inmortales, las heridas se cierran a los pocos segundos sin que alcancen a percibir el dolor.

—¡No va a funcionar! —grita Adam al tiempo que un torbellino de sangre y humo se arremolina sobre Estéfani—. Es muy tarde. ¡No puedes recuperarlo! ¡Detente!

David interrumpe el conjuro por un instante. Deja caer el libro y levanta los brazos hacia el techo.

—¡Te equivocas! Él sigue ahí. Vive en ella. —Dos gruesas líneas de sangre brotan de sus ojos, también flotan hacia el centro. Se le rompe la voz—. Lo huelo. ¿Tú no? Sé que quieres acabar con él, sé que piensas que te traicionó, pero no fue así. ¡Mientes! Todavía puedo recuperarlo.

—¡Esto no es porque intentara matarme! No te ordené que fueras tras él por eso. Se había vuelto muy peligroso para nosotros. —El torbellino se convierte en una ventisca poderosa que impulsa a Adam contra la pared. Aprieta los puños y se esfuerza por ir en contra del viento que lo aplasta—. ¡David! Escúchame, ¡vas a destruirlo! Y de paso, también a ti mismo. —Con dificultad, Adam muestra las dos páginas del viejo libro de la biblioteca—. No leíste cómo termina esto. El ritual no funciona...

Estéfani emite un leve gemido. Se gira con el pecho contra el suelo e intenta arrastrarse fuera del círculo formado con virutas de hierro y sal, pero las piernas no le responden.

—Por... fa...vor... —gruñe, pero ninguno de los dos vampiros la escucha.

David mete su mano al bolsillo del pantalón y lanza al aire las espinas de rosal que recolectó. Un lamento ensordecedor parece desgarrar la voz de Estéfani. El remolino la eleva casi un metro del piso. David contempla la piel blanquísima de la chica mientras se torna azul y las marcas de las hadas aparecen en forma de tatuajes de luz dorada. Sus ojos pasan del ámbar al violeta y del violeta al negro.

Estéfani se retuerce; con los dientes apretados ahoga sus gritos. No reconoce la sensación que se extiende sobre su piel porque nunca la había sentido antes.

—¡Ya deja de mentir! Todos querían matarte porque te volviste un desgraciado —confiesa David. Hojas de eucalipto, pedazos de cera derretida y retazos de la ropa de Estéfani se levantan en torno al círculo místico y vuelan dentro del torbellino—. Sí... Todos querían deshacerse de ti. ¡Idiota! Mataste a la mitad de los vampiros de la puta ciudad para tomar el poder. ¿Qué creías que iba a pasar? ¡Los que quedaron vivos querían convertirte en polvo! Yo no... —Más lágrimas brotan de sus ojos. Extiende las manos para mantener el equilibrio y levanta la vista—. Yo no quería... éramos amigos. Yo no quise traicionarte.

—¡Te equivocas, David! No éramos amigos... Somos amigos. Por eso estoy aquí.

—¡Cállate! —David se lleva las manos a la cabeza—. ¡Cállate y deja de mentir! Solo me has utilizado todo este tiempo. Me quitaste lo único que me importaba.

—Yo lo sabía. Sabía que nuestra propia gente había tenido algo que ver. Y la noche del ataque supe que Adriel estaba involucrada por cómo reaccionó al ver a Donatelo ahí... —Niega con la cabeza—. Siempre hemos sido amigos, David. Yo nunca sospeché de ti. Sabía que contaba contigo, que, si sacrificaba a Donatelo, Adriel desistiría... Yo solo... ¡Todavía somos amigos! Y por nuestra amistad, te lo repito: ¡si no te detienes, vas a destruirlo! —Adam rodea el círculo resplandeciente y se acerca impulsándose con las manos pegadas a la pared—. ¿Me estás escuchando?

—Sí. Pero nada de lo que dices tiene sentido... Donatelo te atacó por órdenes de Adriel. Lo sabías y aun así te atreviste a pedirme que lo matara.

—¡No! Te equivocas. Lo olí minutos antes de que llegara Adriel. Ese día... Ese día dije que le daría tu puesto cuando tú estuvieras muerto. Ella dijo que se encargaría de ti. Yo... Yo no iba a permitir que te hiciera nada, pero Donatelo enloqueció y se arrojó sobre mí y...

—¡Ya cállate! Todo lo que dices es mentira. Sabías que lo amaba... —lamenta David—. ¡Y aun así me obligaste a matarlo!

Estéfani se encoge en un intento por recuperar el movimiento, pero la media parálisis le impide salir del área ritual. La sal le quema al respirar. La rebaba de hierro se le clava en la piel.

—Basta... —suplica, pero ninguno de los vampiros le presta atención.

—Pudiste no obedecerme, David. Siempre tuviste opción... —Adam lo abraza por la espalda y lo obliga a bajar las manos al usar toda su fuerza—. Si no lo hubieras hecho, yo lo hubiera entendido. Y te habría contado lo de Adriel. No sabía cuánto te importaba hasta que te vi esa madrugada, al volver... —Lo aprieta para impedir que continúe conjurando—. Siempre fuiste un desgraciado, nada te importaba. Matabas a todo aquel que se interponía en nuestros planes. Éramos un equipo. Tú y yo. No supe que Donatelo significaba algo hasta que regresaste con su sangre en las manos. Ya eras otro. Cambiaste por completo. Y supe que me había equivocado.

—¡Te odio, Adam! Debí unirme a ellos y matarte... —dice David al tiempo que sus colmillos emergen y amenaza con morderle el brazo.

—¡Pero no lo hiciste! ¡No lo hiciste! Preferiste tu orgullo y tus prejuicios a confesar tus sentimientos por una criatura de la luz. Preferiste dispararle y matarlo tú, que dejar que yo me encargara de él. Yo te ordené acabar con él, y tú... —hace una pausa y su voz se desmorona—. Tú elegiste nuestra amistad. Y yo... yo estaré en deuda contigo para siempre.

—¿Por qué? —pregunta David—. ¿Por qué hiciste que te atacara? ¿Por qué no confrontaste directamente a Adriel si te diste cuenta de lo que ocurría? ¿Por qué le diste la vuelta y jugaste a ser más listo? Si lo sabías todo... Dime por qué...

David se mueve para soltarse, pero Adam recarga su cara contra la espalda de David para mantener el contacto.

—Porque para mí esto era un juego. El siguiente nivel luego de conquistar la ciudad. ¿No lo entiendes? Ellos querían quitarme algo que nos costó mucho a los dos, a todos los que me apoyaron. Además, no pensé que fueras a matarlo. Creí que lo llevarías vivo y me dirías lo que siempre me dices, que si lo quería muerto tendría que hacerlo yo mismo. Que me ensuciara las manos...

Los sollozos de David se convierten en un llanto franco, cargado de dolor. Adam le coloca una mano en el hombro.

—Pero lo maté... —murmura David—. Le disparé y no me detuve hasta que lo maté.

—Y no hay nada que puedas hacer más que detener esta locura. Míralo —dice Adam y señala el cuerpo que flota en el centro de la habitación—. Sigue aquí, no está todo perdido. Pero si no lo detienes, entonces quizá esta sea la última vez que lo veas. —Le extiende las hojas—. Lee por ti mismo y recapacita... Antes de que sea tarde. Hay una forma. Pero no es esta...

Con un gesto de incredulidad, David sujeta las dos páginas amarillentas y ve la pintura agrietada. Intenta descifrar de prisa el mensaje en aquellos círculos que van y vienen con la luz de las velas que danza a su alrededor.

Estéfani ha dejado de gritar, pero se mantiene suspendida en el aire con los ojos entreabiertos. De su espalda cuelgan un par de alas cristalinas que hacen juego con el cabello que resplandece en un tono plateado. Con la ropa desgarrada, exhibe pequeñas fisuras en la piel feérica de las que emana su sangre luminiscente.

—Duele —murmura ella.

Adam se aleja de David y lanza una última advertencia con el antebrazo pegado a su frente para evitar que el hierro molido le entre a los ojos. Luego se acerca a su amigo.

—Está muriendo... —Adam le voltea la cara a David con su mano libre—. ¡Mírame! Está muriendo de verdad. Debes detenerlo ahora. Hay una manera de regresarlo... No, no la mires a ella, mírame a mí. Confía en mí. Ve mis ojos... Hay una forma de que vuelvan a estar juntos. Solo tienes que detener esta locura. Te ayudaré.

David le aparta la mano con brusquedad y mira a su alrededor.

—Los muertos no podemos invocar rituales de vida, ¿verdad?

—No... —dice Adam y lo sujeta con más firmeza—. La muerte, solo atrae a la muerte.

David mueve sus manos en dirección al torbellino que se vuelve lento. Todas las velas se apagan. Patea el borde del círculo místico y arrastra la arenilla de sal y hierro para romper la línea. El resplandor desaparece.

Estéfani se desploma inconsciente en medio de la oscuridad que invade la habitación.

—Tengo una propuesta para ti —dice Adam mientras se encamina hacia la sala—. Tráela y hablemos en un lugar menos... desagradable.

Escuché la voz de David llamarme a través de las tinieblas. Seguí el camino que me marcaba. La flama de una vela apareció, pero solo iluminaba mi prisión de obsidiana. Me llamó y luego Estéfani gritó mi nombre. Pero la negrura era impenetrable.

Me quedé ahí, tendido sobre el abismo, en espera de la luz que me mostrara la puerta al mundo.

Trato

En una sociedad que adora el amor, la libertad y la belleza, la danza es sagrada.
—Amelia Atwater-Rhodes

—¿Y LO SABÍAS TODO desde el principio? —David contiene la furia que está a punto de estallar. Le recorre las venas como lava incandescente.

—Sí. —Adam levanta las manos en señal de rendición, y le pide aguardar—. Somos inmortales, David. Tú, ellos y las criaturas asquerosas que se mueven en las cloacas. Sabía que Donatelo no moriría. Que a lo mucho aparecería en un par de años metido en otro cuerpo. Creí que era lo mejor...

—Eres un desgraciado...

—Nuestro único inconveniente sería que, si poseía el cuerpo de un recién nacido, era posible que no te encontrara, ni tú a él. Te lo iba a decir cuando fuera el momento.

Estéfani respira profundamente, permanece recostada sobre la cama de Adam.

—Quiero llevármela —dice David mientras le acaricia el cabello enredado por el polvo de hierro.

—Mi respuesta es la misma que hace un rato: no. Como líder, tu líder, estoy obligado a disolver las disputas entre los nuestros. Y la sangre de esta niña provocará muchos problemas. Empezó con Ana y ese otro... el más joven... Mira todo lo que ha hecho. Al menos cinco de nosotros son adictos a su sangre. Cuatro, si no contamos a Ana.

—Puedo hacerme cargo si tú...

—¡No! Eres tan impaciente como Adriel, como Donatelo... ¿No has aprendido nada? Diez años, Veinte años, no significan nada para nosotros. Será un parpadeo. —Adam camina por la habitación, la alfombra amortigua sus pasos—. Donatelo volverá a nacer. Y nos aseguraremos de que sepa quién eres tan pronto como su mente pueda procesarlo. Utilizaremos a algún hechicero humano para que lo ayude a recordar.

—Me niego a esperar a que Estéfani muera para que Donatelo quede libre. ¿Quién será su huésped? ¿Un bebé austriaco? ¿Una recién nacida en Tailandia? ¿A dónde iré a buscarlo? Las hadas nacen en cualquier parte del mundo. Son espíritus de luz, nacen donde les place, donde ellas quieren. Y es posible que nunca quiera volver a verme.

—Eso es muy probable, David. Pero si te la llevas ahora, no será Donatelo quien esté contigo. ¿En algún momento lograste comunicarte con él? Estoy seguro de que no es así. Entré en los pensamientos de Estéfani; te aseguro que ya no está ahí. Además, quién dice que no te está evitando, que es él quien se resiste a manifestarse.

—Eres imposible, ¿lo sabes? Tú no puedes saberlo si no me dejas...

—Sí. Eso no cambia mi decisión. Si quieres estar con Donatelo, tendrás que esperar un cuarto de siglo a que sea consciente de quién es, de lo que es y de quién eres tú. Todo se trata de paciencia.

David besa la frente pálida de Estéfani y se levanta.

—¿Estás seguro de esto? ¿Crees que podrás encargarte de ella sin convertirte en un adicto a su sangre? Yo lo he podido controlar. Pero si me dices que no te sientes tentado a sentir la luz a través de su sangre, mientes —asegura David.

—Te prohíbo que te acerques otra vez a ella. Crecerá, le daremos a esta niña la vida que le negaste cuando decidiste ocultarme que Donatelo la había poseído. Tendrás que esperar a que lo resuelva.

—Pero yo...

—Puedo hacerme cargo. Si no la pruebo, no puedo engancharme a ella. Y tú vas a ayudarme con su seguridad, pero no quiero que la molestes. Me encargaré de que obtengas la recompensa que mereces por tu lealtad y tu amistad. Pero no será ahora. Tendrás que esperar porque tu obsesión por Donatelo estuvo a punto de destruirte a ti también. Ya vete. Yo me haré cargo.

Cuando David sale de la habitación, está seguro de que acaba de aceptar un trato del que no ha leído las letras pequeñas. Se retira seguro de que Adam cumplirá, pero lo hará a su manera, bajo sus propios términos.

190

"La criatura feérica aparece en los sueños de una madre que está por parir. Les revela los dones de las musas griegas que puede otorgarle a través de una ofrenda en el bosque donde se conecta el mundo onírico y la tierra. Si la madre rechaza los dones, el espíritu del arte la abandona para siempre. Pero si en ese sueño, la madre acepta alguno, el hada se une al bebé y se fusiona con él para renacer.

La pérdida de memoria por posesión es inevitable, pero la esencia mágica perdura. Los sabios, en Egipto, tallaron una gema que pasaban de generación en generación para asegurar el regreso de un ser en específico. Un alma. Una criatura. La gema desapareció en el siglo XVI en Francia, junto con la mayoría de los registros sobre su existencia: Ojo de Pixie, le llaman algunos.

La madre debe tenerla en el cuello durante el alumbramiento y un chamán debe repetir el nombre del ser que habitará al bebé..."

—*Diario de invierno,* Andrix.

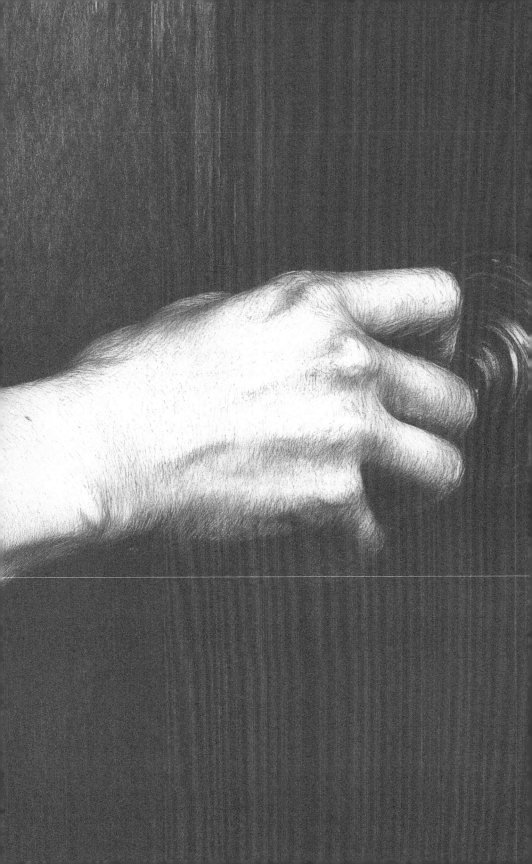

Oportunidad

Mi silencio no me protegió. Tu silencio no te protegerá.
—Audre Lorde

ESTÉFANI ACARICIA LAS SÁBANAS despacio. Le cuesta recordar la última vez que durmió en un colchón tan cómodo. La habitación es enorme. Las lámparas de techo de cristal cortado hacen juego con los muebles de diseño victoriano. Todo huele a suavizante de telas. Se aproxima a la puerta y revisa una vez más la elegante perilla de acero dorado, cerrada.

«Dijo que no era una prisionera, entonces, ¿por qué pone llave a las puertas? ¿Donatelo?», pregunta, pero él no le contesta. La herida de su cabeza ha sanado en menos de veinticuatro horas y la espantosa sensación de dolor, nunca antes experimentada, ha desaparecido. Da un último vistazo a su alrededor.

«No es un lugar seguro, ¿verdad?», no obtiene respuesta.

Intuye su soledad. Si algo le ha enseñado la vida, es que no puede confiar en nadie.

«¿Héctor? ¿Jonny?», se pregunta dónde está la gente que prometió protegerla.

La habitación sin ventanas es una confirmación de que está atrapada en el nido de un vampiro. Levanta todas las cortinas y detrás de ellas hay un viejo tapiz descolorido.

«Carlos...», recuerda su sangre sobre la acera y las lágrimas se le acumulan en los ojos. No quiere pensar en él, no quiere creer que está muerto y que no

193

volverá a verlo. Toma una almohada enorme y esponjosa. Se la lleva al pequeño baño de regadera, retrete y lavamanos que, en apariencia, no han sido usados en muchísimos años. Todo está limpio, pero cubierto por una delgada capa de polvo. Extiende sobre el piso la toalla más grande que encuentra junto a la puerta y se recuesta.

Apenas coloca la cabeza sobre la tela bordada con las iniciales 'A.B.', su mente la transporta a los primeros recuerdos que tiene: la camilla de hospital que la mantenía un metro sobre el piso y el intenso olor del suelo. Es eso, el olor a limpiador lo que viene a su memoria.

Pensó que no extrañaría para nada esos días, ni las terapias de rehabilitación, ni a las enfermeras, ni la comida sin sabor que la obligaron a ingerir por meses. Pero estaba equivocada. Porque cuando todo aquello pasó, terminó en las calles y después en el club. Ahora está segura de que sí echará de menos a la familia que Jonny le dio.

Suspira y se pone de pie para apagar la luz. A oscuras, y con los pies contra la puerta, se tranquiliza. Está sola, y esa certeza le da seguridad. Adam le pareció alguien serio, pero poseía ese brillo apagado en su mirada que distingue a sus clientes más selectos; los peores: los muertos. El frío de los recuadros de cerámica atraviesa la toalla y la sensación se parece muchísimo a la de la cama improvisada en un callejón entre los edificios.

«Al menos el baño no huele a basura», se dice para calmar la ansiedad.

Deja que sus recuerdos la arrastren al escondrijo para los 'sin hogar', bajo el puente cerca del metro; en aquel descanso donde se recostaba encima de cartones llenos de aceite. No sabe por qué le pidió a Éric huir del orfanato. Creyó en la promesa de que estarían juntos siempre. Eligieron el rincón más alejado de las fogatas cuando llegó el invierno y tomaron un sitio en el estacionamiento abandonado.

«No te acerques a los hombres», había insistido su pequeño amigo, pero ella, terminó trabajando para hombres cuando se quedó sola. Sonríe con la vista puesta en la nada.

Ante la distancia abismal entre aquellas noches heladas de invierno con los vagabundos y esta noche en la mansión de Adam Bridge, Estéfani tiembla.

«Lo que necesites, llámame», recuerda la voz de la doctora Sáenz, pero también recuerda que la mujer no logró llegar antes de que Héctor la encontrara por primera vez. Había nevado y tenía los labios azules por el frío, cuando el guardia de Jonny la sujetó por la espalda. Fue Héctor quien la inició en el club, quien la sacó de ahí y la abandonó en su propio departamento, quien la dejó en las manos de David. Por él está en esa habitación, en ese baño, en esa cama improvisada sobre el suelo que prefiere utilizar en lugar de dormir sobre la cama. No quiere la comodidad de las promesas.

«¿Por qué un monstruo como Adam me adoptaría?», no quiere seguir siendo el juguete de las criaturas que mataron a Carlos.

«Estéfani», acaricia la placa dorada que cuelga de su cuello con el nombre que le dieron los padres que no recuerda.

«Estéfani», piensa en la voz dulce que le taladra el corazón, porque está segura de que es la última palabra que dijo su madre antes de morir. A veces ve su boca coloreada de rojo, en sus sueños.

De todas las camas en las que ha dormido: el hospital, el orfanato, el refugio de indigentes, El Rayo, su departamento... esta: la toalla sobre el piso del baño, es el lugar más seguro en el que ha estado y eso la molesta. Su mente viaja al día en que la lluvia golpeaba el parabrisas con violencia. Le cuesta conciliar el sueño. Revive el momento en que David le disparó a Donatelo y el cosquilleo de las balas la despierta para enfrentar su realidad: cuando se levante por la mañana, Adam Bridge estará dormido y ella tendrá que decidir si toma la oportunidad que le ofrece o intenta escapar.

Se levanta y atraviesa la habitación hasta la lámpara de noche junto a la cama y enciende la bombilla.

"Tramite de adopción", lee en el frente de la carpeta. Alguien bota el seguro de la puerta y ella se acerca. «¿La oportunidad o la libertad?»

Gira la perilla. Se bota el pasador. Esta vez tiene una opción.

Y TOMASTE UNA DECISIÓN difícil. Elegiste la vida que los inmortales te habían negado. Encontraste, de alguna manera, la libertad que buscabas y a la vez no querías. Elegiste el camino difícil. Y ahora que ya no puedo llamarte por tu nombre, me doy cuenta de que eres mejor de lo que lo que creí.

Es-té-fa-ni. Ocho letras no son suficientes para nombrar lo que eres, en lo que te convertiste y lo que significas ahora para mí. Pero en aquel tiempo, yo no tenía idea de lo que pasaba. Me rendí.

Me rendí.

Sueños y pesadillas

Un bailarín baila porque su sangre baila en sus venas.
—Anna Pavlova

Su DESEO SE REALIZA. Estéfani se presenta en todos los escenarios que la compañía de baile y el dinero de Adam Bridge, le logran conseguir. Donatelo se ha convertido en la idea de un sueño lejano que se desvanece bajo el brillo de los reflectores y los aplausos. Un sueño que no disfruta, un sueño oscuro.

Ballet, danza contemporánea, jazz, performance, española, salsa, tango, erótica. No hay un arte del movimiento corporal que no domine. Sin embargo, hay un vacío que no se llena con ningún triunfo. Se vuelve más grande y pesado cuando vuelve a la mansión Bridge y mira los ojos muertos de Adam. Durante el poco tiempo que comparten juntos, Adam nunca menciona a David y tampoco hablan de Donatelo. En cambio, el viejo hace que Éric se pare detrás de él en la mesa y se mantenga en silencio. Le recuerda a Estéfani que todavía tiene algo que perder si se revela.

Y es que a Estéfani le cuesta disimular la molestia, el gesto de labios apretados, mantener la mirada fija en el hombre que le ha puesto unos grilletes invisibles a sus pies y manos. Está obligada a pasar los descansos de las giras, las vacaciones y los días festivos con él, pero no más.

—¿Por qué tienes a Éric aquí? —le preguntó una noche mientras abría su regalo de cumpleaños veintidós.

—Para que no te sientas sola... —dijo Adam, y luego disimuló una sonrisa.

—¿Qué hacía aquí la doctora, Adam? —preguntó molesta cuando pasó su séptima Navidad frente a la chimenea eléctrica en la sala de la mansión.

—Me sentía un poco enfermo —torció la boca en una mueca de burla—, así que le pedí que viniera a revisarme.

Los últimos diez años, Adam se había encargado de mostrarle que tenía el control de su vida actual y, de alguna manera, también de su pasado. Estéfani había entrado y salido de academias, grupos y compañías artísticas. Ante la sociedad, es una bailarina reconocida, hija de una familia adinerada. Su padre es empresario extranjero; su madre, un rumor que nadie puede comprobar.

Estéfani se ha convertido en ese alguien que alguna vez soñó, pero ese sueño no es más que una pesadilla recurrente que se oscurece aún más cuando vuelve a la ciudad y debe sentarse en la misma mesa que Adam.

PASARÁ UNA LARGA TEMPORADA en la ciudad este verano. Abre la puerta de su habitación después de cenar. La casa está caliente, pero han instalado un aparato de refrigeración en su recámara. Los muertos no sienten el clima y ella ha tenido que lidiar con esas cosas cada vez que lo visita. Las maletas ya están sobre la cama.

Tocan a la puerta.

«¿Y ahora qué quiere?», imagina a Adam del otro lado con cualquier excusa para seguir hablando.

Al abrir, ve los ojos tristes de Éric que la contemplan. Tiene una media sonrisa que le curva la cicatriz de la mejilla.

—¿Necesitas que te ayude? —pregunta y le señala la maleta.

—No. —Estéfani suspira—. Pero puedes entrar.

—No es un monstruo del todo —dice Éric ya entrado en confianza mientras pone algunas prendas en el clóset.

—Ni lo intentes. No lo defiendas.

—Abre bien los ojos, quizá la próxima vez, notes algo diferente —dice el muchacho moreno y le pica las costillas como cuando eran niños—. Te manda esto. Guárdalo, te dirá qué es durante la cena.

Ella se retuerce y se permite una sonrisa. Recibe un estuche metálico con tres tubos de vidrio, verde oscuro. Un líquido ondula dentro.

Ahora que presta atención, Éric no ha cambiado nada. Tiene la apariencia del mismo muchacho de veinte que cuando se reencontraron en casa de la doctora Sáenz diez años atrás.

—¿Te gusta trabajar aquí? —Estéfani se sienta en la orilla de la cama y lo ve vaciar el estuche de maquillaje en un cajón del tocador.

—No puedo quejarme. Tengo una casa, dinero, me dan de comer. Y cuando tú no estás, tengo tres noches libres a la semana. Parece que me adoptó también. —Se ríe. Luego intenta sonar serio—. Dice que ya no puedes transformarte en la criatura con alas...

—Es difícil... pero no lo he intentado desde hace mucho tiempo.

—Muéstrame tus ojos violeta... —Éric se acerca tanto a ella, que puede oler el champú de rosas que usó esa mañana.

—Sal de aquí. —Lo empuja del pecho con una sonrisa.

Estéfani cierra sus ojos y se deja caer sobre la cama cuando Éric se va.

Donatelo se ha convertido en una palabra sin eco. En las mejores noches, Estéfani sueña que vaga por los bosques templados del norte de Irlanda convertida en niebla, encuentra un bebé a punto de morir en una canasta y al parpadear, ya está dentro de un cuerpo frágil y helado que pide a llanto abierto que lo salven. Entonces los padres sin rostro aparecen y la llevan a casa. Agradecidos por el milagro de que las hadas le devolvieran la salud a su hijo, la madre prepara bocadillos de pan y miel para entregarlos al bosque y el padre fabrica objetos de madera para los duendes. Son bonitas memorias que Donatelo le regala. Pero las peores noches, son en las que las pesadillas son las protagonistas de su descanso, despierta bañada en sudor; el bebé muere y ella vaga y vaga por parajes desolados sin luz.

ES DE NOCHE, EL viento le acaricia la piel mientras recorre el sendero empedrado hasta la colina detrás de la academia en París. Ese sitio prohibido a las afueras de la ciudad en el que ella pasa los sábados después de la práctica para relajar los músculos tensos de tanto ejercicio. Ahí es donde se permite ser la hija del millonario, ante otras muchachas, fingir que siempre fue parte de ese mundo donde las niñas fuman a escondidas y cuentan entusiasmadas sus noches como amantes de los bailarines más experimentados. Estéfani ha practicado muchas veces la expresión de sorpresa en su rostro.

Avanza cautelosa sobre las rocas redondeadas que le atraviesan las balerinas y le incomodan las plantas de los pies. Cada paso produce un quejido en el suelo arenoso que se desquebraja, pero ella no deja de avanzar porque percibe una presencia que anhela su compañía más adelante. «Es Carlos», «Es Héctor», «Es Donatelo», se dice. Y la urgente expectativa la obliga a caminar más de prisa.

El sendero es largo, como largo es el muro de pinos que crecen a ambos lados y resguardan el ascenso. La franja del alba se estira vertical hacia el frente sobre su cabeza; es una franja de luz que tiñe las nubes sonrojadas por el sol naciente que no alcanza a divisar.

Detrás de ella, la oscuridad desvanece sus huellas. Estéfani sabe que el punto de retorno quedó atrás cuando aceptó el apellido Bridge. Ahora solo le queda seguir adelante y cumplir su parte del trato para que Adam siga pagando las cuentas, los viajes y las escuelas. Mientras se mantenga lejos de casa, es ella misma. Se abraza a la música. Es la danza.

Las piedras que pisa se convierten en hielo frágil. Una balada se escurre entre las agujas de los pinos que el viento mece con gentileza. El olor del bosque la reconforta. Es una rutina que abrazó para no extrañar su pasado. La balada se transforma en una sonata interpretada en piano de cola. Ahora sabe que esa era la melodía que escuchaba cuando Donatelo todavía le hablaba.

La colina aparece al fin, el calor de sus pies derrite el hielo. Estéfani asciende por una escalera que antes era solo tierra desgastada por el tránsito de los jóvenes que, como ella, escapaban para buscar el amor.

—¡Donatelo! —intenta gritar. Su voz se ha convertido en un zumbido inde-scifrable—. ¡Donatelo! ¿Dónde estás?

Tiene calor, está agotada. Le arde la piel, pero no se detiene. Le parece que ha caminado más que nunca y Donatelo no responde. Su voz no es suficiente para llamarlo, sus ganas de sentirse fuerte, tampoco.

La cima, tapizada de pasto y flores amarillas, que tanto le gusta, ha desapare-cido. En su lugar, se extiende una tarima de madera pulida pintada de un negro reflejante. Es el escenario de una pista de baile, la del club en el que creció. Hay una mancha en el suelo porque a la tarima le han arrancado el tubo central. Al fondo, la ciudad brilla con las bombillas de las casas y edificios que se apagan una a una conforme el día cobra fuerza y devora el firmamento. La torre Eiffel no está.

El Nocturno No. 2 de Chopin, con el que inicia los estiramientos por las mañanas, hace eco en aquel campo abierto. El roce de unas zapatillas contra la tarima llama su atención en el centro de la pista. Y ahí está ella, con el leotardo azul de ensayo, con los pies vendados y con las viejas zapatillas colgadas en el hombro; esas pequeñas calzas que le regresaron cuando abandonó el hospital a los once años y aún conserva en la caja de recuerdos. Se repite que son parte de quien fue alguna vez, que la convirtieron en quien es hoy.

Estéfani se paraliza ante la perfección de los movimientos de su otra yo.

Baila, baila, baila.

Se balancea sobre sus piernas fortalecidas por el ejercicio y levanta los brazos para girar con una gracia que a ella le ha costado mucho adquirir. La otra ella, la que tiene enfrente, mantiene sus párpados cerrados mientras la piel se le oscurece y marcas brillantes en tonos plata aparecen sobre sus extremidades desnudas. Le crecen alas traslúcidas.

De pronto, las nubes se tornan grises y los relámpagos las recorren. Un trueno hace que el pecho de Estéfani retumbe. Busca a su otra yo, pero ha desaparecido. En su lugar ve al hombre que alguna vez fue Donatelo: delgado, con el cabello largo hasta los hombros y la mirada profunda color violeta. Él estira las manos hacia ella, tiene los dedos rotos y sangrantes. La piel pegada a los huesos en un verde pálido. Habla, pero su voz es un hilo de gemidos que se elevan en el viento.

Los nubarrones ocultan el amanecer y un rayo desciende al centro de la pista donde Donatelo ha extendido las alas. En un parpadeo, la pista se convierte en el escenario de un teatro a la mitad del bosque y una Estéfani, enjuta y pequeña, se inclina para saludar a un público de árboles que se doblan hacia el centro, más y más y más.

Donatelo la mira a los ojos, y luego se convierte en una versión más pequeña de la niña rubia. Estéfani extiende los brazos para alcanzar a la niña que una vez fue, pero sus manos están aprisionadas por grilletes. Observa sus pies: los dedos torcidos y el empeine ensangrentado, los tobillos rodeados por cadenas. Una ráfaga ártica derriba un árbol, y este golpea el escenario.

EL ESTRÉPITO OBLIGA A Estéfani a despertar. Mira a su alrededor con el corazón en sus oídos y la ropa pegada al cuerpo por el sudor. Está en su nuevo departamento, el que Adam amuebló para ella cuando le dijo que prefería no dormir en la mansión. Revisa su teléfono. La pantalla le muestra la lista de veinte mensajes de Adam y tres llamadas perdidas de Éric.

Queremos verte, escribe Adam en el primer mensaje.

¿Dónde estás?, contesta.

Nosotros podemos esperar, pero hay algo que debemos hablar.

...

Y los mensajes continúan redactados con el "nosotros".

«¿Quién es nosotros?»

No responde, porque sabe que la insistencia de Adam está relacionada con David. Estéfani no se siente lista para enfrentar su destino y darles lo que quieren.

Menos ahora que le va tan bien en lo que siempre quiso hacer. Menos ahora que al fin cabalga la libertad.

ABRAZO EL RECUERDO DE David, porque es todo lo que tengo de él. Un holograma mental sin aroma, sin voz, que sonríe y me besa. Una ficción del hombre que debió ser, pero que ya no era cuando lo conocí.

Me siento más fuerte que nunca. Estéfani baila, la veo arreglarse ante el espejo, ajustarse el vestuario para salir a escena, lavarse las ampollas de los pies en agua tibia con sal. Le susurro la felicidad que siento cuando se convierte en la luz que deslumbra a la audiencia, pero ella ya no me necesita. Ha encontrado su propio brillo y sigue el camino que sus padres tenían para ella antes de conocernos.

Citas canceladas

Deberíamos considerar perdidos los días en que no hemos bailado al menos una vez.
—Friedrich Nietzsche

EL REENCUENTRO CON JONNY fue conmovedor. La recibió en la oficina con una formalidad que nunca había visto en el club. Jonny le dio la vuelta al escritorio para abrazarla.

—Siempre serás una de las nuestras —le dijo el gerente al oído mientras Estéfani lo apretaba en un abrazo y se aferraba al saco gris sin poder contener las lágrimas.

—Todas se han ido —Estéfani murmuró.

—Tenía que pasar. Todas crecieron —dijo Jonny mientras la apartaba para verla y adular su belleza completa.

Intercambiaron anécdotas entre cervezas y tequila. Jonny nunca la había visto reír tanto, mucho menos la había escuchado hablar con tanta fluidez. Se sintió pequeño ante las palabras de diccionario que escapaban de la boca de Estéfani, pero la alegría de volver a verla era mayor que el recelo del abismo que ahora los separaba.

Los vasos y botellas se acumularon sobre la mesita al centro de los sillones en la oficina. Pasaba de la media noche cuando Jonny se cambió de asiento para situarse al lado de Estéfani y poder abrazarla otra vez, con la cara enrojecida por el alcohol.

Estéfani se acomodó sobre sus piernas, como tantas veces cuando era niña, y aspiró el mismo perfume seco con olor a madera que su jefe siempre utilizaba. Le sonrió antes de besarlo cerca de los labios y de pronto la recorrió el sentimiento de que ahí, entre ellos, nada había cambiado.

—Quiero subirme a la tarima. —Estéfani aprovechó la cercanía y la complicidad para confesar lo que estaba haciendo ahí en realidad.

—El Señor Bridge nunca consentiría que lo hicieras. —Jonny acarició su rodilla—. Ahora eres una mujer fina. Si alguien te reconoce vas a meterte en problemas.

—Por-fa-vor —pausó las sílabas y sonrió con esa mueca que practicó muchas veces ante el espejo cuando era pequeña—. Solo una vez. Nadie lo sabrá.

El hombre apartó la cabeza y la sujetó de los brazos para levantarla. Lucía muy delgada, pero fuerte y su gesto mostraba una seguridad que jamás imaginó que pudiera poseer.

—Anda, pues. Ve a vestirte —dijo Jonny al levantarse para ajustarse el saco. Levantó su mano en señal de advertencia—. Pero será solo esta vez.

Estéfani abandonó la oficina y revolvió toda indumentaria en el clóset de las bailarinas. Eligió el mejor disfraz.

Cuando la tonada inició. Le pareció que la pista era más larga que nunca. Se aferró al tubo y el cuerpo hizo lo que sabía: bailar.

Uso la pista central y se despojó poco a poco de la ropa. En los altavoces sonaba 'Human', la voz de Rag'n'Bone Man guió sus movimientos. Arrancó el lazo que le sujetaba el cabello en la nuca y se aferró al acero para colocarse de cabeza por los más de diez minutos que el encargado de la música combinó para prolongar su presentación. No huele a muerto, solo al sudor de los clientes. Estéfani aspira profundo mientras se sostiene con una mano y con la rodilla. Entonces imagina que su cuerpo despide luz, una luz cálida que cautiva a la audiencia.

Sonríe. «¿Por los viejos tiempos?», le habla a Donatelo, aunque sabe que no le contestará. Exhala y el vapor azulado se esparce entre la multitud. Un placer efervescente le invade las entrañas.

«Esta es quien soy», se dice a sí misma.

La peluca, la máscara y una pequeña tanga, era todo lo que la cubría cuando la mezcla de canciones terminó. Dejó de lado los buenos modales y las clases de etiqueta con la instructora privada que Adam consiguió.

El sudor le escurre entre los pechos hasta el ombligo. Se despide y se da la vuelta. Tras el escenario, al levantar la cortina. Encuentra la cara que esperaba ver. Héctor la espera con una bata en las manos. Al verlo, Estéfani no puede reprimir la sonrisa. Se muerde los labios.

«¡Qué diablos?», piensa cuando una luz amarilla les ilumina la cara a ambos, los reflectores giran para anunciar a la bailarina que subirá a continuación.

El guardia de la puerta del club no ha cambiado ni un poco. La misma expresión dura, las cejas pobladas, la oreja derecha perforada. El medallón tibio bajo su camisa.

Héctor le acaricia los hombros mientras la cubre. Admira su cuerpo: ha cambiado, no solo son los músculos de las piernas, la espalda y el abdomen bien marcados; también es la cintura pequeña y los pechos firmes que creyó que había logrado olvidar. Cuenta los cuatro lunares sobre el pezón antes de cubrirla y apretar el nudo a la cintura.

—¿Sin privados, güerita? —dice Héctor con un temblor en su voz.

—Tengo un servicio en mente... —contesta Estéfani antes de abrazarlo.

El corazón de Héctor se acelera.

—Te eché de menos. Pero sabía que estabas bien. Tengo algo para ti. —La aparta para sacar una llave de su saco—. Es de tu viejo departamento. ¿Quieres recuperar algunas de tus cosas?

Estéfani le arrebata la llave con un gesto de incredulidad.

—Es un detalle hermoso, Héctor. —Lo vuelve a abrazar.

—Cuando no quiero estar aquí en el agujero, lo uso. Así que está limpio —dice Héctor mientras ve que Estéfani se acerca al vestidor para cambiarse—. Podemos ir si quieres a recoger algunas de tus cosas viejas y luego te llevo con el señor Bridge. Tengo que verlo en estos días.

—No, no quiero ir con él. Ya vivo sola otra vez. Me pongo de ropa y nos vamos de aquí —Estéfani sonríe—. Necesito privacidad. Anda, sal de aquí.

LAS CALLES SON LAS mismas, pero su gente no. Los vagabundos han desaparecido y la avenida principal luce más limpia que nunca.

—Extrañaba mucho el barrio —Estéfani mira por la ventana de la camioneta nueva con el logotipo renovado del club. Suspira.

—No te pierdes de nada. La nueva administración puso rondines de patrullas, así que los vendedores y las prostitutas se cambiaron de calle. ¿Ya te cansaste de vivir en la burbuja del palacio? —Héctor enciende un cigarrillo y saca su mano por la ventana para que el humo no la moleste.

—No es un palacio. Es una casa grande... pero sí. De alguna forma esto era más divertido.

El edificio de apartamentos luce más deteriorado que cuando ella vivía ahí. La pared del frente tiene nuevos grafitis y el último sismo dejó una larga grieta en la fachada, aun así, Estéfani no duda en entrar. Ninguno de sus viejos vecinos vive ya en el edificio, y nunca había escuchado tanto silencio en su piso.

La puerta del apartamento donde vivió Carlos está recién pintada. El recuerdo le retuerce el corazón. Da la espalda al pasado porque no quiere llorar.

Mete la llave, y se atora como siempre. Todo está como lo dejó: un sillón sencillo en la sala, la mesita con la televisión de pantalla plana, la alfombra sobre la que solía recostarse y el antiguo refrigerador que emite un sonido constante.

—El señor Bridge me pidió que mantuviera el sitio así, tal cual, para ti. Por si algún día querías volver, supongo —dice Héctor mientras se coloca a espaldas de Estéfani y le pone las manos sobre los hombros—. Eso no lo dijo, pero me imagino que sí.

—Pensé que lo mantenías para ti. ¿Dónde conociste a Adam...?

—Bueno, hay una historia sobre la gente del club que quizá pasaste por alto. Pero luego hablaremos de eso. —Héctor recarga su rostro sobre el hombro de Estéfani y le acaricia los brazos hasta encontrar sus manos—. ¿Te gusta?

—Sí. Muchas gracias. Me servirá muchísimo. Verás... no quiero regresar a la casa Bridge todavía. Aunque tienes razón, tengo qué hacerlo.

—El edificio se cae a pedazos. Quedan menos de diez inquilinos. ¿Estás segura de que quieres quedarte a dormir hoy? El club es más apropiado para alguien como tú, al menos el sótano. —Estéfani se aleja y un escalofrío la recorre.

—¿El club? —Estéfani enciende la luz de la cocina porque el foco de la sala está fundido.

—Sí, en las habitaciones privadas del sótano. —Héctor la espera en la puerta. Se hace a un lado para que Estéfani pase.

—Gracias, pero no quiero volver ahí. Estoy segura de que quiero quedarme aquí. Mi padre me ha cancelado la cena más de tres veces en un mes. No quiso que regresara con él, y pagó el departamento por lo que queda del año, pero no me gusta.

—Entiendo... —dice Héctor mientras la sigue a la recámara.

—Yo creo que no quiere verme y me hizo volver para hacerme perder el tiempo, como es su costumbre. ¿Sabes cuántas veces nos hemos reunido en los últimos cinco años?

—Ni idea —Héctor estira sus brazos para tronarse la espalda.

Estéfani se agacha para bajar el cierre de las botas altas de piel.

—Sólo en Navidad y en mi cumpleaños... Haz las cuentas —se agarra de Héctor para mantener el equilibrio mientras se saca la primera bota.

Él admira la figura de una mujer adulta, de alguien casi irreconocible, en un cuadro que nunca se atrevió a imaginar, porque creyó que sería niña para siempre. La ve desatar su coleta alta: el cabello brillante, dorado y larguísimo. Se truena los dedos con nerviosismo.

—¿Estarás bien? —Héctor vuelve a agarrarla por los hombros con suavidad.

—No sé, Héctor. Adam quiere que me case con un tipo que conocí hace tres años en una cena. He hablado poco con él. Pero se aparece en todas las presentaciones y me lleva flores. No sé por qué presiento que se saldrá con la suya —dice Estéfani. Luego le toma las manos para apartarlas de sus hombros—. Tampoco es que Adam vaya a darme opciones.

—Es complicado decirle que no. Lo sé, pero si no quieres casarte, él entenderá. Estoy seguro de que tienes muchos pretendientes. Alguno va a agradarle.

Estéfani se aparta de él y mira el colchón. Todavía está en el suelo y la caja con pelucas se asoma del clóset abierto.

—¿No pudiste comprarte un colchón nuevo? —Estéfani lo mira de reojo y sonríe.

—Me gusta dormir en el piso. En realidad, casi no usé la cama, güerita.

Estéfani asiente.

—La cosa con el tipo ese no es tan complicada, Héctor. —Estéfani se quita la blusa y deja al descubierto el *bralette* de encaje negro—. Es alguien lindísimo y me cuesta creer que no se esforzará para quedarse conmigo. Me gusta, pero es de esos hombres tranquilos y respetuosos que resultan hasta aburridos. Desesperante.

—¿Y si está esperando el momento apropiado para faltarte al respeto? —Héctor se ríe.

A Estéfani se le escapa una carcajada.

—Estoy segura de que quisiera... Pero como es hijo de buena familia, no le he dado oportunidad de tener algo que decir de mí.

—¿Y dónde está ese joven ahora? ¿Es el muchacho que llegó contigo de París?

—No... Ese era Leo, un bailarín, y ya regresó a su querida Francia —dice Estéfani mientras se da la vuelta y extiende sus brazos para rodear el cuello de Héctor—. Sabía que el otro vendría a buscarme, así que le pedí a Leo que se fuera. Ya terminé con él.

—¿Así de fría?

—¿Cómo sabes lo de Leo? —Estéfani recoge su ropa y la pone sobre el tocador. «¿Cómo?»

—Tengo un informante... —Héctor se acomoda nervioso junto a la cama—. ¿No te gusta ninguno de los dos, entonces?

211

—No quiero volver a enamorarme nunca... Carlos fue la última vez que permití que se me rompiera el corazón.

—Entonces... —A Héctor se le forma un nudo en la garganta y se le dificulta tragar la saliva cuando la ve acomodarse el elástico de la ropa interior.

—El pretendiente se mudó a un departamento del centro... —dice Estéfani—. Le dije que me quedaría con mi padre y él se quedó ahí tranquilo, sufriendo en el *jacuzzi* y la alberca de la terraza.

—¿Problemas de ricos?

—¿Qué te digo? Es una zona exclusiva, ya sabes: un edificio alto, vidrios negros, plantas... está pintado de blanco.

—Ah. Creo que ya sé cuál es, güerita.

Ella sonríe porque nadie la llama así ahora, solo él y Jonny. Héctor la toma de la cintura y por primera vez no siente culpa de la erección que el cuerpo cálido de Estéfani le provoca.

—Pero él puede quedarse ahí, mientras tú y yo la... —Estéfani no termina la frase porque se aventura a buscar los labios de Héctor. Se detiene unos segundos sorprendida de que el guardia del club corresponda su atrevimiento.

No contiene la carcajada, se aparta.

—¿Qué haces? —pregunta Héctor confundido, con la cara enrojecido al percibir su reacción como un juego, como cuando era una niña y quería molestarlo.

—Dame un segundo.

Estéfani revisa entre su ropa, abre el bolso y se quita los aretes, la gargantilla y el reloj de pulsera. Abre el bolso y extrae el estuche metálico, en forma de cigarrera, en la que esconde un viejo tubo de vidrio pequeñísimo, como una muestra de perfume. Desenrosca la tapa, contempla el líquido rojo por unos segundos y lo vacía bajo su lengua.

—¿Qué diablos haces? —Héctor se acerca.

—Nada. Nada. Tú no te preocupes por esto —dice Estéfani antes de lanzarse a sus labios otra vez.

Héctor se permite disfrutarlo. Se deja caer sobre ella en el colchón. Entierra su cara en el cabello rubio de Estéfani y descubre que bajo el maquillaje costoso y la ropa de marca es la misma niña que recogió en la calle. Estéfani conserva el aroma dulce de los aceites que la hacían brillar sobre el escenario y todas las cicatrices de su infancia forman un mapa sobre la piel.

—¿Qué te tomaste? ¿Drogas otra vez? —Héctor le muerde la oreja.

Estéfani contempla el techo descascarado y el foco amarillento que los ilumina.

—No. Es un licor que me preparó Adam. Estoy tomando la última decisión rebelde de mi vida.

—¿Qué?

—Nada.

—¿Estás segura de esto? —dice Héctor mientras se quita la camisa y deja al descubierto su pecho tapizado de vello espeso. El amuleto no se enciende como antes, permanece frío, opaco, con los bordes ennegrecidos por el sudor.

—Cállate, Héctor. Quizás no tengas otra oportunidad. —Lo agarra del cuello para volver a besarlo—. ¿Quieres dejarme ir ahora? No arruines el momento...

Héctor la contempla, los ojos miel de Estéfani brillan de deseo. Así que él decide que se ha torturado demasiado, por años. Está dispuesto a cumplir la fantasía que tuvo desde el instante en que la conoció. Fantasía que se limitaba a satisfacer a medias. Se arranca el medallón, porque sabe que a ella le molesta el contacto con la piedra.

Esta noche no brilla; en realidad, duda que alguna vez haya servido para algo. Su familia siempre tuvo habilidades místicas. Magia, dicen algunos. No necesita las supersticiones para sentirse a salvo, porque esta noche, él decide abrazar al monstruo que le susurró por tanto tiempo que Estéfani podía ser suya desde los trece años.

Se sumerge entre las piernas de la bailarina varias veces, antes de que ella lo retire y le quite el condón.

—¿Qué estás haciendo?

—Shhh... —continúa.

Estéfani lo abraza con sus piernas y lo acerca. Él, disfruta de la humedad que le ofrece.

—¿Qué haces? —le pregunta Héctor con un susurro al oído.

—Tomar decisiones propias... aunque sea una última vez.

Supe lo que pasó porque ella me lo contaba en las tardes que pasaba viendo el cielo en el jardín. Tomábamos naranjada, ella encendía el reproductor del celular y ponía música clásica para mí. Ella quería que me gustara la danza, pero siempre preferí el piano.

Ahora tengo prohibido llamarla por su nombre, tampoco puedo mencionar a David. Y cada vez que lo veo asomarse sobre la reja de madera del patio, le sonrío para que sepa que me gustaba su compañía, que agradezco sus detalles. Me quedo en el jardín hasta que las estrellas salen, con el pretexto de buscar una estrella fugaz. Pero la realidad es que guardo la esperanza de contemplar sus ojos azules entre los arbustos.

Infancia

La danza no es más que el reflejo de lo que nuestro cuerpo convierte en arte.

—Antonio Gades

ME DETENGO AL CENTRO del salón principal. Con las luces apagadas, el recinto parece más grande por la oscuridad que lame las paredes, las sombras las alargan.

«Perspectiva».

Aplaudo.

«Sonidos».

Hay un eco que vuelve a mí.

«La acústica del edificio es extraordinaria».

Hace once años, mientras me hacía un nombre entre los bailarines, nunca imaginé que regresaría a la ciudad para abrir una escuela de danza: una escuela de barrio, diría mi yo de aquel entonces.

Fue mi condición para volver y quedarme: Adam Bridge cumplió.

Los pálidos pasillos del local son interminables. El salón principal de práctica está al fondo. Los tubos están instalados, pero todavía no ponen las alarmas de seguridad. Las lámparas neón me recuerdan al sótano, encendidas sobre el muro cubierto de espejos, duplican la barra de estiramiento.

Las faldas son incómodas para bailar. Apenas levanto la pierna, las medias negras se rompen cuando el tacón se atora en la segunda barra.

217

«Tiene una buena altura para las niñas», me acomodo el calzado. Las medias son lo de menos.

Nunca imaginé que alguna vez me pondría ropa de diseñador para entrar a un salón de baile. Quisiera arrancarme la falda costosa y poner música para hacer lo que mejor sé hacer: girar en el tubo y bailar a mi propio ritmo.

«Adam Bridge no me lo permitiría, ¿verdad?». No dejaría que su hija siguiera metida en un club nocturno o diera clases de *pole* en su propio negocio.

Apenas me reconozco. Según mi acta de nacimiento más reciente, cumpliré treinta en unos días. Adam no podrá cancelar nuestra reunión esta vez, no creo que quiera.

Ya nadie recuerda a la bailarina muda de El Rayo. Tampoco soy más la chica muda de la escuela.

«Jonny tiene que dejarme bailar una última vez para despedirme de quien fui». Cierra sus ojos.

—Disculpe, señorita Bridge. —Éric irrumpe su tranquilidad. Hace tiempo que no me llama por mi nombre.

—¿Sí? —me acomodo el *jersey* y la falda.

—El señor te espera para cenar.

—Que espere un poco más —camino hacia el siguiente salón para comprobar que los tres tubos estén bien instalados.

«Ninguna será mejor que yo...»

¿Por qué me lamento? ¿Quién escucha mis pensamientos?

El tubo junto a la ventana es tan helado como los del club. Echo la cabeza hacia atrás y me sujeto con fuerza. 'Milshake' de Kelis resuena en mi cabeza. Mi cuerpo se mueve en contra de mi voluntad por algunos segundos mientras elevo la pierna y escucho que las costuras de la falda crujen.

—Señorita Bridge —el rostro de Éric se congestiona. Evita mirarme las piernas—. El señor insiste en que estamos atrasados para la cena. Nos esperan.

«¿Esperan?»

Se me encoge el estómago al pensar en David.

Abandono el salón y bajo la escalera, Éric me sigue de cerca.

—Cierra tú —no lo espero. Abro yo misma la puerta del coche y abordo mientras él le pone llave a la entrada.

El anuncio gigante muestra el nombre de la escuela de danza. Pronto será el sitio donde pase mis tardes en compañía de jóvenes que aman lo que la música le hace a sus cuerpos, tanto como yo.

La ciudad ha cambiado tanto que no reconozco el camino. Las fachadas de los edificios del centro lucen recién remodeladas; las enormes pantallas de espectaculares, en los complejos comerciales de la avenida principal, están siempre encendidas. Las luces de tránsito digitales brillan. Pero más allá del centro y los fraccionamientos populares, el área residencial, donde la familia Bridge se estableció, es el mismo que el día en que me entregaron mi identificación y una copia de los papeles de adopción.

A través de la ventanilla, los jardines verdísimos con las regaderas encendidas y las flores que abren coloridas parecen una pintura de museo. Las mansiones compactas del complejo mantienen las mismas rejas que permiten ver las estructuras que hace veinte años eran modernas, con los grandes ventanales y las paredes lisas. Todas muy similares entre sí, excepto la residencia del fondo.

La casa Bridge es del siglo pasado, mantiene el estilo de un chalé en el frente. Pero con el paso de los años ha extendido la propiedad hacia el terreno de atrás y alzaron las bardas para mantener la privacidad del propietario. Las lianas con flores moradas cuelgan y tocan la acera exterior. El portón de acero negro se abre y descubro, maravillada, que han arreglado la entrada. Removieron el pasto y extendieron el estacionamiento con un empedrado más elegante. Ahora Adam debe recibir más invitados y por eso necesita más espacio para aparcar los autos.

En cuanto logro bajarme, Éric me ofrece el brazo para acompañarme a la entrada. El empedrado siempre ha sido un problema para las damas de la casa, está en guerra con los tacones de aguja, por eso acepto la ayuda.

El aroma a tierra mojada y la mezcla del perfume de las flores me tranquiliza.

—¿Adam? —digo en cuanto atravieso la puerta de hoja doble.

Éric me quita el *jersey* y lo cuelga de inmediato en el armario del recibidor. Yo he crecido, él sigue siendo el mismo que a los veinte, con la cicatriz grande en el rostro y la ceja espesa que ensombrece su mirada.

Recorro la estancia hasta la mesa principal que nadie usa si yo no estoy. La familia está reunida: Adam y yo. Pero, además, están presentes los dos jóvenes que conozco muy poco, pero están ahí para que la casa se sienta habitada.

Después de un intercambio de saludos por cortesía, me acerco a la silla que me han asignado. Éric la coloca y yo tomo mi lugar junto a Adam Bridge.

—¿Cómo estás, Estéfani? —pregunta el vampiro mientras juega con el tenedor frente al plato repleto de comida que no probará.

—Deniss me pro... me —suspiro para calmar los nervios—... Deniss me propuso matrimonio. Pero no me casaré con él. Lo rechacé.

—¿Por qué? —finge que se lleva un trozo de carne a la boca—. Eso hará las cosas más difíciles para ti. Tendrás que cumplir tu parte.

—Y lo haré.

Los dos jovencitos permanecen callados. Se han convertido en donadores de sangre habituales para Adam, comen en silencio sin interrumpir la conversación.

Mi comunicación se vuelve deficiente, tartamudeo.

Un escalofrío me sube por la espalda.

—¿David está en la casa, Adam?

Adam borra la sonrisa de su rostro.

—Niños, será mejor que suban a mi habitación. Iré a cenar más tarde. Estéfani y yo tenemos algo de qué hablar.

Como no contestó, asumo que sí.

—¿Lo invitaste a mi cena de cumpleaños?

—Está aquí por el acuerdo. Te hemos dejado en paz el suficiente tiempo, Estéfani, y quizá no lo recuerdes, pero tú, David y yo, tenemos un trato. Hay una parte que no hemos detallado, pero tiene que ver con el matrimonio. Quiero que establezcas tus condiciones y propongamos los últimos términos. —Adam levanta la mano. David está afuera, le indica que entre al comedor, se pone de pie para recibirlo—. Bienvenido, querido amigo.

Sin perder la costumbre, David hace una reverencia con un gesto burlón en su rostro.

—Buenas noches, señorita Bridge. ¿Señor de las tinieblas? —Espera la respuesta de Adam antes de sentarse en la silla frente a mí.

—Adelante —dice Adam.

Los observo en silencio. Y trato de evocar los recuerdos de Donatelo, pero son difusos y lejanos. «¿Donatelo? No quiero tomar decisiones sola. ¿Donatelo? Te siento en mis venas, en mis latidos. Sé que estás ahí. Contesta».

Las lágrimas se acumulan en mis ojos.

—Necesito que entiendas algo —me dice David acomodándose en la silla. Coloca los codos en la mesa y recargar su barbilla en las manos—. Tú no me interesas. Estoy aquí por Donatelo. Adam y yo creemos que estará de acuerdo en volver lo antes posible...

—Pe.. pe-ro yo... —interrumpo con torpeza.

Quiero correr, alejarme de ellos tanto como me sea posible.

—Lo sabemos, y por eso estoy aquí. Porque la única forma de traerlo es si tienes un hijo... —Hace una pausa. No sé qué ve en mi rostro, pero estoy segura de que no logro ocultar el pánico que me recorre—. Pero no te asustes. No vamos a quitarte al bebé.

Adam niega enérgicamente.

—No... Deja que yo le explique. Lo que David quiere es asegurarse de que vas a embarazarte y vas a tener un hijo. Está dispuesto a esperar a que ese niño... o niña, crezca para conocerlo. Nadie va a quitártelo.

—Lo sé —respondo y oculto mi cara entre mis manos—. Lo sé. Me lo dijiste al entregarme la bebida. Lo sé.

Estaba dispuesta, pero ahora que los tengo de frente, me acobardo.

—Sí. Lo sabes. Era parte del acuerdo. —David se aclara la garganta.

—Sabemos que una forma para separarlo de ti es que mueras —dice Adam al tiempo que me toca el hombro. Y su caricia gélida me hace temblar—. Pero esa opción quedó descartada. Hace tiempo te di a guardar cinco frascos con una bebida...

—Amarga y dulce. Lo sé... Pero todo esto es muy raro y no... —Bajo la cabeza y me sujeto la base del cuello con ambas manos, las lágrimas se derraman sin que pueda evitarlo.

—No más raro que los vampiros y las hadas, ¿verdad? —bromea David, pero no conmigo—. Estamos seguros de que tu descendencia, al menos el primer hijo, separará el alma de Donatelo de la tuya. Si sigues el ritual. Recuperará su independencia y al fin serás libre.

—No voy a casarme...

—Pues el niño tiene que venir de algún lugar —dice Adam antes de que pueda continuar mi argumento.

Busco al ser compresivo que ha cumplido todos mis caprichos, pero encuentro al vampiro que exige el pago a nuestro acuerdo.

David sonríe.

—Ya sabía todo esto desde la última vez que nos vimos. —Contemplo la mirada fría de Adam y el gesto soberbio de David—. Y por eso tomé la decisión de saldar mi deuda lo antes posible.

—Esta charla es solamente una cortesía. No tienes opción. Así que volverás con Deniss, te disculparás y arreglarán el matrimonio. El chico tiene dinero y es alguien importante en el mundo de los negocios. Es lo mejor que pude conseguir para ti. —Adam es esa mezcla de un demonio y un imbécil.

—Te prometo esperar hasta que tu pequeño ya no sea un bebé. Donatelo me reconocerá en algún momento. Si Donatelo no vuelve y no me reconoce, lo dejaré en paz. Adam tampoco volverá a buscarte. Serás libre.

—Así que vas a casarte.

—No, no me casaré. —Me pongo de pie y recargo ambas manos en la mesa en un intento por encontrar el valor que he perdido durante la conversación—. No voy a casarme porque ya estoy embarazada.

David permanece en silencio.

—¿Por qué? —El gesto de Adam se convierte en una mueca de enfado.

—Estoy embarazada, pero me tomé la bebida cada vez que dormí con un hombre y supe que había posibilidades de embarazarme.

—No me has contestado... ¿por qué?

Empuño las manos y tiemblo de rabia.

—¡Porque si iba a tener un hijo, al menos quería que fuera bajo mis propias condiciones, con quien yo quisiera, cuando yo estuviera lista!

Adam está a punto de abofetearme, pero David se interpone entre nosotros.

—Espera, Adam... —David levanta una mano hacia el frente y me empuja con la otra detrás de él—. Dale algo de crédito, tiene carácter. Está cumpliendo bajo sus términos.

Adam se traga el coraje y vuelve a su silla. David me acomoda el asiento y yo lo ocupo, temerosa de haberlo arruinado todo.

—Para que funcione hay otra condición... —Adam se levanta—. Debe llevar alguno de los nombres antiguos que le dieron al ser alumbrado en la antigüedad. Grabarás ese nombre en un la cuna antes de que nazca y lo repetirás durante el parto.

Continúa como si nunca le hubiera gritado.

—¿Te refieres a algún nombre que ya haya tenido? —pregunta David.

Adam asiente.

David saca del bolsillo de su pantalón un pedazo de papel viejo y lee:

—Melusina, Ondin, Navi, Flynn, Nyx, Gelsey, Donatelo... Cualquiera servirá.

Contengo el llanto y el nudo en mi estómago se convierte en una pesada piedra.

«Di algo, maldito... Di algo, Donatelo».

Estoy sola.

Me levanto. Quiero correr. Que me dejen en paz. En el instante en que miro hacia la puerta, Éric aparece y se planta bajo el marco que separa el comedor de la sala.

«No me dejarán salir».

—Les daré lo que quieren. Por eso me embaracé. Con la condición que me dejen en paz y me permitan vivir fuera de toda esta locura de vampiros y hadas... Al menos hasta que llegue el momento de contárselo. Nunca debe saber sobre esto si no es necesario. Y yo... —Levanto la cara para buscar los ojos de Adam—. Y yo, quiero que me digan quiénes fueron mis padres. Quiero saber la verdad. Quiero saber quién soy y de dónde vengo. ¿De dónde me sacaron?

—Creo que... —empieza Adam, pero David lo interrumpe.

—Es un trato —David me extiende la mano, pero yo no respondo el gesto—. No sé quién fue tu madre, pero todavía recuerdo el nombre con el que tu padre firmaba.

«Debió decírmelo antes, cuando me importaba, cuando no era un pretexto para dificultarles las cosas».

El odio me hace temblar.

—¿Y me lo quitarán de pequeño?

—¿Al bebé? —pregunta David.

Asiento. El niega.

—Es un hecho, podrás verlo crecer —me dice.

—Un apretón de manos no significa nada para ustedes —le digo—. Donatelo me mostró una vez que tienen otras formas de prometer. Sellemos este acuerdo con sangre, y entonces creeré que tengo una esperanza, de que me dejarán en paz.

—Eres de las que pone atención a todo, ¿eh? —dice Adam. Luego sonríe con sarcasmo.

—Hagámoslo entonces, que sea como tú quieras. —David acerca una copa, se pincha el dedo y vierte tres gotas de su sangre.

Me acerco para hacer lo mismo. Sé que Donatelo no se ha perdido por completo, porque la herida se cierra a los pocos segundos de verter mi sangre en la copa.

—Es una promesa —dice Adam mientras pone su propia sangre.

—Una promesa... —murmuro antes de verlos beber un sorbo de la mezcla.

TE VEO DANDO CLASES en la academia y el corazón se me desborda de alegría. Aunque me has prohibido llamarte por tu nombre, mamá. Te digo Estéfani en mis recuerdos. En esos sueños de los que me apropio otra vez.

Eres mejor de lo que pensé. Eres mejor de lo que recordaba. Eres mejor de lo que me mostraste cuando te habité.

Hoy sé, madre, que pudiste irte aquel día de la casa de Adam y no aceptar el trato. Sé que pudiste negarte y buscar tu libertad en otro lado. Pero aceptaste quedarte y engendrarme.

Hoy sé, Estéfani. Que te quedaste por ti, pero también estuviste dispuesta a aceptarlo todo por mí.

Te veo dar instrucciones de baile, y solo puedo agradecer que me mantengas contigo.

Epílogo

NAVI NACE UNA NOCHE de lluvia. Es agosto, y el cielo se desmorona en gotas heladas sobre la ciudad. Desde que el cosquilleo entre las piernas inicia, hasta que rompo aguas en la habitación del hospital privado, un miedo creciente me acompaña. Me niego a que mi hijo llegue al mundo la misma noche del accidente, pero a pesar de las respiraciones y los métodos de relajación que la *doula* me enseñó, no logro pasar de las once de la noche.

La doctora Graciela Sáenz entra a la sala de expulsión, cuando el ginecólogo me coloca la anestesia para la episiotomía. Tiene muchas arrugas y ha perdido algunos centímetros. No es un monstruo como los otros esclavos de los vampiros.

—Estéfani no necesita eso —asegura la doctora y se acerca. Muestra una tarjeta que la autoriza como asistente externa—. Padece analgesia congénita. Tienen que decirle cuando debe pujar, porque no siente las contracciones.

—Sí siento...

Luego de que ella llega, me cuelga el medallón de Héctor. Por un instante deseo que esté ahí, apretar su mano, que se lleve el miedo. Lo siguiente que escucho es el llanto de Navi y un descanso entre las piernas. Cuando me la ponen sobre el pecho, distingo la luminosidad violeta en sus pupilas que se abre paso a través de sus párpados hinchados. La doctora la deja ahí hasta que el fulgor desaparece. Nos cuidará a ambas de ahora en adelante.

«Vendrán por ella...», lloro. Odio que nadie intente consolarme. Sé lo que sigue.

ÉRIC SE QUEDA EN la habitación de invitados. A veces me habla con mucha confianza, otras veces como si fuera su jefa. No hablamos mucho, pero a veces despierto a mitad de la noche y entro en pánico al ver la cuna vacía. Recorro la casa hasta que encuentro a Éric con la bebé en brazos. Se sienta en la sala y la arrulla como si fuera su padre.

—Estabas dormida, quería que alguien la cargara. Yo lo hago. Tú vuelve a la cama.

Esas madrugadas, me siento junto a él y sin decirlo, nos agradecemos la amistad que los inmortales no han logrado romper. Lo que logramos rescatar. Veo a Navi sonreír y a mí se me forma un nudo en la garganta y mis ojos se llenan de lágrimas. «No te encariñes», pienso. «Se la llevarán».

DE DAVID NO SÉ nada, pero Adam Bridge me visita en el departamento todas las Navidades. Este año lleva regalos para Navi y para mí, y uno más para Éric. Actúa como un padre. Pero cuando lo veo, solo siento el peso de las cadenas que llevo en el alma. No hay forma de que él los haya escogido, aun así, le agradezco los detalles y me mantengo alerta porque sé que podría mencionar el trato en cualquier momento.

No lo hace, pero tengo miedo. Carga a Navi y le pide que lo llame Adam, no abuelo. Y eso me reconforta.

—¿Es Donatelo? —me pregunta.

—No lo sé...

Adam sujeta la mano de mi hija. Tiemblo con unas ganas enormes de arrebatársela, de alejarla de él y del futuro que nos espera. Permanece ahí hasta que los ojos de Navi destellan salpicados en violeta. Su mirada es una ventana que muestra el universo y una nebulosa en movimiento.

El calor me recorre por dentro y mi vista se agudiza.

—Tranquila, no voy a hacerle nada —me dice—. Ni a ti.

Busco mi reflejo y descubro que aún queda un remanente de la esencia de Donatelo en mí. La piel azulada, y los ojos violetas. Su fuerza. Su resistencia.

—Nos vemos en tu cumpleaños.

—Primero es el de ella.

—Tienes razón. Nos vemos para su cumpleaños.

La abrumadora la naturaleza feérica de Donatelo, también me impacta. No estoy segura de qué pasará cuando mi pequeña haga preguntas.

NAVI CRECIÓ DEMASIADO RÁPIDO. Le gusta correr descalza en el jardín. A veces me pide abrir la puerta después de la cena y nos tiramos a mirar las estrellas. Esos días son más mágicos que su propia naturaleza. Tiene apenas seis años, pero su voz ya muestra un don especial para el canto. Creo que es una cosa de las hadas: el talento. Yo la envío a clases de piano y de pintura porque era lo que le gustaba a Donatelo.

A veces me acompaña a la escuela de danza y se mueve entre las estudiantes con un esfuerzo notable por llamar la atención y hacerlas reír. No sé si tiene el carisma de un hada, o si Donatelo era más que el amante oscuro de David, pero Navi, esta niña que nació de mí, no se parece a ninguna de las criaturas que aparecieron en mi mente mientras Donatelo me habitaba.

ESTA NOCHE, LUEGO DE las clases de ballet, vuelvo a casa. Le pido a Éric comprar la cena porque no quiero cocinar. Navi sale a jugar cuando termina de comer y, mientras lavo los platos, la escucho reír desde la ventana. Todavía resulta increíble que, luego de todo lo que viví, ahora me sienta tan feliz.

Mi tranquilidad se esfuma en un instante. Me invade un mal presentimiento.

—Éric. ¡Éric! —exijo su presencia en la cocina.

—¿Qué pasa, Estéfani?

—¿Dónde está Navi?

—Pues en el patio, ¿no? Ahí la dejamos.

Un abismo se expande en mi estómago. La ansiedad me obliga a correr hacia afuera.

—No la escucho. ¡Ya no la escucho, Éric!

Afuera, Navi está tirada sobre el pasto con sus ojos violetas en las estrellas, es como si quisiera juntar su universo con el espacio y volver al cielo de las hadas. Suspiro. Me obligo a contener el aliento cuando noto que en su mano lleva una pulsera que no tenía puesta antes de salir a jugar.

«Esto es...»

—¿Qué tienes ahí?

—El hombre dijo que nos veríamos pronto. —Navi se sienta y me muestra las cuentas aperladas alrededor de su muñeca—. Son muy bonitas ...

—¿El hombre? ¿Cuál hombre? —La cargo de inmediato y busco con la vista en todas direcciones mientras el corazón intenta salir por mi boca.

Las flores, los árboles, los juegos de plástico instalados en el centro del patio, todo crea sombras que se sacuden con el viento.

227

—Me gustan sus regalos, mami. Todos son siempre muy bonitos. —Navi sonríe con inocencia.

—Ya es hora de dormir —insisto—. Te he dicho que no aceptes nada de extraños.

—Pero él no es un extraño...

Entro a toda prisa mientras Éric recorre el jardín con una lámpara de mano.

Abro la caja de los tesoros de Navi, el baúl a los pies de su cama y observo con horror varios objetos que no había visto antes: una muñeca de trapo, un collar con una gema preciosa, unos listones bordados con símbolos arcanos.

—¿Qué es esto, Navi?

—El hombre me los dio. Antes los ponía en la banca junto a la cerca, atrás de los juegos, pero hoy quería hablar conmigo. No quiere que te cuente... —me dice Navi al tiempo que le cambio el vestido por un pijama de dos piezas.

—¿Eso te dijo? ¿Que no me contaras?

—Sí. Y me preguntó qué quiero de regalo para la próxima visita...

Intento no entrar en pánico, pero estoy a punto de llorar.

—¿Y qué le pediste? —me esfuerzo por sonar tranquila.

—Un castillo para princesas —se ríe.

Y ante su naturalidad, yo me desmorono.

—Y esta persona dijo algo sobre mí... —se me rompe la voz.

—No.

—Bueno, es hora de dormir...

No logro encontrar el sueño. Jamás volveré a descansar tranquila. Éric se recuesta en mi cama y me murmura palabras de aliento. Me aprieta con fuerza como cuando éramos niños. Lo beso. Se aparta y me recuerda que no somos iguales. Nunca lo fuimos.

ADAM NO ME RECIBE hasta el cumpleaños de Navi. Es increíble cuánto pueden cambiar las cosas de un año al siguiente. La niña no quiere usar el vestido rosa y se niega a ponerse los zapatos nuevos que le compré para la fiesta. Aprieta las manos y grita con tanta fuerza que estoy segura de que todos mis vecinos la escuchan.

—¡Basta ya! —La reprendo.

Cuando le aprieto el brazo para levantarla del suelo. Sus ojos violetas se oscurecen y las dos enormes alas que revelan su verdadera naturaleza aparecen. Los tatuajes dorados le pintan todo el cuerpo sobre la piel de alabastro. Es una suerte que sea tan pequeña y que después de llorar por más de veinte minutos se quede dormida.

—Es una pesadilla —me dice Éric mientras me abraza por la espalda para tranquilizarme. Luego añade con sarcasmo—. Pero ya pasó, ¿no?

Observo a Navi y su cuerpo que se transforma para regresarme a mi hija.

—No sé qué voy a hacer.

—No estás sola. Tienes que contarle al señor Bridge. No hay nada que los vampiros no puedan resolver. —Cada vez que lo escucho, habla como un fanático—. Es cuestión de que quiera y hasta podría arreglar que tengas ayuda adicional aquí en la casa. Otro sirviente no te caería mal.

Me ayuda a subir las cosas al auto para la celebración. No vuelvo a dirigirle la palabra por el resto del día.

ME AFERRO AL BRAZO de la silla amplia en la sala de la mansión Bridge.

—¿Qué vamos a hacer?

—Es tu culpa porque la consientes demasiado. No deberías permitir esos berrinches.

—¿Yo? Yo no la consiento, Adam...

—¿Recuerda que es Donatelo? —pregunta Adam mientras Navi corre por el recibidor.

—No. A veces me dice cosas extrañas como que cuando vivía con su otra familia ordeñaban vacas, o que recuerda cuando cantaba en los escenarios suecos, pero luego se le olvida y ya no me dice nada. Creo que son cosas de niños y nada más. —Las ganas de llorar regresan—. No quiero que se vaya. No me la quites todavía, por favor...

Adam aprieta los labios.

—Te ayudaremos a controlarla. Busca a Héctor y dile que a partir de esta noche trabaja para ustedes. Dale una habitación en tu casa —dice el vampiro.

—Pero, tengo a Éric con nosotros... —empiezo, pero me interrumpe.

—Éric trabaja para mí. Le asignaremos otras funciones, no nos desharemos de él si eso es lo que te preocupa...

—Héctor y yo no hemos hablado en varios años. ¿Y si no quiere ayudarme?

—No tiene opción. Hará lo que le diga. Héctor posee la fuerza para contenerla y sabrá qué hacer para tranquilizarla mientras crece. Lo necesitas. No seas necia.

—¿Y David? Ha estado en mi casa varias veces. Y le pide a Navi que no me cuente lo que hablan. No importa la seguridad que ponga, siempre logra entrar.

—No te preocupes por él. Siete, diez, veinte años. No son nada para nosotros. La inmortalidad nos permite darnos el lujo de esperar. Él no se llevará a Navi hasta que crezca. Ese fue el trato y lo va a respetar. Si crees que la lastima, dímelo.

Cuando la noche termina, sé que no hay nada peor que la expectativa. Éric pasa esa noche en mi casa, es la última.

La siguiente mañana, Héctor aparece al otro lado de la puerta luego de tocar hasta que me despierto, con el mismo gesto serio de siempre. Su rostro no tiene ni una sola arruga extra. Entra en su papel de guardaespaldas y habla primero con Éric antes de pedirle que se vaya.

Nos quedamos solos. Héctor se queda en la cocina mientras hago el desayuno. Nos abrazamos antes de buscar a mi hija en su recámara para que se levante a comer. De pronto, me doy cuenta de que nunca me sentí tan a salvo como en su compañía, de que el tiempo en El Rayo fue el mejor para mí. Que extraño que las cosas sean más simples. Entierro mi rostro en su pecho, mientras él me acaricia la espalda. Lo deseo. Me levanto en las puntas de mis pies para alcanzar sus labios. Me aparta despacio.

—No, Estéfani... Estoy aquí para trabajar. —Se levanta y se va a la habitación de la niña.

Navi duerme tranquila, ni siquiera nota cuando Héctor le cuelga el viejo medallón cobrizo y recita esa oración arcana que siempre me incomodaba. Resplandece cada vez más conforme él pronuncia esas palabras incomprensibles para mí. Después, el fulgor del metal se apaga y Héctor sonríe.

—Creo que funcionó.

—Creo que sí. —Me acerco y lo abrazo por la espalda.

—La mantendrá tranquila por ahora. Eso nos dará tiempo para...

Lo beso. Me besa.

—Héctor, no te lo dije, pero Navi es tu...

Me besa.

—Lo sé. Tiene el lunar de mi madre en la mejilla.

Pensé que el tiempo me daría mi libertad, pero ahora comprendo que siempre le perteneceré a alguien, a algo, a las criaturas nocturnas. De una u otra manera, nunca podré sentirme yo misma más que en los escenarios, donde ninguno puede tocarme y yo bailo libremente.

Índice

OTROS TÍTULOS DE NUESTRO CATÁLOGO

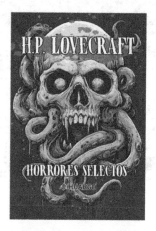

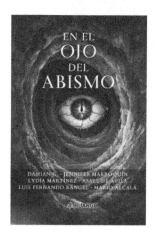

¡SÍGUENOS Y AULLEMOS JUNTOS!

www.huargoeditorial.com

fb/huargoeditorial

ig/huargoeditorial

Made in the USA
Monee, IL
29 April 2025

16579298R00142